365 JOURS

Blanka Lipińska est une autrice polonaise et l'une des femmes les plus influentes en Pologne. Avec sa trilogie best-seller *365 jours*, vendue à près de 2 millions d'exemplaires en Pologne, adaptée avec succès sur Netflix et traduite dans une vingtaine de langues, elle est devenue en quelques années l'une des dix écrivains les plus populaires en Pologne.

Paru au Livre de Poche :

365 JOURS – TOME 2

365 JOURS – TOME 3

1

— Massimo, est-ce que tu sais ce que ça signifie ?

Je tourne la tête en direction de la fenêtre et du ciel bleu sans aucun nuage, puis je fixe mon interlocuteur.

— Je vais reprendre cette société, que ça plaise à la famille Manente ou non.

Je me lève, Mario et Domenico me suivent et viennent tranquillement se placer derrière moi. Ce rendez-vous a été, disons, agréable, mais bien trop long. Je serre la main des personnes présentes et je me dirige vers la porte.

— Écoute-moi, ce sera mieux pour tout le monde.

Je lève un doigt pour montrer ma conviction.

— Tu auras encore l'occasion de me remercier.

J'enlève ma veste et défais un bouton supplémentaire de ma chemise noire. Je suis assis sur le siège arrière de la voiture, profitant du silence et de la clim bien fraîche.

— À la maison, je grommelle en commençant à regarder mes messages sur mon téléphone.

La majorité ne concerne que les affaires, mais dans le lot il y en a un d'Anna disant : « Je suis mouillée et j'ai besoin d'une punition. » Mon pénis bouge dans mon pantalon, je le remets en place discrètement en soupirant et je le serre fort. Ah oui, ma copine a très bien saisi mon état d'esprit. Elle savait que ce rendez-vous allait être difficile et n'allait pas m'apaiser. Elle sait aussi parfaitement ce qui me détend. Je réponds brièvement : « Sois prête à 20 h. » Je tourne ensuite mon regard vers la vitre et le monde qui défile derrière. Je ferme les yeux.

Elle est encore là. Ma bite devient tout de suite dure comme fer. Mon Dieu, mais je vais devenir fou si je ne la trouve pas.

Cinq années sont passées depuis l'accident : cinq longues années depuis le miracle, comme dit le médecin, ma mort et ma résurrection. Et je rêve d'une femme que je n'ai encore jamais vue. Je l'ai rencontrée dans les visions que j'ai eues durant mon coma. L'odeur de ses cheveux, la délicatesse de sa peau, je sentais tout, comme si je la touchais. Chaque fois que je faisais l'amour avec Anna ou n'importe quelle autre femme, je faisais l'amour avec elle. Je l'appelais « Madame ». Elle incarnait ma malédiction, ma démence, mais aussi ma délivrance.

La voiture s'est arrêtée. Je prends ma veste et sors. Domenico, Mario et les autres mecs que j'ai décidé de prendre avec moi m'attendent déjà sur le tarmac. J'ai peut-être exagéré, mais parfois montrer sa force à un adversaire est utile pour le déstabiliser.

Je salue le pilote et je m'assieds dans un fauteuil confortable, l'hôtesse de l'air me sert un whisky avec un seul glaçon. Je lui jette un regard, elle a deviné ce que j'attendais d'elle. Mon regard est vide, mais elle rougit de plus en plus et sourit avec coquetterie. Je me dis : et pourquoi pas ? Je me lève de mon fauteuil.

J'attrape la jeune femme par la main, mon geste la surprend, je la tire en direction de la partie privative de l'avion.

— Allons-y ! je crie au pilote tout en fermant la porte derrière moi et la jeune hôtesse.

Lorsqu'on se retrouve tous les deux seuls, je la plaque contre le mur, la regarde droit dans les yeux et approche ma bouche de la sienne. Je mords sa lèvre inférieure, elle gémit. Les bras abandonnés le long de son corps, elle plante son regard dans le mien. Elle est très belle, très féminine ; tout mon personnel doit être comme ça, j'aime ce qui est beau.

— À genoux, je lui intime en la poussant vers le bas.

Elle obéit sans hésiter. Je lui souris, puis je glisse mon pouce sur ses lèvres qu'elle a entrouvertes. Je n'ai jamais eu affaire à elle et, pourtant, cette jeune femme sait exactement ce qu'elle a à faire.

Je lui maintiens la tête contre le mur et j'ouvre ma braguette. L'hôtesse de l'air avale bruyamment sa salive, mais ses grands yeux sont toujours plantés dans les miens.

— Ferme-les, je dis en passant mon pouce sur ses paupières. Tu les rouvriras quand je t'en donnerai l'autorisation.

Ma bite est sortie de mon pantalon, elle est dure et douloureusement gonflée. D'elle-même, elle se pose sur les lèvres de la jeune femme, qui a sagement et largement ouvert la bouche. Je la lui enfonce dans la gorge, puis me retire doucement et lui caresse la joue de manière attentionnée et délicate. Je l'observe se détendre peu à peu et lécher ses lèvres.

— Je vais te baiser la bouche. Je peux ?

La jeune femme a un frisson.

Je reste impassible. Pendant quelques secondes, elle me regarde les yeux grands ouverts, puis elle acquiesce d'un mouvement de tête.

Je chuchote un « merci » tout en lui caressant les joues. Je glisse à nouveau ma bite sur sa langue jusqu'au fond de sa gorge. Elle serre les lèvres.

Oh, oui ! D'un coup de hanches, je m'enfonce en elle. Profondément. Très bien ! Ses mains sont accrochées à mes cuisses. Elle essaie de me repousser, puis de me faire mal en m'enfonçant ses ongles dans la chair. Je ferme les yeux et je vois Madame agenouillée devant moi, son regard presque noir me transperce. Elle aime lorsque je la prends comme ça. De mes deux mains, j'agrippe sa chevelure encore plus fort. Ses yeux brûlent de désir. Je ne peux pas tenir plus longtemps, encore deux poussées et je reste figé pendant que mon sperme gicle dans sa gorge. J'ouvre les yeux et je vois que son maquillage a coulé. Je me retire pour la libérer un peu.

— Avale !

Elle optempère. Dès que j'ai sorti mon sexe de sa bouche, elle tombe sur les talons en glissant contre le mur.

— Lèche-la jusqu'à la dernière goutte.

J'appuie les mains contre le mur, tout en la regardant de toute ma hauteur. Elle se relève et prend mon sexe d'une main délicate. Elle commence à essuyer le reste de mon sperme avec sa langue. Je souris légèrement en voyant qu'elle s'exécute avec bonne volonté.

Lorsque j'estime qu'elle a terminé, je m'écarte en refermant ma braguette.

— Merci.

Je lui tends la main. Elle se met debout sur ses jambes un peu tremblantes.

— La salle de bains est là-bas, je précise, même si elle est censée connaître l'avion par cœur.

Elle hoche la tête et part en direction de la porte.

Je retourne vers mes accompagnateurs et me rassieds dans mon fauteuil. Je bois une gorgée de whisky qui n'est plus à la bonne température. Mario pose son journal et me regarde.

— Du temps de ton père, ils nous auraient déjà tous tiré dessus.

Je soupire en roulant des yeux et, avec irritation, je tape mon verre sur la table.

— Du temps de mon père, on se serait contentés du trafic de drogue et d'alcool, et on n'aurait pas dirigé les plus grandes sociétés d'Europe.

Je m'adosse à mon fauteuil et plante mon regard dans celui de mon conseiller.

Je suis à la tête de la famille Torricelli, et ce n'est pas un hasard mais une décision réfléchie de mon père. Depuis que je suis enfant, j'ai été préparé à ça, pour que la famille entre dans une nouvelle ère quand je prendrais le pouvoir.

Je soupire et je me détends un peu lorsque l'hôtesse passe discrètement près de nous en me lançant un regard de connivence.

— Mario, je sais que tu aimes bien tirer.

L'homme d'un certain âge, qui est mon conseiller, a un léger sourire.

— On va bientôt tirer.

Je le regarde sérieusement. Puis je m'adresse à mon frère Domenico, qui me jette un regard.

— Il faut que tes hommes commencent à chercher ce putain d'Alfred.

Je me tourne à nouveau vers Mario.

— Tu veux une fusillade ? Tu n'éviteras pas celle-là.

J'avale une autre gorgée.

Le soleil se couche au-dessus de la Sicile lorsqu'on atterrit à l'aéroport de Catane. J'enfile ma veste et on prend la direction de la sortie du terminal. Je chausse mes lunettes de soleil et je sens l'air chaud me tomber dessus. Je regarde l'Etna. On le voit dans toute sa splendeur.

Je traverse le hall de l'immeuble climatisé tout en observant les touristes qui vont et viennent.

— Les gens d'Arub veulent te rencontrer pour discuter de l'affaire dont on a parlé tout à l'heure, dit Domenico, qui marche à côté de moi. Il faut aussi qu'on s'occupe de ces clubs à Palerme.

Je l'écoute attentivement tout en organisant la liste des choses que j'ai encore à faire aujourd'hui.

Soudain, c'est comme si tout devenait noir, alors que j'ai les yeux ouverts. Et je la vois. Je cligne des yeux nerveusement plusieurs fois ; avant, je ne voyais Madame que lorsque je le voulais. Puis j'ouvre grand les yeux, mais elle a disparu. Est-ce que mon état a empiré ? Est-ce que mes hallucinations s'intensifient ? Il faut que je retourne chez ce crétin de toubib pour qu'il me fasse passer des tests. Mais ce sera pour plus tard, il faut d'abord que je règle cette histoire du container de cocaïne qui a disparu. Enfin, disparu n'est pas tout à fait le terme approprié, mais c'est ce qui s'en rapproche le plus.

On est presque arrivés à la voiture quand je l'aperçois à nouveau. Merde alors, ce n'est pas vrai. Je me précipite sur le siège arrière de la voiture tout en tirant Domenico pour qu'il me suive au plus vite.

— C'est elle, je chuchote, la gorge nouée, tout en pointant du doigt le dos d'une fille qui s'éloigne de nous. C'est elle, cette fille.

Ma tête commence à tourner, je ne parviens pas y croire. Je dois rêver, ce n'est pas possible. Je perds la tête.

La voiture démarre.

— Ralentis, dit Domenico lorsqu'on s'approche d'elle. Oh, putain ! s'exclame-t-il quand nous arrivons à son niveau.

Mon cœur s'est arrêté de battre. La fille tourne la tête, elle me regarde droit dans les yeux, mais elle ne peut pas me voir à travers la vitre teintée. Ses yeux, son nez, ses lèvres… elle est exactement comme je l'ai rêvée.

Je m'apprête à ouvrir la portière, mais Domenico m'en empêche. Un grand type chauve appelle Madame, et elle se dirige vers lui.

— Pas maintenant, Massimo.

Je suis paralysé. Elle est là, vivante, en chair et en os. Elle peut être à moi, m'appartenir ; j'aurais pu la toucher, la prendre, pour qu'elle soit avec moi pour toujours.

— Mais qu'est-ce que tu fais, bordel ? je gueule.

— Elle est avec quelqu'un et on ne sait même pas qui c'est.

La voiture accélère, mais je ne peux toujours pas quitter du regard la silhouette de Madame qui disparaît progressivement.

— J'envoie tout de suite des hommes. Avant qu'on arrive à la maison, tu sauras qui elle est, Massimo ! (Domenico a élevé le ton, car je ne réagissais pas.) Tu as attendu tellement longtemps, tu peux attendre encore quelques heures.

Je le regarde avec fureur, comme si j'allais le tuer. Une partie de moi sait qu'il a raison, mais toutes les autres ne veulent pas l'écouter.

— Tu as une heure, je gronde en fixant le siège devant moi. Tu as soixante putains de minutes pour me dire qui c'est.

Nous nous garons.

Lorsqu'on sort de la voiture, les hommes de Domenico s'approchent pour lui remettre une enveloppe. Il me la tend et je pars sans dire un mot en direction de la bibliothèque. Je veux être seul pour l'ouvrir.

Je m'assieds à mon bureau et, les mains légèrement tremblantes, j'ouvre l'enveloppe. Je la retourne et jette son contenu sur mon bureau.

— Putain !

Je me prends la tête dans les mains. Ce sont des photos de Madame. Vraiment. Ce ne sont pas les tableaux que j'ai fait peindre. C'est elle, en vrai. Elle a un prénom, un nom, un passé et un avenir dont elle-même n'a pas encore connaissance.

Quelqu'un frappe à la porte.

— Pas maintenant ! je crie sans quitter les photos et les fiches des yeux. Laura Biel, je chuchote en caressant son visage sur le papier glacé.

Après avoir passé une demi-heure à analyser les documents, je me cale dans mon fauteuil en fixant le mur d'un regard vide.

— Je peux ? demande Domenico en passant la tête par la porte.

Comme je ne réagis pas, il entre et s'installe dans le fauteuil en face de moi.

— Et maintenant ?

— On la ramène ici, je réponds calmement, sans le regarder.

— Mais tu veux faire ça comment ?

Il me regarde comme si j'étais idiot, ce qui m'énerve.

— Tu vas aller à l'hôtel et tu vas lui raconter que quand tu étais dans le coma, tu as eu une vision d'elle…

Domenico se penche sur les papiers posés devant moi.

Oui, je pense, *Laura Biel, tu vas m'appartenir.*

— Je vais l'enlever, je déclare sans aucune hésitation. Envoie des hommes dans l'appartement de… (je cherche désespérément le nom de son mec sur les fiches) Martin. Qu'ils m'en disent plus à son sujet.

— Peut-être qu'il vaudrait mieux demander à Karl ? Il est sur place, suggère Domenico.

— D'accord, alors… que les hommes de Karl m'apportent le plus d'infos possible sur lui. Il faut absolument que je trouve une solution pour qu'elle vienne ici rapidement.

— Tu n'as pas besoin de chercher une solution…

Je me tourne vers la porte d'où provient une voix féminine. Domenico lui aussi s'est retourné.

— Je suis là.

Anna, souriante, se dirige vers moi, perchée sur ses talons aiguilles…

Merde, je l'avais complètement oubliée.

— Bon, je vais vous laisser.

Domenico se lève, un petit sourire aux lèvres.

— Je vais m'occuper de ce dont on a discuté, et demain on fera le nécessaire.

La blonde s'est approchée de moi. D'une jambe, elle écarte mes genoux délicatement. Elle sent, comme d'habitude, une odeur qui est un parfait mélange de désir et de pouvoir. Elle remonte sa robe de soie noire et s'assied sur moi en glissant sa langue dans ma bouche.

— Frappe-moi, dit-elle tout en me mordant la lèvre et en frottant sa chatte contre la braguette de mon pantalon. Fort !

Elle lèche et mord mon oreille, alors que mon regard est encore désespérément attiré par les photos éparpillées sur mon bureau. J'enlève ma cravate que j'avais précédemment desserrée et je me lève en faisant glisser Anna par terre. Je la retourne et lui bande les yeux. Elle sourit en léchant sa lèvre inférieure. À tâtons, elle réussit à s'agripper à la table. Elle écarte les jambes et s'allonge sur la table en bois de chêne tout en se cambrant autant qu'elle le peut. Elle n'a pas de culotte. Je me positionne derrière elle et lui administre une bonne fessée. Elle crie, la bouche grande ouverte. La vue des photos de Madame, en plus de savoir qu'elle n'est pas loin, sur l'île, rend ma bite dure comme fer.

— Oh, oui, je grogne en me frottant contre sa commissure mouillée, tout en regardant les photos de Laura.

Je la redresse en l'attrapant à la gorge, je retire tous les papiers sur lesquels elle s'est allongée, après quoi, en la prenant par les bras que je lui coince dans le dos, je la repose sur la table. J'étale les photos de telle façon que Madame me regarde. Je veux la posséder, celle qui est sur les photos. Il n'y a rien que je veuille davantage à ce moment précis.

Je suis prêt à prendre Anna, j'enlève mon pantalon. Je lui enfonce deux doigts dans la chatte, elle gémit. Elle est mouillée, étroite et particulièrement chaude. Je commence à lui caresser le clitoris avec la main en formant de petits mouvements concentriques, elle s'agrippe à la table et serre encore plus fort.

De la main gauche, je lui attrape la nuque, avec la droite, je commence à la frapper. À chaque coup, j'éprouve une sorte de libération. Plus je regarde les photos de Madame, plus mes coups sont brutaux. Anna crie, et moi je la bats comme si ça allait la transformer en Laura. Ses fesses sont devenues presque violettes. Je me penche et je commence à les lécher, elles sont brûlantes. Je lui écarte les fesses et je promène ma langue sur son trou sucré, tandis que je fixe Madame.

— Oui, ronronne-t-elle doucement.

Il faut que Laura soit à moi, il faut que je la trouve, il faut que je possède son corps, moi seul. C'est la seule chose à laquelle je pense en me relevant et en attirant Anna sur moi. Elle se cambre fortement, après quoi elle retombe sur le bois mouillé par sa transpiration. Je commence à la baiser fort, tout en regardant Laura. C'est pour bientôt… Très bientôt, ses yeux noirs vont me regarder lorsqu'elle s'agenouillera devant moi.

— Sale chienne !

Je serre les dents en sentant le corps d'Anna se raidir.

Je la pénètre fort et de manière acharnée, sans même remarquer qu'une vague d'orgasmes saccadés prend possession de son corps. Je m'en fous. Je n'arrête pas de la baiser, mon regard plongé dans les yeux de Laura, mais en même temps je n'en ai pas assez, je veux plus. Je veux sentir quelque chose de plus, quelque chose de plus fort encore. Je sors ma bite de la chatte d'Anna et, d'un geste décidé, je l'introduis dans son cul étroit. De sa gorge sort un bruit sauvage plein de douleur et de plaisir, je sens que tout son corps se resserre autour de moi. J'explose. Devant moi, je ne vois que Madame.

8 heures plus tôt

Le bruit du réveil vient de résonner dans mes oreilles.

— Lève-toi, chérie, il est déjà neuf heures. Il faut qu'on soit à l'aéroport dans une heure si on veut commencer nos vacances siciliennes cet après-midi. Allez, debout !

Martin est assis sur le bord du lit, affichant un grand sourire.

J'ouvre les yeux avec difficulté. J'ai l'impression d'être au milieu de la nuit. Quelle idée barbare de voyager à cette heure-ci ! Depuis que j'ai quitté mon travail il y a quelques semaines, les jours et les heures n'ont plus de sens. Je me couche trop tard, et je me lève trop tard. Le pire, c'est que je n'ai aucune obligation. Je peux faire ce que je veux. Je suis restée dans le monde de l'hôtellerie bien trop longtemps et, lorsque j'ai enfin obtenu le poste de directrice des ventes dont j'avais tant rêvé, j'ai tout quitté, car j'avais perdu le goût pour ce travail. Je n'aurais jamais pu imaginer qu'on puisse avoir un burn-out à l'âge de vingt-neuf ans et, pourtant, c'est le cas.

Le travail à l'hôtel m'apportait beaucoup de satisfaction et comblait mon ego. Chaque fois que je négociais un gros contrat, une sorte de frisson d'adrénaline m'envahissait et, si les personnes avec lesquelles je négociais avaient plus d'expérience que moi, mon plaisir de gagner était décuplé. Chaque victoire financière me donnait un sentiment de domination et comblait le côté superficiel de mon caractère. Certains peuvent trouver ça bête, mais pour une fille venant d'une petite ville, qui n'a pas terminé ses études, c'était une priorité de s'affirmer aux yeux de son entourage.

— Laura, tu veux un thé ou un chocolat froid ?

— Martin, je t'en supplie ! C'est le milieu de la nuit !

Je me retourne dans le lit et mets l'oreiller sur ma tête.

Le soleil resplendissant d'août s'est introduit dans la chambre. Martin n'aime pas l'obscurité, c'est pour ça que, même dans la chambre, il n'y a pas de rideaux qui empêcheraient la lumière d'entrer. Il considère que le noir complet provoque chez lui un état dépressif. Il faut dire que cet état arrive plus vite chez lui qu'un café chez Starbucks. Les fenêtres étant plein sud, comme si c'était fait exprès, le soleil me réveille tous les matins.

— J'ai fait du thé et du chocolat, me dit Martin, debout dans l'embrasure de la porte, une tasse de chacune des deux boissons dans les mains. Il fait hyper chaud dehors, je pense donc que tu vas préférer le chocolat froid, ajoute-t-il en me tendant le mug et en soulevant la couette.

De plus en plus énervée, j'émerge de sous mon oreiller. Je sais que Martin ne va pas laisser tomber. Il est tout sourires, il est toujours comme ça le matin, plein d'énergie. C'est un homme chauve et costaud, le genre de type qu'on traite facilement de baraqué. Mis à part son aspect physique impressionnant, c'est la personne la plus généreuse que je connaisse. Il possède sa propre entreprise et, dès qu'il gagne une somme d'argent plus importante qu'à l'accoutumée, il en verse une partie à un hôpital pour enfants en disant : « Dieu m'a donné, donc je partage. »

Ses yeux bleus sont remplis de bonté, son nez est fort, parce qu'il se l'est cassé. Il est intelligent et bien élevé. Son sourire charmeur m'attendrit en une seconde, même lorsque je suis en colère contre lui.

Ses bras musclés sont couverts de tatouages – en réalité, tout son corps est tatoué, sauf les jambes. Il est vraiment costaud, il pèse plus de cent kilos. Avec lui, je me sens toujours protégée et, avec mon mètre soixante-cinq et mes cinquante kilos, ça me va très bien. Toute ma vie, ma mère m'a fait faire du sport, j'ai pratiqué un peu de tout, et comme je me lassais très vite, j'ai tout essayé, de la marche sportive au karaté. Grâce à ça, contrairement à celle de mon compagnon, ma silhouette est très « fit », mon ventre est dur et plat, j'ai les jambes musclées et les fesses bombées et remontées. C'est le résultat des millions de squats que j'ai pu faire.

— Je me lève, dis-je en prenant une gorgée du chocolat froid.

Je pose le mug pour aller dans la salle de bains. En m'arrêtant devant la glace, je me rends compte que j'ai vraiment besoin de vacances. Mes yeux presque noirs sont tristes et résignés, le manque d'activité m'a rendue toute molle. Mes cheveux châtains, qui encadrent mon visage mince, tombent sur mes épaules. C'est fou qu'ils soient aussi longs, normalement je les porte beaucoup plus courts. Avant, je me considérais comme une fille plutôt sexy, sûrement pas aujourd'hui. Mon mode de vie se voit sur mon corps, cette paresse, ce manque d'envie de travailler et le manque d'ambition pour l'avenir. Ma vie professionnelle me donnait toujours confiance en moi, et sans cartes de visite dans mon portefeuille ni de téléphone collé à mon oreille, j'ai l'impression de ne pas exister.

Je me brosse les dents, attache quelques barrettes dans mes cheveux, un peu de mascara et voilà… je ne peux pas faire plus aujourd'hui. J'ai encore les restes d'un maquillage permanent sur les cils, les sourcils et les lèvres, que j'avais fait réaliser il y a quelque temps… Ce qui me permet de dormir plus longtemps et de limiter le temps passé dans la salle de bains.

Je vais jusqu'à mon placard pour prendre la tenue que j'ai choisie hier. Peu importent les circonstances et l'état d'esprit qui est le mien et sur lequel je n'ai pas d'influence, je dois toujours être habillée avec soin. Dans une jolie tenue, je me sens tout de suite mieux et j'ai l'impression que ça se voit.

Ma mère m'a toujours dit que, même si elle souffre, une femme doit toujours être belle. Il faut donc que je détourne l'attention de mon visage qui n'est pas aussi attirant que d'habitude par une tenue soignée.

J'ai choisi de mettre un short en jean clair et court, une chemise blanche « oversize » et, même s'il fait trente degrés dehors, une veste en coton couleur gris chiné. J'ai toujours froid dans les avions, donc, même si je crève de chaud avant d'y entrer, au moins je ressentirai un peu de confort une fois là-haut. Je dis « un peu » car, pour quelqu'un qui a peur de voler, c'est toujours compliqué. Je glisse les pieds dans mes baskets à talons compensés Isabel Marant. Je suis prête.

J'entre dans le salon ouvert sur la cuisine. Notre appartement est très moderne, froid et sévère. Les murs sont recouverts de verre noir, des leds illuminent le bar et, au lieu d'une table comme dans les maisons normales, il y a juste ce bar avec deux chaises hautes. Le grand canapé d'angle gris placé au milieu de la pièce laisse deviner la taille imposante de son propriétaire. Le salon et la chambre sont séparés par un gigantesque aquarium. Difficile de trouver la moindre touche féminine dans cet appartement. Cet intérieur correspond parfaitement à un éternel célibataire, ce qui est justement le cas.

Martin, comme d'habitude, a le nez dans son ordinateur. Peu importe ce qu'il fait : qu'il travaille, regarde un film ou la télé... il est toujours sur son ordinateur, avec lequel il ne forme qu'une seule et même entité. Au début, ça me rendait folle, mais j'ai fini par m'y habituer. Même moi, je suis entrée dans sa vie grâce à cet appareil, il y a un an. Donc, ce serait ironique que j'essaie de le lui enlever.

Je me souviens, c'était en février, et moi, bizarrement, je n'étais plus en couple depuis plus de six mois. Je commençais à trouver le temps long, ou peut-être était-ce la solitude qui me pesait. En tout cas, j'avais décidé de m'inscrire sur un site de rencontres. C'était assez marrant et, en plus, ça stimulait mon estime de moi déjà bien présente. Durant une de mes insomnies, en parcourant le profil de milliers d'hommes, je suis tombée sur celui de Martin qui lui aussi cherchait une femme pour combler sa vie. Notre couple n'est pas un couple standard, on a tous les deux des caractères assez forts et explosifs, on est tous les deux aussi intelligents l'un que l'autre et très doués dans nos métiers respectifs. C'est ce qui nous lie le plus, car ça nous intrigue, ça nous attire aussi, ça nous impressionne même. La seule chose qui manque à notre couple, c'est cette attraction animale et un réel désir l'un pour l'autre. Comme l'a un jour exprimé Martin : « J'ai déjà assez sauté de filles dans ma vie. » Moi, en revanche, je suis un volcan bouillonnant d'énergie sexuelle, je me masturbe quotidiennement. Mais, avec lui, je me sens bien, en sécurité et protégée. Pour moi, ça a plus de valeur que le sexe. Du moins, c'est ce que je pense.

— Chéri, je suis prête, il faut juste que j'arrive à fermer ma valise et on peut y aller.

En rigolant, Martin range son ordinateur dans son sac et s'approche de ma valise.

— Je pense pouvoir faire quelque chose, poupée, dit-il en attrapant mon énorme valise. C'est toujours la même histoire, tu prends trop d'affaires : trente paires de chaussures et la moitié de ton armoire. Et, bien sûr, tu n'utilises même pas dix pour cent de ce qui s'y trouve.

Je croise les bras sur ma poitrine.

— J'aime avoir le choix !

Sur ces mots, je mets mes lunettes de soleil. Je suis prête à partir.

À l'aéroport, je suis toujours très nerveuse. La peur augmente, plus l'heure de monter dans l'avion approche. Je suis claustrophobe, du coup je déteste prendre l'avion. En plus de ça, j'ai hérité de ma mère une peur noire de la mort, j'ai l'impression qu'elle m'attend à chaque coin de rue, donc ce tube en métal avec le bruit infernal des moteurs ne m'a jamais inspiré confiance.

Les amis de Martin nous attendent dans le hall très éclairé du terminal. Ils partent avec nous pour les vacances. Caroline et Michel sont ensemble depuis très longtemps, ils pensent même au mariage, enfin, ils font peut-être un peu plus qu'y penser, je crois… Lui, bronzé, blond, les yeux bleus et les cheveux courts, est le dragueur par excellence. La seule chose qui l'intéresse, c'est la poitrine des filles, et il ne s'en cache pas du tout. Elle, en revanche, est grande, brune, avec des traits très fins. Au premier abord, elle ne dégage rien de spécial, mais, une fois qu'on apprend à la connaître, elle devient très intéressante. Elle ignore placidement les blagues déplacées de Michel. Je me demande toujours comment elle fait. Moi, je suis trop possessive pour supporter un mec comme ça qui est comme un sous-marin à la recherche permanente de sa cible. J'ai avalé deux calmants pour ne pas faire de scène ni de crise, une fois à bord, et ne faire honte à personne.

On a une escale d'une heure à Rome. Après quoi un vol, direct cette fois-ci, jusqu'en Sicile. Le deuxième vol ne dure qu'une heure, et heureusement. La dernière fois que je suis allée en Italie, j'avais seize ans et je n'en ai pas gardé de bons souvenirs. Les Italiens sont bruyants, lourds et ils ne parlent pas anglais. Pour moi, l'anglais est comme ma langue natale. Après toutes ces années passées dans des hôtels internationaux, il m'arrive même parfois de penser en anglais.

Lorsqu'on atterrit enfin à l'aéroport de Catane, le soleil se couche déjà. Le gars qui s'occupe des locations de voitures prend bien trop de temps avec chaque client, donc on reste coincés dans la queue pendant une heure. Je remarque que Martin commence à s'énerver, il a faim et s'impatiente. Je regarde autour de moi, pour trouver quelque chose d'intéressant, mais rien. Je sors du bâtiment climatisé. Une chaleur accablante me fait suffoquer. Au loin, on voit de la fumée s'échapper de l'Etna. Cette image me surprend, même si je sais que ce volcan est actif. Mon regard ne peut pas quitter cette vue magnifique, je ne regarde plus où je marche et je loupe la marche du trottoir. Ayant maladroitement trébuché, sans même m'en apercevoir, je me retrouve derrière un grand Italien, là, juste devant moi. J'ai failli lui rentrer dedans. Je m'arrête à cinq centimètres de son dos. Il n'a même pas bougé. Il n'a d'ailleurs pas remarqué ce qui s'est passé. Des hommes vêtus de costumes sombres sortent de l'aéroport, et ce type-là, on dirait qu'il les accompagne. Je ne vais pas plus loin et repars vite vers l'agence de location tout en priant pour que la voiture soit prête. Lorsque je m'approche du bâtiment, trois SUV noirs passent devant moi, celle du milieu ralentit, mais je ne peux pas voir qui est à l'intérieur à cause des vitres teintées.

— Laura ! (Martin a les clés de la voiture dans la main.) Où est-ce que tu étais ? Allez viens, on y va !

Devant le Hilton Giardini Naxos, un grand vase en forme de tête nous accueille, avec d'immenses lilas roses et blancs. Leur odeur embaume le hall d'entrée décoré tout en or.

— Pas mal, chéri. (Je me retourne en faisant un grand sourire à Martin.) C'est un peu comme chez Louis XVI. Je me demande si on aura droit à une baignoire à pattes de lion.

On explose tous les quatre de rire, car on ressent tous la même chose. L'hôtel n'est pas aussi luxueux qu'il devrait l'être, il appartient quand même au groupe Hilton. Il y a plein de défauts que mon œil de spécialiste a repérés immédiatement.

— Le plus important est que le lit soit confortable, qu'il y ait de la vodka et qu'il fasse beau, dit Michel. Le reste, on s'en fout.

— Ouais, j'ai encore oublié que je ne suis pas une alcoolique comme vous, dis-je tout en fronçant les sourcils. J'ai faim, la dernière fois que j'ai mangé, c'était à Varsovie. Est-ce qu'on peut se dépêcher et aller en ville ? Je sens déjà le goût du vin et de la pizza dans ma bouche…

— … dit la non-alcoolique, addict au vin et au champagne, souligne Martin d'un ton moqueur en me prenant dans ses bras.

Apparemment, tout le monde a faim car, en un quart d'heure, tout est réglé et nos affaires sont dans nos chambres respectives.

En si peu de temps, je ne pouvais pas me préparer convenablement pour le dîner, mais, tout en rangeant mes affaires, j'ai imaginé toutes les tenues possibles, même si elles étaient toutes froissées après le voyage.

J'ai choisi une robe longue, noire, le dos croisé en petits maillons, avec juste des sandales noires, un sac en cuir avec des franges de la même couleur, une montre en or et de grandes créoles également en or aux oreilles. En vitesse, j'ai crayonné mes yeux de noir, j'ai remis une couche de mascara sur ce qui restait du matin et un peu de poudre sur mon visage. En sortant, j'ai pris mon gloss brillant et, sans miroir, j'en ai vite mis sur mes lèvres.

Caroline et Michel, qui ont gardé la même tenue que ce matin, me regardent, tout étonnés.

— Laura, dis-moi, comment as-tu trouvé le temps de t'habiller, de te maquiller et d'avoir l'air de t'être préparée toute la journée pour sortir ? marmonne Caroline en marchant vers l'ascenseur.

Je hausse les épaules.

— Bah… vous, vous avez du talent pour boire de la vodka, et moi, je peux me préparer en pensée toute la journée pour pouvoir le faire en vrai en un quart d'heure.

— D'accord, arrête de dire des conneries et allons boire un coup, dit Martin d'un air décidé.

On traverse le lobby de l'hôtel pour enfin se retrouver dehors.

Giardini-Naxos est si beau la nuit, si coloré. Avec ses petites ruelles pleines de vie et de musique, et toutes sortes de gens, de jeunes fêtards comme des mères avec leurs enfants. La Sicile ne prend vie que la nuit, la journée étant bien trop chaude pour qu'on puisse faire quoi que ce soit. On arrive au port, qui est la partie de la ville où il y a le plus de monde à cette heure-ci. Tout au long de la promenade, on peut apercevoir un défilé de bars, de restaurants et de cafés.

— Je vais mourir de faim, je vais tomber et y rester, dit Caroline.

Michel montre du doigt un des restaurants sur la plage.

— Regardez celui-ci, il a l'air parfait.

La Tortuga est un lieu élégant avec des fauteuils, des canapés blancs et des tables en verre. L'endroit est entièrement éclairé de bougies. Le toit, lui, est fait d'un tissu en voile qui bat dans le vent, ça donne l'impression que le restaurant est en pleine mer et prêt à s'envoler. Et, malgré les prix élevés, La Tortuga est bondée. Martin a, du regard, attiré l'attention du serveur et, grâce à quelques euros discrètement glissés dans sa main, nous avons très rapidement été installés à une table. Ma robe et moi, nous ne nous fondons pas du tout dans le paysage. En traversant le restaurant, j'ai eu l'impression d'attirer tous les regards. Je suis une sorte d'ampoule noire sur un fond complètement blanc.

— Je me sens observée. Qui aurait pu savoir qu'on dînerait dans un décor aussi clair ? je chuchote à l'oreille de Martin.

Il regarde autour de lui et se penche vers moi en murmurant :

— Tu as la manie de croire qu'on te regarde. Tu es absolument superbe, donc, si c'est le cas, ils ont de quoi regarder.

Je jette à nouveau un regard autour de moi. Apparemment, personne ne m'observe et, pourtant, j'ai constamment l'impression que quelqu'un me surveille. J'essaie d'oublier cette autre phobie que ma mère m'a transmise et je me concentre sur la carte où j'ai aperçu mon plat préféré : du poulpe grillé. J'ajoute à ça un verre de prosecco.

— Je vais aux toilettes, dis-je en me levant et en cherchant dans quelle direction aller.

Dans un coin, à côté d'un magnifique bar en bois, j'aperçois une petite porte. Je m'y dirige en espérant tomber au bon endroit. Je franchis la porte, malheureusement, je me retrouve en pleine salle de plonge. Je reviens vite sur mes pas et je crie de surprise lorsque ma tête cogne un torse dur comme du fer. Embarrassée et en posant ma main sur mon front, je relève la tête. Un grand et bel Italien se tient devant moi. Est-ce que je le connais ? Son regard glacial me transperce. Je suis incapable de bouger lorsqu'il me fixe de ses yeux noirs. Quelque chose en lui me terrorise au point que je me sens enracinée dans le sol.

— Je pense que tu es perdue, dit-il dans un anglais parfait. Dis-moi ce que tu cherches.

Il me sourit de ses dents blanches, parfaitement alignées, tout en posant la main entre mes omoplates, sur la peau nue de mon décolleté. Il m'accompagne jusqu'à la porte. Lorsque je sens sa main sur moi, j'ai un frisson qui ne me facilite pas la marche. Je suis si désorientée qu'aucun mot d'anglais ne me vient à l'esprit. Je ne peux qu'esquisser un sourire, ou plutôt une grimace, et je pars rejoindre Martin. Après ce qui vient de se passer, je ne me rappelle même plus pourquoi je me suis levée.

Lorsque j'arrive à la table, mes amis sont déjà en train de se noyer dans l'alcool – ils ont terminé la première tournée et en ont commandé une autre. Je m'affale sur le canapé, prends mon verre de prosecco et l'avale cul sec. Entre-temps, avant même d'avoir reposé mon verre, je fais comprendre au serveur qu'il m'en faut un autre.

Martin me regarde en rigolant.

— Alcoolo ! Et soi-disant, c'est moi qui bois trop !

— J'ai bizarrement très soif, je réponds, un peu embarrassée.

— Il doit se passer des choses extraordinaires dans ces toilettes, vu le résultat !

À ces mots, je me retourne pour essayer de retrouver l'Italien devant qui mes genoux ont tremblé autant que le premier jour où j'ai conduit une moto après avoir obtenu mon permis. Il ne devrait pas être difficile à repérer car lui aussi était vêtu de noir, comme moi. Il portait un pantalon ample, une chemise noire légèrement déboutonnée qui laissait apparaître un chapelet en bois, et des mocassins de la même couleur. Même si je ne l'ai vu qu'une seconde, je me rappelle précisément tous ces détails.

— Laura ! (La voix de Michel me ramène à la réalité.) Arrête de regarder tous ces gens et bois un coup.

Je n'avais même pas remarqué qu'un nouveau verre de prosecco était posé devant moi. Je déguste mon verre, même si ma seule envie est de le boire cul sec, car mes jambes tremblent encore. Le poulpe est parfait, ils y ont ajouté des tomates sucrées. Martin mange son gigantesque calamar habilement découpé et présenté sur une assiette, accompagné d'ail et de coriandre.

— Mon Dieu ! hurle Martin en se levant du canapé blanc. Mais vous savez quelle heure il est ? Déjà minuit passé, alors, Laura, « Joyeux anniversaire, joyeux anniversaire... ».

Caroline et Michel se sont eux aussi levés et l'ont rejoint pour former une chorale, en italien cette fois. Le restaurant se remplit vite d'applaudissements. J'ai envie de rentrer sous terre. C'est une de ces chansons que je déteste le plus. Je pense que personne ne l'aime réellement. Alors, qu'est-ce qu'il faut faire lorsqu'elle dure et dure et dure ? Chanter ? Applaudir ? Sourire à tout le monde ? Il n'y a pas de bonne solution. On passe toujours pour un con. Avec un sourire forcé et aidée par l'alcool, je me lève et je salue tout le monde en me pliant en deux.

— Tu étais obligé de me faire ça ? je grogne, mais je me force à sourire à Martin. Me rappeler que je suis vieille n'est pas spécialement agréable. Et en plus, est-ce que tout le monde était obligé de participer ?

— Bah quoi, ma chérie, il n'y a que la vérité qui blesse. Pour me faire pardonner et bien commencer la fête d'aujourd'hui, j'ai commandé ta boisson préférée.

Le serveur apparaît avec une bouteille de Moët & Chandon rosé et quatre coupes.

— J'adore ! je crie en sautillant et en tapant dans mes mains comme une petite fille.

Le serveur sourit devant ma joie et pose un seau à glace sur la table avec la bouteille déjà à moitié vide dedans.

— Alors, santé ! lance Caroline en levant son verre. À toi, pour que tu trouves ce que tu cherches, que tu aies ce que tu veux et que tu ailles là où tu rêves d'aller. Joyeux anniversaire !

On trinque tous ensemble en levant nos verres. Une fois la bouteille terminée, je dois vraiment aller aux toilettes. Cette fois-ci, je suis les explications du serveur.

Après minuit, le restaurant se transforme en boîte de nuit, des lumières colorées s'allument, ce qui change complètement l'ambiance. L'intérieur blanc, élégant, voire un peu stérile, explose désormais de couleurs. Je me fraye un chemin à travers la foule lorsque ce sentiment étrange d'être observée s'empare à nouveau de moi. Je m'arrête et j'examine ce qui m'entoure. Sur une plate-forme, j'aperçois un homme habillé de noir dont le regard me transperce de nouveau. Il m'étudie des pieds à la tête avec le plus grand calme et un manque total d'expression. C'est l'homme le plus singulier que j'aie jamais vu, même s'il est le stéréotype le plus classique de l'Italien. Des cheveux noirs lui tombent de manière indisciplinée sur le front, une barbe de trois jours sculpte son visage, ses lèvres sont pulpeuses et précisément dessinées comme si elles avaient été créées pour le plaisir des femmes. Il a le regard froid et perçant, comme celui d'un animal sauvage, prêt à bondir. C'est en le voyant de loin que je me rends compte à quel point il est grand, bien plus grand que toutes les femmes autour de lui. Il doit faire au moins un mètre quatre-vingt-dix. J'ignore combien de temps on se regarde, j'ai l'impression que le temps s'est arrêté. Quelqu'un me bouscule, ce qui m'oblige à reprendre mes esprits. Ce regard échangé m'a mise dans un tel état de transe que je tombe raide sur le sol.

— Tu n'as rien ? me demande l'homme en noir, apparu à mes côtés tel un fantôme. Si je n'avais pas vu que cet homme t'avait bousculée, j'aurais été persuadé que rentrer dans les étrangers était une manière d'attirer l'attention sur toi.

Il m'attrape par le coude et me soulève pour que

je me relève. Je sens qu'il a beaucoup de force ; il le fait avec une telle facilité qu'on dirait que je ne pèse rien. L'alcool que j'ai ingurgité me donne un peu de courage.

— Et toi, tu sers toujours de mur ou de grue ? je grogne en essayant de lui lancer le regard le plus froid possible.

Il s'éloigne de moi sans me quitter du regard, m'observant des pieds à la tête, comme s'il n'arrivait pas à croire que je suis réelle.

— Tu m'as regardée toute la soirée, n'est-ce pas ? je demande d'un air irrité. J'ai tendance à penser qu'on m'observe tout le temps, et mon intuition ne me trompe jamais.

L'homme sourit, comme si je me moquais de lui.

— Je regarde la boîte de nuit. Je surveille les serveurs, j'étudie la satisfaction des clients et je suis à la recherche de femmes qui ont besoin d'un mur ou d'une grue.

Sa réponse me déroute.

— Alors, merci d'avoir joué les grues. Je vous souhaite une bonne soirée, je réponds en lui jetant un regard provocant, tout en me dirigeant vers les toilettes.

Une fois que je lui ai tourné le dos, je ressens un soulagement et je souffle. Au moins cette fois-ci je ne suis pas partie comme une idiote. J'ai été capable d'une repartie.

— Au revoir, Laura, j'entends derrière moi.

Lorsque je me retourne, il n'y a plus personne, juste une foule qui danse. L'homme en noir a disparu.

D'où est-ce qu'il connaît mon nom ? Est-ce qu'il a

surpris nos conversations ? Il n'était pas aussi près que ça, sinon je l'aurais vu, je l'aurais senti.

Caroline m'attrape par la main.

— Viens, sinon tu n'y arriveras jamais, à ces toilettes, et nous on restera coincés ici pour un moment.

Lorsqu'on regagne notre table, il y a une nouvelle bouteille de Moët.

— Eh bien, chéri, aujourd'hui, on fête un anniversaire comme des riches ! dis-je en rigolant.

— Je pensais que c'est toi qui l'avais commandée. J'avais déjà payé et je voulais partir.

Je regarde autour de moi. Je sais que la bouteille n'est pas arrivée là par hasard et qu'il m'observe encore.

— C'est sûrement un cadeau du restaurant. Après une telle chorale de joyeux anniversaire, ils ne pouvaient pas faire autrement, dit Caroline en rigolant. Puisqu'elle est là, buvons-la.

Tandis qu'on s'attaque à la seconde bouteille, je gigote nerveusement sur le canapé, je me demande bien qui est cet homme vêtu de noir, pourquoi il me regardait comme ça et comment il connaît mon prénom.

On passe le reste de la soirée à aller de club en club. On rentre à l'hôtel à l'aube.

Un mal de tête terrible me réveille. Bien sûr… le Moët. J'adore le champagne, mais il me donne les pires gueules de bois. Je cherche des antidouleurs dans ma trousse de toilette, j'en avale trois d'un coup et je retourne me coucher.

Lorsque je me réveille quelques heures plus tard, Martin n'est plus à côté de moi, le mal de tête est passé et, à travers la fenêtre entrouverte, j'entends les bruits de personnes qui s'amusent dans la piscine. Je suis en vacances, je vais donc me lever pour aller bronzer. Motivée par cette idée séduisante, je prends une douche rapide, j'enfile mon maillot de bain et, une demi-heure plus tard, je suis fin prête pour la bronzette.

Michel et Caroline boivent du vin frais, allongés sur un transat au bord de la piscine.

— Le meilleur des médicaments, dit Michel en me tendant un verre en plastique. Désolé pour le plastique, mais c'est le règlement.

Le vin est délicieux, frais et rafraîchissant. Je finis le verre très rapidement.

— Vous avez vu Martin ? Quand je me suis réveillée, il n'était pas là.

— Il travaille dans le lobby de l'hôtel, le wifi dans la chambre n'était pas assez bon, indique Caroline.

Bien évidemment, l'ordinateur est son meilleur ami et le travail sa meilleure maîtresse, me dis-je en m'allongeant sur un transat. Je passe le reste de la journée en compagnie du couple qui s'embrasse sans arrêt. De temps à autre, Michel se décolle de Caroline pour lancer un « Sacrés nichons ! » en matant une femme qui passe devant nous.

— On peut peut-être aller déjeuner ? Je vais aller chercher Martin, ce n'est pas des vacances s'il est tout le temps derrière son écran d'ordinateur.

Il se lève de son transat, enfile sa chemise avant de se diriger vers l'entrée de l'hôtel.

Je me tourne vers Caroline qui me regarde avec de grands yeux quand j'avoue :

— J'en ai marre de lui parfois. Je ne serai jamais la

plus importante. Jamais plus importante que le travail, les amis, les plaisirs. J'ai l'impression qu'il est avec moi parce qu'il n'a rien de mieux à faire et que c'est confortable. C'est un peu comme avoir un chien, lorsque tu le veux, tu le caresses, lorsque tu as envie, tu joues avec lui, mais lorsque tu ne veux pas de sa compagnie, tu le chasses parce qu'il existe pour toi, et pas toi pour lui. Martin discute plus souvent avec ses copains sur Facebook qu'avec moi. Et ne parlons même pas de ce qui se passe au lit…

Caroline s'appuie sur un coude.

— Tu sais, Laura, c'est parfois comme ça dans les couples, le désir disparaît.

— Mais pas après un an et demi… Est-ce qu'il y a quelque chose chez moi qui ne va pas ? Est-ce que c'est pécher d'avoir parfois juste envie de baiser ?

Caroline se lève en rigolant et me tire par le bras.

— Je pense qu'il faut qu'on boive un coup, parce que s'inquiéter ne va rien y changer. Regarde où on est ! C'est idyllique et, toi, tu es superbe. N'oublie pas : si ce n'est pas lui, ce sera un autre. Viens.

Je mets ma tunique à fleurs, mes lunettes de soleil Ralph Lauren pour cacher mes yeux, je me fais un turban avec mon foulard et je suis Caroline en direction du bar, dans le lobby. Puis elle part dans sa chambre pour y poser son sac. Je m'approche du bar en faisant signe au barman. Je demande deux verres de prosecco bien frais. Eh oui, c'est exactement de ça que j'ai besoin.

J'entends une voix d'homme derrière mon dos.

— C'est tout ? Je pensais que ton palais était fidèle au Moët…

Je reste figée. Je ne peux pas l'appeler l'homme en

noir aujourd'hui. Il porte un pantalon de lin blanc cassé et une chemise claire déboutonnée qui va parfaitement avec sa peau bronzée. Il a enlevé ses lunettes de soleil, et son regard me pétrifie encore une fois. Il s'adresse en italien au barman qui, depuis son arrivée, m'ignore complètement. Il attend comme un soldat sa commande à lui. Cachée derrière mes lunettes de soleil, je me sens particulièrement courageuse et énervée. J'ai aussi une gueule de bois carabinée.

— Pourquoi est-ce que j'ai l'impression que tu me suis ?

Il lève la main droite et, doucement, fait glisser mes lunettes de soleil pour voir mes yeux. C'est comme s'il avait retiré le bouclier qui me servait de protection.

— Ce n'est pas une impression, dit-il en me regardant profondément dans les yeux. Ce n'est pas non plus une coïncidence. Je te souhaite un joyeux vingt-neuvième anniversaire, Laura. Pour que l'année qui vient soit la meilleure que tu aies jamais vécue, murmure-t-il délicatement, et il m'embrasse sur la joue.

Je suis si confuse que je ne peux plus rien dire. Comment connaît-il mon âge ? Et comment m'a-t-il trouvée de l'autre côté de la ville ?

La voix du barman me sort de ma torpeur, je me retourne vers lui. Il pose devant moi une bouteille de Moët rosé et un petit gâteau sur lequel est allumée une bougie.

— C'est quoi, ce bordel ?

Je me retourne, mais l'homme vêtu de noir a disparu.

— Joli, dit Caroline en s'approchant du bar. Ce devait être un verre de prosecco et ça se termine par une bouteille de champagne !

Je hausse les épaules en scrutant nerveusement le hall à la recherche de l'homme en noir. Il s'est évaporé. Je sors ma carte de crédit que je tends au barman. En un anglais à peine compréhensible, il la refuse en disant que la note a déjà été réglée. Caroline lui offre un sourire radieux, elle prend le seau à glace avec la bouteille et part en direction de la piscine. Je souffle la bougie encore allumée et je la suis. Je suis frustrée, désorientée et intriguée. Des scénarios divers sur l'identité de cet homme commencent à s'emparer de mon imagination. La première chose qui me vient à l'esprit, c'est que c'est un pervers et un harceleur. Mais ce n'est pas du tout l'image qu'il renvoyait. Je dirais un bel Italien qui essaie d'éviter les femmes tombant à ses pieds plutôt que de les poursuivre de ses assiduités. Il ne doit pas être pauvre, avec les vêtements et les chaussures de marque qu'il portait. Il a évoqué quelque chose au sujet de la satisfaction des clients du restaurant, l'autre hypothèse logique est donc qu'il est le manager du lieu dans lequel on était. Mais qu'est-ce qu'il faisait à l'hôtel ? Je secoue la tête comme pour en chasser la multitude de questions qui m'occupent. Après tout, qu'est-ce que j'en ai à faire ? me dis-je en buvant une gorgée. C'est sûrement une pure coïncidence, je me fais des idées.

Lorsqu'on a terminé la bouteille, nos deux hommes réapparaissent. Ils sont tout joyeux.

— Alors, on déjeune ? demande Martin, tout content.

Je sens les bulles de champagne dans ma tête, celui d'hier et celui d'aujourd'hui. Son absence m'a énervée et je dis :

— Martin, putain ! C'est mon anniversaire, et toi, tu disparais toute la journée, tu te fous de ce que je fais ou de comment je me sens et, d'un seul coup, tu apparais comme si de rien n'était et tu proposes d'aller déjeuner ? J'en ai marre ! J'en ai marre que ce soit toujours comme tu veux, que ce soit toujours toi qui décides comment ça va être et que je ne compte jamais dans tes choix. Le déjeuner, c'était il y a des heures, maintenant il est plutôt l'heure de dîner !

J'attrape ma tunique, mon sac et je me précipite vers le lobby. Je cours à travers le hall et je me retrouve dans la rue. Je sens qu'une vague de larmes ne va pas tarder à me submerger. Je mets mes lunettes de soleil et je pars.

Les rues de Gardini ressemblent à une peinture de paysage urbain. Le long des trottoirs, il y a des arbres en fleurs et les bâtiments sont très bien entretenus. Malheureusement, dans l'état où je suis, je n'arrive pas à apprécier toutes ces belles choses sous mes yeux. Je me sens si seule. Soudain, je me rends compte que les larmes ont commencé à couler. Je cours en sanglotant comme si j'essayais d'échapper à quelque chose.

Le soleil est déjà orange. Je continue à marcher. Lorsque ma colère est passée, je sens à quel point j'ai mal aux jambes. Mes sandales compensées, même si elles sont très belles, ne sont pas faites pour un marathon. Dans une ruelle, j'aperçois un café, italien, l'endroit idéal pour se reposer, d'autant que la carte indique qu'il y a du vin mousseux. Je m'assieds dehors, devant la mer calme et plate. Une femme âgée m'apporte un verre et me dit quelque chose en italien en me caressant la main. Mon Dieu, sans même comprendre un mot, je devine qu'elle me parle des hommes qui peuvent être odieux parfois et qui ne méritent pas nos larmes. Je reste assise à contempler la mer jusqu'à la tombée de la nuit. J'aurais été incapable de me lever après avoir ingurgité une telle quantité d'alcool sans avoir mangé une superbe pizza aux quatre fromages. Elle était encore plus réconfortante que le vin et le tiramisu fait maison, lesquels étaient encore meilleurs qu'un champagne.

Je me sens prête à repartir et à faire face à la situation à laquelle j'ai échappé. Je me dirige tranquillement vers l'hôtel. Les ruelles que j'emprunte sont quasiment vides, trop éloignées de la promenade principale et de la mer. Soudain, deux SUV passent près de moi. Ils me rappellent ceux que j'ai aperçus à l'aéroport.

La nuit est très chaude et je suis pompette. Mon anniversaire se termine et tout va très mal. Lorsque j'arrive au bout de la rue, je réalise que je ne sais plus où je suis. Ça alors, moi et l'orientation ! Je regarde autour de moi et la seule chose que je peux apercevoir, ce sont les phares aveuglants de deux voitures qui approchent.

2

Lorsque j'ouvre les yeux, il fait nuit. Je regarde autour de moi, mais je n'ai aucune idée de l'endroit où je me trouve. Je suis allongée sur un lit immense, éclairé seulement par les lanternes de l'extérieur. J'ai mal à la tête et envie de vomir. Dans quelle merde je me trouve, où est-ce que je suis ? J'essaie de me lever, mais je n'ai aucune force, j'ai l'impression de peser une tonne. Je ne peux même pas soulever la tête de l'oreiller. Mes yeux se referment et je me rendors.

Lorsque je me réveille à nouveau, il fait toujours noir. Je ne sais pas combien de temps j'ai dormi, peut-être une nuit entière ? Je ne vois l'heure nulle part, je n'ai ni mon sac ni mon téléphone. Cette fois, je réussis à me lever et à m'asseoir au bord du lit. J'attends un moment, jusqu'à ce que je n'aie plus la tête qui tourne. Je vois une lampe de chevet à côté du lit. Lorsque la lumière illumine la pièce, je me rends compte que le lieu dans lequel je me trouve est assez ancien. Il m'est aussi complètement inconnu.

Les cadres des fenêtres sont immenses et très richement décorés. En face du lit de bois lourd, il y a une immense cheminée en pierre, comme je n'en ai vu que dans les films. Au plafond, de vieilles poutres qui s'accordent parfaitement avec le cadre des fenêtres. La chambre est chaleureuse, élégante et très italienne. Je me dirige vers la fenêtre et, au bout d'un moment, je sors sur le balcon qui donne sur un jardin à couper le souffle.

— Excellent, Madame ne dort plus.

À ces mots, je sens mon cœur remonter dans ma gorge. Je me retourne et j'aperçois un jeune Italien. Son accent en anglais l'a immédiatement trahi. Son apparence aussi. Il n'est pas très grand, comme la majorité des Italiens que j'ai pu croiser. Il a les cheveux assez longs et foncés qui lui tombent sur les épaules, des traits délicats et des lèvres charnues. C'est un très beau garçon, impeccablement habillé d'un élégant costume. Il ressemble à un adolescent qui ferait de la musculation.

— Pourquoi je suis là ? Où est-ce que je suis ? je crie, énervée, en m'approchant du jeune homme.

— Rafraîchissez-vous, je vous en prie. Je reviens vous chercher dans un instant et vous allez tout savoir, dit-il.

Puis il quitte la pièce en fermant la porte derrière lui. On dirait qu'il essaie de m'échapper, alors que c'est moi qui suis terrorisée par la situation.

J'essaie d'ouvrir la porte, mais elle est fermée à clé. Je soupire de désespoir, impuissante.

À côté de la cheminée, j'aperçois une autre porte. Je l'ouvre et allume la lumière. Je me retrouve dans une salle de bains incroyable. Au centre de la pièce se trouve une immense baignoire, les toilettes sont dans un coin et, à côté, il y a un lavabo surmonté d'un miroir. De l'autre côté, une douche à l'italienne dans laquelle on pourrait facilement mettre une équipe de foot entière. Elle n'a pas de bac ni de mur, seulement des vitres et un sol composé de petites mosaïques. La salle de bains doit faire la taille de l'appartement de Martin.

Martin... Il doit être fou d'inquiétude. Ou peut-être pas. Peut-être qu'il est juste heureux de ne plus m'avoir sur le dos. Je suis sur les nerfs, un énervement mêlé de peur.

Je me plante devant le miroir et m'examine. Je me trouve jolie. Particulièrement jolie, en fait. Je suis bronzée et j'ai l'air reposée. Les cernes que j'avais sous les yeux ont disparu. Je suis toujours vêtue de la tunique et du maillot que je portais le jour de mon anniversaire, lorsque je me suis échappée de l'hôtel. Comment est-ce que je peux me rafraîchir sans mes affaires ? Je me déshabille et prends une douche. J'attrape un peignoir blanc pendu sur un cintre et voilà ! Je suis rafraîchie.

Je suis en train de faire le tour de la chambre en essayant de trouver des indices sur l'endroit où je me trouve quand la porte s'ouvre. C'est le jeune Italien. D'un geste décidé, il me fait signe de le suivre. On marche le long d'un couloir décoré de vases remplis de fleurs. La maison est plongée dans l'obscurité la plus totale, et seule la lumière des lampadaires de la rue éclaire un peu les pièces. Les couloirs sont un labyrinthe interminable. Le jeune homme s'arrête enfin devant une porte et l'ouvre. Il me fait entrer et me laisse seule. Je suis dans une bibliothèque, aux murs recouverts d'étagères de livres et de tableaux dans des cadres massifs en bois. Au centre, une énorme cheminée allumée autour de laquelle sont placés des canapés vert foncé, à l'allure très confortable, jonchés d'une grande quantité de coussins aux reflets dorés. Près d'un des fauteuils se trouve une petite table sur laquelle est posé un seau à glace avec du champagne. Je frissonne en l'apercevant. Après mes dernières aventures avec l'alcool, ce n'est pas vraiment ce dont j'ai besoin.

— Assieds-toi, s'il te plaît. Tu as mal réagi aux somnifères, je ne savais pas que tu avais des soucis avec ton cœur.

Une voix masculine… J'aperçois une silhouette sur le balcon, qui me tourne le dos.

Je ne tremble pas.

— Laura, assieds-toi. Je n'aime pas me répéter. Fais-le ou je te fais asseoir de force.

J'entends les battements de mon cœur dans mon crâne, j'ai l'impression que je vais m'évanouir. Soudain, il fait à nouveau tout noir.

— Mais, bordel, pourquoi tu ne m'écoutes pas ?

La silhouette du balcon se rapproche et me rattrape juste avant que je ne tombe par terre. Je cligne des yeux, essayant de retrouver un peu de lucidité. Je sens qu'on me dépose dans un fauteuil et qu'on me met un glaçon dans la bouche.

— Suce-le. Tu as dormi presque deux jours, le médecin t'a perfusée pour que tu ne te déshydrates pas, mais tu as peut-être encore besoin de t'hydrater, c'est ce qui te fait tourner la tête.

Je connais cette voix et cet accent très singulier.

J'ouvre les yeux et je croise un regard glacial qui ne m'est pas inconnu. L'homme que j'ai croisé au restaurant de l'hôtel est agenouillé devant moi. Mon Dieu… et à l'aéroport aussi. Il est habillé de la même façon que le jour où j'ai atterri en Sicile et où je suis rentrée dans son garde du corps, à l'aéroport. Il porte un costume et une chemise noire dont le premier bouton est défait. Il est élégant et hautain.

Je lui recrache le glaçon droit dans la figure.

— Qu'est-ce que je fais là ? Qui es-tu et de quel droit tu me gardes ici ?

Il essuie les gouttelettes d'eau sur son visage et ramasse les restes du glaçon pour les jeter dans la cheminée.

En colère, et oubliant à quel point je suis faible, je me mets à hurler :

— Réponds-moi, putain !

Quand j'essaie de me lever, il m'attrape par les épaules en me coinçant contre le fauteuil.

— J'ai dit : assieds-toi. Je ne tolère pas le manque d'obéissance, grogne-t-il au-dessus de moi, les deux bras appuyés sur les accoudoirs du fauteuil.

Furieuse, je lève la main et lui balance une claque de toutes mes forces. Ses yeux se remplissent de fureur. De peur, je m'enfonce dans le fauteuil de quelques centimètres de plus. Il se relève doucement et inspire profondément. Je suis tellement effrayée par ce que je viens de faire que je ne bouge plus, préférant ne pas pousser trop loin ses limites. Il se dirige vers la cheminée et s'appuie contre le mur, devant le feu. Les secondes passent, le silence s'épaissit. Si je n'étais pas retenue ici contre ma volonté, j'aurais sûrement des remords et je me répandrais en excuses. Mais je ne ressens que de la colère.

— Laura, tu es tellement désobéissante que je m'étonne que tu ne sois pas italienne.

Il se retourne. Ses yeux sont toujours en feu. Je ne

dis rien, espérant apprendre de lui pourquoi je suis là et pour combien de temps.

La porte s'ouvre soudain sur le jeune Italien.

— Don Massimo…

L'homme en noir lui jette un regard menaçant. Il s'approche de lui de telle sorte que leurs fronts se touchent presque et il se baisse sur le jeune homme, qui a quelques centimètres de moins que lui.

La conversation se déroule en italien, sur un ton calme. L'homme qui me retient prisonnière ne dit rien. Quand le jeune Italien a terminé, il lui répond en une phrase et le jeune homme ressort, refermant la porte derrière lui. L'homme en noir marche dans la pièce de long en large. Puis il sort sur le balcon. Appuyé contre la rambarde, il répète quelque chose à voix basse.

Don… Je me rappelle soudain que dans *Le Parrain*, Marlon Brando, qui est à la tête d'une famille de mafieux, se fait appeler comme ça. Et tout commence à faire sens : les gardes du corps, les voitures aux vitres teintées, cette maison, cette autorité naturelle. Je pensais que Cosa Nostra était une invention de Francis Ford Coppola ; or je me retrouve au milieu d'une histoire très sicilienne.

— Massimo ?… dis-je doucement. Je peux t'appeler comme ça ou je dois dire Don ?

L'homme se retourne et s'approche de moi d'un pas décidé. Le tourbillon de mes pensées m'empêche de respirer correctement. La peur me paralyse.

— Tu penses que tu as tout compris, maintenant ? demande-t-il en s'asseyant sur le canapé.

— Maintenant, je sais comment tu t'appelles.

Il sourit légèrement. J'ai l'impression qu'il se détend.

— J'imagine que tu attends des explications. Mais je ne sais pas comment tu vas réagir à ce que je vais te dire, alors bois un coup.

Il se lève et nous sert deux coupes de champagne. Il en prend une et me tend l'autre. Il boit une gorgée et se rassied dans le canapé.

— Il y a quelques années, j'ai eu, disons, un accident. On m'a tiré dessus à plusieurs reprises. C'est le risque qu'on encourt en appartenant à une famille comme la mienne. Lorsque j'étais sur mon lit d'hôpital entre la vie et la mort, j'ai vu…

Il s'interrompt, se lève et se dirige vers la cheminée. Il pose son verre et pousse un soupir.

— Ce que je vais te dire est difficile à croire et, jusqu'au jour où je t'ai aperçue à l'aéroport, je n'avais pas imaginé que tu puisses être réelle. Regarde ce tableau au-dessus de la cheminée.

Je lève les yeux. Et je reste paralysée. C'est le portrait d'une femme qui a mon visage. J'attrape mon verre et le vide d'un trait. Massimo continue :

— Lorsque mon cœur s'est arrêté, je t'ai vue… Après de nombreuses semaines dans le coma, je me suis réveillé et, petit à petit, j'ai retrouvé mes capacités physiques et intellectuelles. Dès que je m'en suis senti capable, j'ai appelé un artiste pour peindre ma vision, le tableau de la femme que j'avais aperçue. C'est toi qu'il a peinte.

Ça ne fait aucun doute : la femme qui est sur cette peinture, c'est moi. Mais comment est-ce possible ?

— Je t'ai cherchée partout. Même si, quelque part au fond de moi, j'étais persuadé qu'un jour tu allais apparaître. Et c'est ce qui s'est passé. Je t'ai vue en sortant du terminal. J'étais prêt à t'attraper pour ne plus te lâcher, mais c'était trop risqué. Depuis ce moment-là, mes hommes te suivent. La Tortuga, le restaurant dans lequel tu t'es retrouvée, est à moi, mais c'est le hasard qui a fait que tu y es allée. Sachant que tu étais là, je ne pouvais pas rater l'opportunité de te parler et le hasard, encore une fois, a fait que tu t'es trouvée derrière une porte où tu ne devais pas être. Je ne peux pas dire que ces hasards n'étaient pas à mon avantage. L'hôtel dans lequel tu étais m'appartient aussi, en partie…

Tout à coup, je comprends d'où venait le champagne posé sur notre table, pourquoi j'avais l'impression qu'on m'observait, qu'on me suivait. J'ai envie de l'interrompre et de lui poser des millions de questions, mais je décide de le laisser continuer.

— Toi aussi, tu dois m'appartenir, Laura.

Là, je ne peux pas me contenir.

— Je n'appartiens à personne, je ne suis pas un objet. Tu ne peux pas me posséder juste comme ça. M'enlever et espérer que je sois à toi.

— Je sais, c'est pour ça que je te donne une chance de tomber amoureuse de moi et de rester à mes côtés parce que tu le veux, et pas contrainte et forcée.

J'explose de rire. Je me lève doucement du fauteuil. Massimo ne réagit pas lorsque je m'approche de la cheminée en faisant tourner ma coupe entre mes doigts. Je la vide jusqu'à la dernière goutte et me tourne vers mon ravisseur en le fusillant du regard.

— Tu te fous de ma gueule ! J'ai un mec qui va me chercher. J'ai une famille, des amis, une vie ! Et je n'ai pas besoin de ta putain de chance, de ton chantage à l'amour ! Alors, je te le demande gentiment, laisse-moi partir et rentrer chez moi.

Massimo traverse la pièce. Il ouvre une armoire et en sort deux enveloppes. Il revient à côté de moi et s'approche suffisamment pour que je sente son parfum, une eau de toilette légèrement épicée qui sent le pouvoir et l'argent. Ce mélange me donne le tournis. Il me tend la première enveloppe et dit :

— Avant que tu ne les ouvres, je dois t'informer de ce qu'elles contiennent...

Je n'attends pas ses explications. Je me retourne et ouvre l'enveloppe d'un geste sec. Des photos tombent sur le sol.

— Mon Dieu... je sanglote tout bas en tombant à genoux et en prenant mon visage entre mes mains.

Mon cœur se brise et je fonds en larmes. Les photos montrent Martin en train de baiser une femme. Les clichés ne sont pas de bonne qualité, mais malheureusement on y reconnaît bien mon mec.

— Laura... (Massimo s'agenouille près de moi.) Je vais t'expliquer ce que tu vois, alors écoute-moi. Quand je te demande de faire quelque chose et que tu fais le contraire, ça se terminera toujours mal pour toi. Comprends cela et arrête de me combattre. La bataille est perdue d'avance.

Je ravale mes sanglots, essuie mes larmes et le regarde lentement, avec une telle haine qu'il a un mouvement de recul. Je suis furieuse, désespérée, brisée en mille morceaux. Je n'en ai plus rien à faire de rien.

— Tu sais quoi ? Va te faire foutre !

Je lui balance l'enveloppe à la figure et me précipite vers la porte.

Massimo, toujours agenouillé, m'attrape par la jambe. Je trébuche et mon dos heurte le sol. L'homme en noir s'en fout complètement et me traîne sur le tapis jusqu'à ce que je me retrouve sous lui. Il lâche ma cheville et me plaque au sol en me tenant par les poignets. Je me débats autant que je peux.

— Lâche-moi, putain ! je hurle.

Alors qu'il tente de contenir ma révolte, une arme tombe de sa ceinture. Je me fige, mais Massimo n'y prête pas attention. Ses yeux ne me quittent pas. Il me serre de plus en plus fort. Alors, je cesse de me battre. Je suis allongée sur le sol, impuissante, en larmes, et lui me regarde d'un air glacial. Il observe mon corps à moitié dénudé. Le peignoir que je porte ne cache plus grand-chose de mon anatomie. En voyant cela, il expire et se mord la lèvre inférieure. Il approche sa bouche de la mienne jusqu'à ce que j'arrête de respirer. J'ai l'impression qu'il respire mon odeur, qu'il va me dévorer. Il caresse ma joue de ses lèvres et murmure :

— Je ne ferai rien sans ton accord et ton désir. Même si je sens que tu en ressens déjà pour moi, je vais attendre que tu me veuilles vraiment, que tu aies besoin de moi et que tu viennes vers moi de toi-même. Ce qui ne veut pas dire que je n'ai pas envie de te pénétrer profondément et d'étouffer ton hurlement avec ma langue.

Une vague de chaleur envahit mon corps en entendant ces mots prononcés si doucement et si calmement.

— Arrête de gigoter et écoute-moi un peu. La nuit qui m'attend ne va pas être facile. Les derniers jours non plus, et tu ne me facilites pas la tâche. Je ne suis pas habitué à tolérer la désobéissance, je ne sais pas être délicat, mais je n'ai pas envie de te faire de mal. Alors ou je t'attache à une chaise et je te bâillonne, ou je te relâche et tu m'obéis.

Son corps est collé au mien, j'en sens bouger chaque muscle parfaitement sculpté. Je ne réagis pas. Son genou gauche, entre mes jambes, remonte de plus en plus haut. Je gémis doucement en essayant d'étouffer un cri quand son genou droit atteint un point sensible. Sans le vouloir, je me cambre et tourne ma tête loin de lui. Mon corps réagit de cette façon lorsque je suis excitée et, malgré l'agression que je viens de subir, je le suis.

— Ne me provoque pas, Laura, murmure-t-il entre ses dents.

— D'accord, je me calme, mais libère-moi.

Massimo se relève avec élégance et pose l'arme sur la table. Il me prend par les mains et m'emmène vers le fauteuil.

— C'est bien plus simple comme ça. En ce qui concerne les photos... Le jour de ton anniversaire, j'ai été témoin de la scène entre ton mec et toi au bord de la piscine. Lorsque tu t'es enfuie, je savais que c'était le jour où j'allais te faire entrer dans ma vie. Quand j'ai vu que ton mec ne partait pas à ta poursuite, j'ai su qu'il ne te méritait pas et qu'il ne serait pas désespéré de te perdre. Lorsque tu as disparu, tes amis sont allés déjeuner comme si de rien n'était. C'est à ce moment-là que mes hommes ont pris tes affaires dans ta chambre. Ils ont laissé une lettre dans laquelle tu écrivais à Martin que tu le quittais et que tu rentrais en Pologne, que tu allais déménager et disparaître de sa vie. Il n'y a pas moyen qu'il ne l'ait pas lue, car il est rentré dans votre chambre après le déjeuner. Le soir, lorsqu'ils sont passés par la réception, on leur a conseillé d'aller dans une des meilleures boîtes de nuit de l'île. Le Toro m'appartient aussi, c'est comme ça que j'ai pu contrôler la situation. Si tu regardes les photos plus en détail, tu y verras toute l'histoire. Ce qui s'est passé dans la boîte... Ils buvaient, jouaient, dansaient jusqu'à ce que Martin s'intéresse à l'une des danseuses, et le reste, tu l'as vu. Je pense que les photos parlent d'elles-mêmes.

Je le regarde sans pouvoir le croire. En quelques heures, toute ma vie a été bouleversée.

— Je veux rentrer en Pologne, s'il te plaît, laisse-moi rentrer chez moi.

Massimo se lève du canapé et s'approche du feu, qui est maintenant presque éteint, rendant la pièce d'autant plus obscure. Il inspire profondément, puis se tourne vers moi.

— Malheureusement, durant les trois cent soixante-cinq jours qui viennent, ce ne sera pas possible. Je veux que tu me consacres la prochaine année. Je vais faire tout ce qui est en mon pouvoir pour que tu tombes amoureuse de moi, et si, dans un an, tu n'as pas changé d'avis, je te relâcherai. Ce n'est pas une proposition, mais une information, je ne te donne pas le choix. Je te dis juste comment ça va se passer. Je ne vais pas te toucher, je ne ferai rien que tu ne veuilles pas que je fasse, je ne te forcerai pas, je ne te violerai pas, si c'est ce dont tu as peur... Car si tu es réellement pour moi un ange, je veux te traiter avec autant de respect que ma propre vie. Tout sera à ta disposition à la résidence, tu auras des gardes du corps, pas pour te contrôler mais pour ta sécurité. Tu pourras choisir toi-même les hommes pour assurer ta protection lors de mes absences. Tu auras accès à tout le domaine, je ne veux pas te retenir prisonnière, et, si tu as envie de sortir et de t'amuser en boîte, je ne m'y opposerai pas.

Je l'interromps.

— Mais tu n'es pas sérieux, quand même ? Comment veux-tu que je reste ici tranquillement ? Que vont penser mes parents ? Tu ne connais pas ma mère, elle va s'effondrer en apprenant qu'on m'a enlevée. Elle va consacrer le reste de sa vie à me retrouver. Tu te rends compte de ce que tu vas lui faire subir ? Je préfère que tu me tires dessus tout de suite plutôt que quelque chose lui arrive à cause de moi. En sortant de cette pièce, je vais m'enfuir et tu ne me reverras plus jamais. Je n'ai aucune intention d'être la propriété de quelqu'un, ni la tienne ni celle de personne d'autre.

Massimo s'approche de moi, comme s'il prévoyait que quelque chose de désagréable allait à nouveau se passer. Il me tend la seconde enveloppe.

Je me demande si je dois l'ouvrir. J'essaie de décrypter l'expression sur le visage de l'homme en noir. Il regarde le feu, comme s'il attendait ma réaction à ce que je vais trouver à l'intérieur de cette enveloppe.

Je la déchire de mes mains tremblantes et j'en sors d'autres photos. C'est quoi ce bordel ? Ce sont des photos de ma famille : ma mère avec mon père et mon frère dans des situations de la vie quotidienne, près de la maison, en train de déjeuner avec des amis, à travers la fenêtre de leur chambre, lorsqu'ils dorment.

— C'est supposé être quoi, ça ? je lui demande, désorientée et encore plus énervée que tout à l'heure.

— C'est ma politique, la garantie que tu ne

t'échapperas pas. Ta famille ne court aucun danger. Je sais où ils habitent, comment ils vivent, comment ils travaillent, à quelle heure ils se couchent et ce qu'ils mangent pour le petit déjeuner. Je ne veux pas te surveiller, car je sais que je ne pourrai pas le faire lorsque je ne serai pas là, je ne vais pas t'emprisonner, t'attacher ou t'enfermer. La seule chose que je peux faire, c'est te donner cet ultimatum : donne-moi un an, et ta famille sera en bonne santé et protégée.

Je suis assise en face de lui et je me demande si je serais capable de le tuer. Sur la table qui nous sépare, il y a le pistolet et, je veux tout faire pour protéger ma famille. Je l'attrape et le pointe sur l'homme en noir. Il est toujours assis, très calmement, mais ses yeux brillent de colère.

— Tu me rends fou, Laura, et furieux en même temps. Pose ça, sinon la situation va dégénérer et je vais devoir te faire mal.

Il a à peine terminé que je ferme les yeux et appuie sur la détente. Rien ne se passe. Massimo se jette sur moi, m'enlève l'arme et me force à me lever en me tirant par les bras. Il me retourne et, avec la corde d'un des coussins, m'attache les mains. Lorsqu'il a terminé, il me fait me rasseoir, ou plutôt me balance à nouveau dans le fauteuil.

— Il faut d'abord enlever le cran de sécurité ! Tu préfères discuter comme ça ? Tu es bien comme ça ? Tu veux me tuer ? Tu penses que c'est aussi simple ? Tu penses vraiment que personne d'autre n'a essayé ?

Il s'arrête de crier, se passe une main dans les cheveux, soupire et me foudroie du regard.

— Domenico !

Le jeune Italien apparaît instantanément, comme s'il était juste derrière la porte tout ce temps, attendant qu'on l'appelle.

— Prends Laura et ramène-la dans sa chambre, sans fermer la porte à clé, dit-il en anglais pour que je comprenne.

Puis il se tourne vers moi.

— Je ne vais pas t'emprisonner, mais tu es sûre de vouloir prendre le risque de t'échapper ?

Il me met debout en tirant sur la corde et la passe à Domenico. Il remet le pistolet à sa ceinture et quitte la pièce en me lançant un dernier regard menaçant.

Le jeune Italien m'indique la porte d'un grand geste et emprunte le couloir en me tirant par ce qui ressemble bien à une laisse. Après avoir traversé le labyrinthe, nous arrivons dans la chambre dans laquelle je me suis réveillée quelques heures plus tôt. Domenico me détache les mains, me salue et ferme la porte en sortant. J'attends quelques minutes et m'approche de la porte. Elle n'est pas fermée à clé. Mais je ne suis pas certaine de vouloir tenter de sortir. Je m'assieds sur le lit et des millions de questions me traversent l'esprit. Est-ce qu'il était sérieux ? Toute cette année sans voir ma famille ? Sans voir Varsovie ? Rien que d'y penser, j'éclate en sanglots. Est-ce qu'il serait capable de faire du mal à mes proches ? Je n'en suis pas certaine, mais en même temps je n'ai pas très envie de savoir s'il bluffe ou pas. Mes larmes ne cessent de couler.

Je ne sais pas combien de temps j'ai pleuré, mais, vaincue par la fatigue, je me suis endormie.

Je me réveille, pelotonnée, en boule, toujours enveloppée dans mon peignoir blanc. Dehors, il fait nuit, mais je ne sais pas si c'est toujours cette nuit horrible qui s'éternise ou si une nouvelle a commencé.

J'entends des voix d'hommes étouffées qui viennent du jardin. Je vais sur le balcon, mais je ne vois personne. Les bruits sont trop lointains pour que les hommes soient proches. J'ai l'impression que quelque chose se passe de l'autre côté du domaine. J'hésite un instant et attrape la poignée de la porte. Je sors de la chambre et, durant un long moment, je me demande de quel côté aller. La curiosité l'emporte et je remonte le couloir sombre en direction des voix.

C'est une nuit d'août très chaude, les rideaux battent légèrement dans l'air marin. La maison sombre est très calme. Je me demande à quoi elle ressemble de jour. Sans Domenico, il est facile de se perdre dans ce labyrinthe interminable. Après un moment, je n'ai plus aucune idée d'où je me trouve. La seule chose qui m'aide à m'orienter, ce sont ces voix d'hommes qui deviennent de plus en plus claires. En franchissant une porte entrouverte, j'arrive dans un hall avec de gigantesques fenêtres qui donnent sur une allée. Je m'approche de la fenêtre et pose les mains sur le cadre, en me cachant à moitié.

Malgré l'obscurité, j'aperçois Massimo et quelques autres personnes à ses côtés. Devant eux, il y a un homme agenouillé qui crie en italien. Son visage est rempli de terreur et de panique. Massimo se tient debout devant lui, très calme, les mains dans les poches de son pantalon. Il lance un regard noir à l'homme agenouillé, attendant la fin de son discours hystérique. Lorsque celui-ci se tait enfin, l'homme en noir lui dit une ou deux phrases d'une voix très posée, puis il sort son pistolet et lui tire une balle dans la tête. L'homme s'effondre.

Je laisse échapper un cri que j'ai vainement tenté de contenir en mettant les mains sur ma bouche. L'homme en noir détourne le regard du cadavre et se dirige vers moi. Son regard est froid et sans vie, comme si ce qu'il venait de faire n'avait aucun impact sur lui. Il donne son arme à l'homme qui se tient à côté de lui. À ce moment-là, je me sens partir.

J'essaie désespérément de respirer, mais je n'y arrive pas. J'entends juste mon cœur battre de moins en moins fort et le sang palpiter dans mon crâne, je commence à voir tout noir, je sens que je vais être malade. Les mains tremblantes, j'essaie de défaire le nœud de la ceinture de mon peignoir qui m'empêche de respirer. Je viens de voir un homme se faire exécuter. J'entends la détonation et je vois le corps tomber en boucle. J'ai de plus en plus de mal à respirer. Je cesse de lutter, je me laisse aller. Malgré le peu de lucidité qui me reste, je sens que la ceinture de mon peignoir devient plus lâche, et que deux doigts sur mon cou tentent de prendre mon pouls. Je sens qu'on me porte. Je veux ouvrir les yeux, mais je suis incapable de soulever les paupières.

Il y a plusieurs voix autour de moi, une seule m'atteint :

— Laura, respire.

Cet accent. Je réalise que je suis dans les bras de Massimo, celui qui vient de tuer un homme quelques minutes plus tôt. L'homme vêtu de noir ouvre la porte de ma chambre d'un coup de pied ; quand il me pose sur le lit, j'ai toujours du mal à respirer. Petit à petit, mon souffle devient plus régulier, mais pas encore assez calme pour m'apporter l'oxygène dont j'ai besoin.

Massimo me fait ouvrir la bouche et glisse une gélule sous ma langue.

— Calme-toi, ma douce, c'est un médicament pour le cœur. Le médecin qui s'est occupé de toi les a laissés au cas où une telle situation se produirait.

Après un certain laps de temps, ma respiration redevient normale. Mon cœur retrouve une cadence régulière. Je m'enfonce dans les draps et m'endors.

3

Quand je me réveille, il fait jour. Je suis allongée entre des draps blancs et je porte une chemise décorée de figues. Je me suis pourtant endormie dans mon peignoir. L'homme en noir m'aurait-il changée ? Si c'est le cas, ça veut dire qu'il m'a déshabillée, et donc vue toute nue. Je n'aime pas ça, même si Massimo est un très bel homme.

Les événements de la nuit passée me reviennent d'un coup. De peur, je me cache sous la couette. Toutes ces informations, les trois cent soixante-cinq jours qu'il me donne sous forme d'ultimatum, ma famille, la tromperie de Martin et la mort de cet homme, c'est trop pour une nuit.

— Ce n'est pas moi qui t'ai déshabillée, dit une voix sourde.

J'ôte lentement la couette de mon visage. L'homme en noir est assis dans un fauteuil près du lit, habillé de manière bien plus décontractée, un jogging gris et un tee-shirt blanc qui fait ressortir ses muscles et ses épaules. Il est pieds nus et ses cheveux sont décoiffés. S'il n'avait pas l'air si frais et attirant, je penserais qu'il vient de se lever.

— C'est Maria, ma cousine, qui s'en est occupée, continue-t-il. Je n'étais même pas dans la chambre. Je t'ai promis que, sans ton accord, il ne se passerait rien, même si je dois admettre que je suis curieux et que j'aurais aimé regarder. Surtout que tu étais inconsciente et impuissante, j'étais certain de ne pas recevoir une nouvelle gifle.

En disant cela, il relève les sourcils, amusé. C'est la première fois que je le vois sourire. Il a l'air insouciant et joyeux. Il semble qu'il ait déjà oublié les événements dramatiques de la nuit dernière.

Je me redresse et m'appuie contre la tête de lit. Massimo, un sourire juvénile sur le visage, s'enfonce dans le fauteuil. Il pose sa jambe droite sur son genou gauche et semble attendre que je dise quelque chose.

— Tu as tué quelqu'un, je murmure, les yeux remplis de larmes. Tu lui as tiré dessus aussi naturellement que moi j'achète une paire de chaussures.

Le regard de l'homme en noir redevient glacial, le sourire disparaît. Il a repris son masque sévère que je commence à bien connaître.

— Il a trahi la famille, et la famille, c'est moi, donc il m'a trahi. (Il se penche vers moi.) Je te l'ai dit, Laura, mais visiblement tu ne m'as pas pris au sérieux : je ne tolère pas la désobéissance. Rien n'est plus important pour moi que la loyauté. Tu n'es pas prête pour ça et tu ne le seras jamais pour une scène comme celle d'hier soir.

Il se lève et s'assied au bord du lit. Il me caresse les cheveux comme pour vérifier que je suis bien réelle. Tout à coup, il glisse la main sous ma tête et m'attrape par les cheveux, fort. Il s'assied à cheval sur moi, me coince. Sa respiration s'accélère, et ses yeux sont enflammés par la passion et par une férocité animale. La terreur m'envahit, cela doit se voir sur mon visage. Massimo l'a vu et il aime ça.

Après la scène à laquelle j'ai assisté hier soir, j'ai compris que cet homme ne rigole pas. Si je veux que ma famille soit en sécurité, il faut que j'accepte les termes de son accord.

L'homme en noir serre mes cheveux de plus en plus fort, tout en caressant mon visage avec son nez. Il inspire pour s'imprégner de mon odeur. Je veux fermer les yeux pour lui montrer tout mon mépris, mais son regard féroce m'hypnotise et je n'arrive pas à détourner le regard. Il est très beau, complètement mon genre. Des yeux noirs, des cheveux foncés, de magnifiques lèvres charnues parfaitement dessinées, une barbe de trois jours qui, maintenant, chatouille légèrement mon visage. Et son corps ! De longues jambes minces qui m'encerclent, des épaules puissantes et très musclées, un torse modelé qu'on devine parfaitement à travers son tee-shirt.

— J'ai promis de ne rien te faire sans ton autorisation, mais je ne sais pas si je vais pouvoir me retenir, murmure-t-il en me regardant droit dans les yeux.

Sa main agrippée à mes cheveux me tire vers le bas, m'enfonçant davantage la tête dans l'oreiller. Je laisse échapper une sorte de gémissement. En entendant ce bruit, Massimo inspire intensément. Il place délicatement sa jambe droite entre mes cuisses, puis il plaque son sexe contre moi. Je sens sur ma hanche à quel point il me désire. De mon côté, la seule chose que je ressens, c'est de la peur.

— Je te veux, Laura, je veux te posséder tout entière… (Son nez se balade sur mon visage.) Quand je te vois si fragile, si désarmée, tu m'excites encore plus. Je veux te baiser comme personne ne l'a encore jamais fait. Je veux t'infliger de la douleur et du plaisir. Je veux être ton dernier amour…

En même temps qu'il prononce ces mots, ses hanches se frottent contre mon corps à un rythme régulier. Je comprends que le jeu auquel je vais participer vient de commencer. Je n'ai rien à perdre. Soit je passe les prochains trois cent soixante-cinq jours à lutter contre cet homme, mais c'est une bataille perdue d'avance, soit j'essaie de comprendre les règles et je joue. Je lève les bras et je les place au-dessus de ma tête, lui montrant mon impuissance et ma soumission. En voyant mon geste, l'homme en noir lâche mes cheveux. Il met ses mains contre les miennes pour y entrelacer nos doigts.

— C'est beaucoup mieux comme ça, ma petite, murmure-t-il. Je suis soulagé que tu aies compris.

Massimo se colle contre ma hanche. Je suis impressionnée par la taille de son sexe que je sens à travers le tissu.

— Tu me veux ? je demande, soulevant légèrement la tête pour effleurer sa barbe avec mes lèvres.

Il gémit et, avant même que je m'en aperçoive, sa langue est dans ma bouche. Il la rentre profondément en cherchant avidement la mienne. Il desserre la poigne de ses mains de sorte que je peux libérer mon bras droit. Trop occupé à m'embrasser, il n'a pas remarqué qu'un de mes bras lui avait échappé. Je lève le genou droit, le repoussant de toutes mes forces, et le gifle de ma main libre.

— C'est ça le respect que tu m'as promis ? je crie. Hier, tu disais que tu allais attendre un consentement clair, et non pas mal interpréter des signes.

L'homme en noir reste immobile. Lorsqu'il tourne son regard vers moi, ses yeux sont calmes et inexpressifs.

— Si tu me frappes encore une fois…

— Alors quoi ? Tu vas me tuer ? je hurle avant qu'il ait pu terminer.

Massimo recule et s'assied au bord du lit. Il me regarde et, soudain, il explose d'un rire sincère et honnête. Il ressemble à un petit garçon. Ce qu'il a dû être un jour. Je ne connais pas son âge mais, à ce moment précis, il fait bien plus jeune que moi.

— Tu es sûre que tu n'es pas italienne ? Ce n'est pas un tempérament de Slave, ça.

— Tu connais beaucoup de Slaves ?

— Une comme toi me suffit, dit-il en rigolant. (Il descend du lit, se tourne vers moi.) Ce sera une année formidable, mais je dois apprendre à esquiver plus vite. Tu m'as pris au dépourvu cette fois-ci, mon cœur.

Il se dirige vers la porte, mais, avant de quitter la chambre, il s'arrête, me regarde et ajoute :

— Tes affaires sont là. Domenico les a rangées dans l'armoire. Il n'y a pas grand-chose, quoique, pour quelqu'un qui ne partait que pour cinq jours, il y en ait énormément. Sans parler du nombre de paires de chaussures. Il faut qu'on s'occupe de ta garde-robe. Lorsque je reviendrai cet après-midi, on ira faire du shopping, acheter des vêtements, de la lingerie et tout ce dont tu as besoin. Cette chambre est à toi, sauf si tu en trouves une autre dans la maison qui te plaît davantage. Auquel cas, on changera. Tout le personnel sait qui tu es. Si tu as besoin de quelque chose, appelle Domenico. Les voitures et les chauffeurs sont à ta disposition, mais je préfère que tu ne te balades pas seule sur l'île. Tu auras des gardes du corps qui resteront le plus discrets possible. Je te rendrai ton téléphone et ton ordinateur ce soir, mais il faudra qu'on discute des conditions d'utilisation de ces deux appareils.

Je le regarde, les yeux écarquillés. Je ne sais pas vraiment ce que je ressens. J'ai du mal à me concentrer, j'ai encore le goût de sa salive sur les lèvres. L'érection que je vois à travers son pantalon attire mon attention. Je suis indéniablement excitée par mon ravisseur. Je n'arrive pas à déterminer si, dans mon inconscient, je veux me venger de la trahison de Martin, ou si je veux seulement prouver à Massimo à quel point je peux être dure.

Il continue :

— La résidence a une plage privée, des jet-skis et des bateaux à moteur, mais pour l'instant tu n'as pas le droit de les utiliser. Il y a une piscine dans le jardin, Domenico te montrera tout, il sera ton secrétaire particulier et ton traducteur si besoin, car certaines personnes de la maison ne parlent pas anglais. Je l'ai choisi parce que, comme toi, il adore la mode, et que vous avez quasiment le même âge.

— Tu as quel âge, toi ? (Il lâche la poignée et s'adosse contre la porte.) Les parrains de la mafia sont vieux normalement, il me semble ?

Massimo plisse les yeux et, sans me quitter du regard, il ajoute :

— Je ne suis pas *capo di tutti capi*, eux, ils sont effectivement plus vieux, je suis *capofamiglia*, donc Don.

Mais c'est une longue histoire. Si ça t'intéresse vraiment, je te l'expliquerai plus tard.

Il se retourne, prend le long couloir et disparaît derrière l'une des portes. Je reste allongée encore un moment en essayant d'analyser la situation.

Mais réfléchir à tout ça me fatigue, je décide donc de m'occuper. C'est la première fois que je peux visiter la maison de jour. Ma chambre doit faire quatre-vingts mètres carrés et elle est équipée de tout ce dont une femme peut rêver. Un immense dressing comme dans *Sex and the City*, sauf que celui-là est vide. Les affaires que j'avais emportées en Sicile occupent peut-être un centième de tout l'espace. Les étagères à chaussures sont tristement vides, ce qui donne vraiment envie de faire du shopping, et les dizaines de tiroirs sont recouverts de satin.

En plus du dressing, j'ai à disposition une gigantesque salle de bains, que j'ai utilisée la nuit dernière pour prendre une douche. J'étais trop mal pour me rendre compte à quel point elle était équipée. La douche se transforme en sauna, avec des buses de chaque côté pour se faire masser, on dirait des porte-serviettes avec de petits trous dedans. Dans les tiroirs, près des toilettes, je suis ravie de découvrir des produits de beauté de mes marques préférées: Dior, YSL, Guerlain, Chanel et plein d'autres. Sur le dessus du lavabo, il y a toutes sortes de parfums différents, dont mon préféré de chez Lancôme, Midnight Rose. Je me demande comment il peut connaître mes goûts, mais je me souviens qu'il sait tout de moi. Il a dû trouver le flacon dans ma valise, pas très compliqué.

Je prends une douche, longue et bien chaude, je

me lave les cheveux et j'entre dans le dressing pour choisir quelque chose de confortable à mettre. Il fait trente degrés dehors, donc je me décide pour une robe longue dos-nu, couleur framboise, et des sandales à talons compensés. Mes cheveux sont déjà secs le temps que je m'habille. Je les attache en un chignon un peu décoiffé et je pars vers le couloir.

La villa ressemble à celle de *Dynasty*, en version italienne. Elle est énorme et imposante. En me baladant, je trouve d'autres portraits de la femme des visions de Massimo. Ils sont très beaux et me montrent sous des angles très flatteurs. Je n'arrive toujours pas à comprendre comment il a pu mémoriser mon visage.

Je descends dans le jardin en ne croisant personne sur la route. Quel service ! me dis-je en passant par des allées parfaitement conçues et entretenues. Je découvre un chemin vers la mer. Effectivement, il y a un ponton auquel sont attachés un magnifique bateau blanc et quelques jet-skis. Je retire mes chaussures et monte sur le bateau. Les clés sont posées juste à côté du contact. Un instant, je pense à enfreindre les règles de Massimo. Mais j'ai à peine touché le porte-clés que j'entends une voix derrière moi.

— Je préférerais que Madame s'abstienne de cette escapade aujourd'hui.

Je me retourne, effrayée ; c'est le jeune Italien.

— Domenico ! Je voulais juste vérifier si c'étaient les bonnes clés, lui dis-je avec un sourire idiot.

— Je vous assure que oui, et si Madame veut faire un tour, on peut organiser ça pour après le petit déjeuner.

De la nourriture ! Je ne me rappelle plus la dernière

fois que j'ai mangé. Je ne sais pas combien de jours j'ai passés à dormir, je ne connais ni la date ni l'heure, mais mon estomac se fait entendre. J'ai vraiment faim, mais, avec toutes ces émotions, j'avais complètement oublié.

Domenico me tend la main pour m'aider à descendre du bateau et m'indique le chemin de la maison.

— Je me suis permis de faire servir le petit déjeuner dans le jardin, il ne fait pas trop chaud aujourd'hui, vous y serez bien.

Ouais, c'est ça ! C'est vrai que dans le coin, trente degrés, ce n'est pas si chaud. Pourquoi pas petit-déjeuner dehors ?

Le jeune homme m'accompagne à travers les allées jusqu'à une grande terrasse de l'autre côté de la résidence. Le balcon de ma chambre donne sur cette partie, il me semble, la vue est très similaire. Sur le sol en pierre, il y a une gloriette qui ressemble fortement à la structure du toit du restaurant où nous avons dîné le premier soir. Sous le toit ombragé, il y a une énorme table et des fauteuils avec des coussins blancs.

Le petit déjeuner est royal. Du fromage, des olives, de la charcuterie, des crêpes, des fruits, des œufs... tout ce que j'aime. Je m'assieds à table et Domenico disparaît. Je suis habituée à manger seule, mais il y a tellement de nourriture et de place que j'aurais aimé avoir de la compagnie.

Le jeune Italien revient et pose des journaux sur la table.

— J'ai pensé que vous aimeriez lire la presse du jour.

Je jette un œil et m'aperçois que les journaux sont en polonais. *Rzeczpospolita*, *Wyborcza*, la version polonaise de *Vogue* et quelques magazines people. Je me sens tout de suite mieux, je vais avoir des nouvelles de la Pologne. Je déguste les mets délicieux qui sont devant moi tout en feuilletant les journaux. Je me demande si c'est de cette manière que je vais avoir des nouvelles de mon pays tout au long de l'année qui vient.

Mon repas terminé, je me sens nauséeuse. Après avoir jeûné quelques jours, absorber pareille quantité de nourriture n'était pas vraiment la meilleure idée. Au bout du jardin, j'aperçois, sous un auvent, un grand canapé blanc avec plein de coussins. Un endroit idéal pour essayer de digérer tout ça. Je prends les journaux et me dirige vers ce petit coin de paradis.

J'enlève mes chaussures et m'installe confortablement au centre du canapé, les journaux à côté de moi.

La vue est époustouflante, de petits bateaux naviguent sur les vagues à un rythme bien cadencé, un bateau à moteur fonce en tirant un grand parachute auquel un couple est accroché. La mer est d'un bleu azur qui invite au plongeon. Des rochers monumentaux sortent des profondeurs. Un vent agréablement frais souffle de la mer et je sens que je suis en train de sombrer dans le sommeil en m'enfonçant dans les coussins moelleux.

— Tu comptes dormir une autre journée ?

Un accent britannique me réveille.

J'ouvre les yeux. Massimo est assis au bord du canapé et me regarde tendrement.

— Tu m'as manqué, dit-il en m'embrassant délicatement la main. Je n'ai jamais dit ça à personne, car je ne l'ai jamais ressenti. J'ai pensé à toi toute la journée. Toi, enfin ici... Je voulais vite revenir.

Je suis encore un peu étourdie de ma sieste, je m'étire dans ma robe légère qui laisse deviner mes formes. L'homme en noir se lève et s'approche de moi. Son regard se rallume d'une flamme sauvage.

— Tu peux arrêter ? dit-il d'un ton menaçant. Si tu continues à être aussi provocante, tu vas le regretter.

En voyant ses yeux, je me lève devant lui. Sans chaussures, je ne lui arrive même pas au menton.

— Je me suis juste étirée, c'est un geste naturel lorsqu'on se réveille, mais, comme ça te dérange, je ne le ferai plus en ta présence.

— Je crois que tu sais parfaitement ce que tu fais, déclare Massimo en me soulevant le menton avec son pouce. Maintenant que tu es debout, on peut y aller. Il faut qu'on t'achète quelques affaires avant le départ.

— Le départ ? Je vais quelque part ? je demande en croisant les bras.

— Effectivement, avec moi. J'ai quelques affaires à régler sur le continent, et tu m'accompagnes. Il ne me reste plus que trois cent cinquante-neuf jours.

Massimo a l'air amusé, et son humeur me contamine rapidement. Nous restons debout en nous regardant un certain temps, comme deux ados se draguant dans une cour d'école. Il y a de la tension, de la peur et du désir entre nous. Il me semble qu'on ressent tous les deux les mêmes émotions, mais que nous avons peur de choses complètement différentes.

L'homme en noir a les mains dans les poches de son pantalon sombre et ample, sa chemise de la même couleur à moitié déboutonnée laisse paraître quelques poils. Il est attirant et intriguant, surtout avec le vent qui le décoiffe légèrement. Je secoue la tête pour essayer de me débarrasser de mes mauvaises pensées.

— J'aimerais te parler.

— Je sais, mais pas maintenant. Ce soir, au dîner. Sois patiente. Allez, viens.

Il me prend par la main, ramasse mes chaussures et m'entraîne vers la maison. On passe par un long couloir et on se retrouve devant l'entrée. Je m'arrête, comme enracinée dans le sol. La scène atroce de la nuit précédente me revient. Massimo sent ma main devenir molle. Il me prend dans ses bras et m'installe dans le SUV noir garé quelques mètres plus loin. Je cligne nerveusement des yeux, tentant d'effacer cette scène qui n'arrête pas de défiler devant mes yeux.

— Si tu as l'intention de t'évanouir chaque fois qu'on sort de la maison, je ferai reconstruire toute cette allée, affirme-t-il calmement, les doigts sur mon poignet et les yeux sur sa montre. Essaie de te calmer, ton cœur bat beaucoup trop vite. Je vais encore devoir te donner des médicaments et on sait tous les deux que tu dors beaucoup après.

Il me prend sur ses genoux et me serre dans ses bras. La tête appuyée contre sa poitrine, il me caresse les cheveux et me berce doucement.

— C'est ce que ma mère faisait pour me calmer quand j'étais petit. Ça aidait, la plupart du temps.

Ce type est plein de contradictions. Un barbare sensible, c'est ce qui le caractérise le mieux. Dangereux, ne supportant pas la contradiction, en quête de pouvoir et en même temps attentionné et doux. Ce mélange m'effraie et m'intrigue en même temps.

Il dit quelque chose au chauffeur en italien et appuie sur un bouton à sa gauche. Une vitre teintée descend, qui nous sépare de l'avant de la voiture. La voiture démarre et l'homme en noir continue de me caresser les cheveux. Je me calme et mon cœur retrouve un rythme régulier.

— Merci, je chuchote en glissant de ses genoux pour m'asseoir sur mon siège.

Il m'observe pour s'assurer que je vais bien.

Pour éviter son regard hypnotisant, je regarde par la vitre. Plus haut, dans la direction où nous allons, je vois une ville sur des rochers qu'il me semble reconnaître.

— On va où ?

— La villa est située pas loin de Taormine. On va en ville. Je pense que ça te plaira. dit-il en regardant par la vitre.

4

Giardini-Naxos, où nous avons séjourné avec Martin, est à quelques kilomètres de Taormine. Nous devions d'ailleurs visiter la fameuse ville sur le rocher. Et si Martin, Michel et Caroline y allaient comme prévu ? Et si on les croisait ? Je commence à gigoter sur mon siège, ce que l'homme en noir remarque. Comme s'il lisait dans mes pensées, il dit :

— Ils sont partis hier.

Comment peut-il savoir à quoi je pense ? Je le regarde, interloquée, mais il n'y fait même pas attention.

Lorsqu'on arrive en ville, le soleil commence à se coucher et les rues de Taormine sont bondées de touristes et d'habitants. Le village est plein de vie, les petites ruelles étroites sont bordées de cafés et de restaurants. Les vitrines des magasins très chers me sourient toutes. Des marques de luxe ici, quasiment au bout du monde ? Même dans le centre de Varsovie, il faut les chercher.

La voiture s'arrête, le chauffeur m'ouvre la porte. L'homme en noir m'aide à sauter de la marche du SUV qui, pour ma taille, est assez haut. Après coup, je remarque un autre SUV pas loin du nôtre, dont sortent deux hommes costauds habillés aussi de noir. Massimo m'attrape la main et me guide vers une des rues principales. Ses deux hommes nous suivent en gardant une distance raisonnable pour ne pas attirer l'attention. C'est assez ridicule, s'ils ne veulent pas se faire remarquer, ils devraient porter des pantalons d'été et des tongs, pas un costume de fossoyeur. Évidemment, dans une tenue de plage, il est difficile de cacher une arme.

Le premier magasin dans lequel nous entrons est la boutique Roberto Cavalli. La vendeuse se jette sur nous en nous saluant chaleureusement. Un monsieur assez âgé sort de l'arrière-boutique, il reconnaît Massimo et lui donne l'accolade en l'embrassant sur les deux joues tout en lui parlant en italien. Puis il se tourne vers moi.

— *Bella*, dit-il en me prenant les mains.

C'est un des seuls mots en italien que je connais. Je lui souris pour le remercier du compliment. Il reprend dans un anglais parfait :

— Je m'appelle Antonio et je vais t'aider à choisir une garde-robe adéquate. Taille 36 ? Je ne me trompe pas ?

— Parfois 34, ça dépend de la taille du soutien-gorge. Comme monsieur peut le voir, la nature ne m'a pas vraiment gâtée, je réponds en rigolant et en montrant ma poitrine.

— Ah, ma jolie ! s'écrie Antonio, Roberto Cavalli adore ce genre de formes. Allons-y, Don Massimo va attendre patiemment.

L'homme en noir s'assied sur le canapé en tissu

argenté. Immédiatement, une bouteille fraîche de Dom Pérignon apparaît sur la table à côté de lui. Une des vendeuses lui sert un verre. Massimo me jette un regard sensuel, puis il se plonge dans son journal. Antonio m'apporte une dizaine de robes que j'essaie l'une après l'autre. Il pousse des cris des joie à chaque nouvelle tenue. Je ne vois pas les prix, mais je suis sûre qu'on pourrait facilement acheter un appartement à Varsovie avec ce que j'ai essayé. Au bout d'une heure, j'ai choisi quelques pièces qui sont emballées dans de magnifiques boîtes.

Même topo dans les autres magasins : un accueil euphorique et des achats sans fin… Prada, Louis Vuitton, Chanel, Louboutin et, pour terminer, Victoria's Secret.

Pendant tout ce temps, Massimo reste assis, lisant son journal, téléphonant ou consultant son iPad. Il ne me prête absolument aucune attention. D'un côté, j'en suis contente, mais, de l'autre, ça m'énerve. Je ne comprends pas : ce matin, il ne pouvait pas arrêter de me regarder et, maintenant, alors qu'il peut me voir dans tous ces vêtements magnifiques, il semble totalement désintéressé.

Ça ne colle pas avec mon fantasme d'être dans *Pretty Woman*, où je me montrerais dans des tenues toutes plus sexy les unes que les autres tandis que lui jouerait mon plus grand fan.

Victoria's Secret nous accueille dans un univers tout en rose, la couleur est partout, dans les costumes des vendeuses, sur les murs, les canapés, j'ai l'impression d'avoir pénétré dans une machine à fabriquer de la barbe à papa. Tout ce rose me rend malade.

L'homme en noir lève les yeux de son téléphone pour me regarder.

— C'est la dernière boutique, on n'a pas plus le temps. Prends ça en considération dans tes choix, dit-il, un peu irrité.

Puis il se rassied sur son canapé et retourne à son écran de téléphone.

Je grimace et reste plantée là un moment en le regardant avec hostilité. Je suis plutôt contente que ce shopping prenne fin, car je commence à en avoir marre, mais la manière dont il m'a parlé m'a déplu.

— *Signora*, dit une des vendeuses en m'invitant chaleureusement à la suivre.

J'entre dans une cabine d'essayage, où m'attend une grosse pile de maillots de bain et de lingerie à essayer.

— Vous n'êtes pas obligée de tout essayer. Essayez juste un ensemble, comme ça, je vérifie que c'est bien votre taille, dit-elle.

Puis elle disparaît en tirant le rideau pour que je puisse me déshabiller.

Pourquoi tant de culottes ? Je n'en ai jamais eu autant de toute ma vie. J'ai devant moi une pile de tissus colorés, principalement en dentelle. Je sors ma tête de la cabine pour demander :

— Qui a choisi tout ça ?

La vendeuse s'approche de moi.

— C'est Don Massimo qui a ordonné de préparer exactement ces modèles-ci du catalogue.

— Je comprends.

Je fouille dans la pile et remarque un thème récurrent : de la dentelle, de la dentelle fine, de la dentelle un peu plus épaisse, de la dentelle… et, au milieu de tout cela, quelques pièces de tissu opaque. Super ! je grogne de manière ironique. Je choisis un ensemble rouge en dentelle et soie et j'enlève ma robe pour procéder à tous ces essayages. Le soutien-gorge très fin va parfaitement à ma petite poitrine. Même si ce n'est pas un push-up, je suis ravie de constater que ma poitrine est mise en valeur. Je me penche pour enfiler le string en dentelle. Quand je me relève pour me regarder dans le miroir, Massimo est derrière moi. Adossé au mur de la cabine, les mains dans les poches, il me regarde des pieds à la tête. Je me retourne, furieuse.

— Qu'est-ce que tu…, je commence, avant qu'il m'attrape par le cou et me plaque contre le miroir.

Il se colle contre moi et caresse mes lèvres avec son pouce. Je suis comme paralysée, son corps m'empêche de bouger. Il arrête de jouer avec mes lèvres et place la main autour de mon cou. Il ne serre pas trop fort, il n'en a pas besoin pour faire passer son message : c'est lui qui commande.

— Ne bouge pas. (Il baisse le regard et gémit tout bas.) Tu es belle, chuchote-t-il. Mais tu ne peux pas porter ça, pas encore.

Les mots « pas encore » sonnent comme une invitation, une provocation à faire exactement le contraire. Je le repousse et avance d'un pas. Massimo ne réagit pas, il suit le mouvement, la main toujours sur mon cou. Lorsque je suis certaine d'être assez loin du miroir pour qu'il voie mon reflet tout entier, je le regarde. Comme je l'imaginais, son regard est planté dans le miroir. Il observe sa proie, et moi, je vois son pantalon devenir un peu serré. Il respire fort, sa poitrine se soulève de plus en plus rapidement.

— Massimo..., je murmure.

Il détourne son regard de mes fesses et me regarde droit dans les yeux.

— Dégage, sinon je te garantis que c'est la première et la dernière fois que tu vois tout ça, je grogne en faisant de mon mieux pour avoir l'air menaçante.

L'homme en noir sourit, comme si un défi lui était lancé. Ses yeux se remplissent d'un désir furieux. Il fait un pas en avant, puis un autre, et me colle à nouveau contre le miroir. Il lâche ensuite mon cou pour dire d'un ton très doux :

— C'est moi qui ai choisi tout ça et c'est moi qui déciderai quand je le verrai.

Et il sort.

Je reste immobile un certain temps, énervée mais satisfaite. Je commence à comprendre les règles du jeu, mais surtout les faiblesses de mon adversaire.

Je me rhabille, la colère résonnant toujours en moi. Je ramasse le tas de lingerie et, d'un pas décidé, sors de la cabine. La vendeuse se précipite vers moi, mais je l'ignore. J'aperçois Massimo assis sur le canapé. Je m'approche et lui balance tout le tas à la figure.

— Tu as tout choisi, alors tiens ! Tout est à toi ! je hurle, et je sors du magasin en courant.

Nos gardes du corps, qui attendaient devant le magasin, ne font pas un geste lorsque je passe devant eux ; ils regardent l'homme en noir sans bouger d'un centimètre. Je cours dans les petites rues bondées en me demandant ce que je vais faire et ce qui va se passer. Je vois des escaliers entre deux bâtiments, je les emprunte rapidement. Arrivée en haut, je tourne à nouveau dans une ruelle au bout de laquelle j'aperçois d'autres escaliers. Je prends de plus en plus de hauteur jusqu'à ce que je me retrouve à deux blocs du magasin de départ. Je m'adosse à un mur, essoufflée par tout cet effort. Mes chaussures sont peut-être très belles, mais pas faites pour ce genre d'escapade. Je regarde le ciel et le château qui domine Taormine. Putain ! mais je ne tiendrai jamais une année comme ça !

— C'était une forteresse autrefois. Tu veux courir jusque là-bas ou tu préfères épargner les gars ? Ils n'ont pas ta condition physique !

Je tourne la tête. Massimo est debout sur l'escalier, je vois que lui aussi a couru car il est légèrement décoiffé, mais il n'est pas à bout de souffle, contrairement à moi. Il s'appuie contre le mur et met nonchalamment les mains dans ses poches.

— Il faut qu'on rentre. Si tu veux faire du sport, il y a une salle de gym et une piscine à la maison. Si tu veux faire des marathons dans des escaliers, tu en trouveras plein à la villa aussi.

Je sais que je n'ai pas le choix et qu'il faut que je rentre avec lui, mais, pendant un court instant, j'ai eu la sensation d'être libre. Il me tend la main, je l'ignore et j'entame la descente des escaliers seule en passant à côté des deux hommes de sécurité, sans leur accorder un regard. J'arrive au SUV, j'y monte et je claque la porte.

Un moment passe avant que Massimo m'y rejoigne. Il s'installe près de moi, toujours au téléphone, et il continue ainsi jusqu'à la villa. Je ne comprends rien à ce qu'il dit, je ne connais que quelques mots d'italien.

Sa voix est calme et froide. Il écoute plus qu'il ne parle, et je n'arrive pas à décrypter son langage corporel.

Quand nous arrivons à la villa, je veux ouvrir la portière, mais elle est verrouillée. L'homme en noir met un terme à sa conversation, range son téléphone dans la poche intérieure de sa veste et me regarde.

— Le dîner sera prêt dans une heure. Domenico viendra te chercher.

La porte de la voiture se déverrouille, le jeune Italien est là, qui me tend la main pour m'aider à descendre. Je le laisse faire en lui offrant un large sourire. Je me dépêche d'entrer dans la maison sans jeter un regard au lieu où s'est déroulée la scène cauchemardesque d'hier soir. Domenico me rejoint.

— À droite, dit-il doucement lorsque je prends la mauvaise porte.

Je le remercie et, un instant plus tard, je suis dans ma chambre.

Le jeune Italien n'ose pas me suivre, comme s'il attendait que je lui en donne l'autorisation.

— Je vais chercher vos achats. Est-ce que vous avez besoin d'autre chose ?

— Oui, je boirais bien quelque chose avant de dîner. Sauf si je n'ai pas le droit.

Il sourit, hoche la tête et disparaît.

Je pénètre dans la salle de bains, j'enlève ma robe et ferme la porte. Je me glisse sous la douche en allumant le jet d'eau froide. Je lutte au début, mais après un moment ça devient agréable. Il fallait que je me calme. Puis je change la température de l'eau. Je me lave les cheveux, m'applique de l'après-shampoing et me laisse glisser le long du mur. L'eau est agréablement chaude, elle coule le long des vitres et m'apaise. J'en profite pour analyser la situation, le déroulement des événements du matin et ce qui s'est passé dans le dernier magasin. Je suis perplexe. Massimo est un homme compliqué, totalement imprévisible. Lentement, je réalise que si je n'accepte pas ma nouvelle situation et ma nouvelle vie, je vais mourir d'épuisement.

C'est alors que je comprends qu'il n'y a rien à combattre, rien à fuir. Il n'y a plus rien pour moi à Varsovie. Je ne perds rien, car tout ce que j'avais a disparu. La seule chose que je peux faire est de laisser cette aventure se dérouler. Il est temps d'accepter la situation, Laura, me dis-je en me relevant.

Je me rince les cheveux, enroule une serviette autour de ma tête, enfile mon peignoir et sors de la salle de bains.

Des dizaines de cartons sont posés dans ma chambre, ce qui me rend heureuse. J'aurais tout donné pour pouvoir faire ce genre de shopping et voilà que ce rêve est devenu réalité. À partir de ce moment, je décide d'être heureuse, voilà mon projet.

Je cherche le sac Victoria's Secret. Je fouille parmi de nombreux ensembles avant de retrouver celui en dentelle rouge. Je sors ensuite une robe noire courte et transparente et des talons aiguilles Louboutin. Massimo va faire une crise cardiaque en me voyant. Je vais vers la coiffeuse, en attrapant au passage une bouteille de champagne posée sur la table. Je me verse un verre et le descends d'un trait, ayant besoin d'un peu d'alcool pour me donner du courage. Je me verse une autre coupe, m'assieds face au miroir et sors ma trousse de maquillage.

Lorsque j'en ai terminé, mes yeux sont intensément maquillés, mon teint parfaitement lisse et mes lèvres brillent d'un rouge Chanel. Je me sèche les cheveux, et les boucle un petit peu pour les attacher en un chignon haut et décoiffé.

J'entends la voix de Domenico derrière la porte.

— Madame Laura, le dîner est servi.

J'enfile la lingerie en criant :

— Donne-moi deux minutes.

Je mets ma robe, mes talons et je me parfume allègrement. Je m'arrête devant le miroir. Je suis moi-même impressionnée. Je me sens vraiment belle, la robe me va parfaitement et ma lingerie est idéalement assortie aux semelles rouges de mes Louboutin. Je suis élégante et séduisante. Je vide mon troisième verre, me sentant prête à affronter la soirée.

Je sors de la chambre. Domenico me regarde avec de grands yeux.

— Madame est…

Il semble chercher le mot juste.

— Oui, je sais, merci, dis-je en le gratifiant d'un sourire cajoleur.

— Vos escarpins sont magnifiques, il ajoute tout en m'offrant son bras.

Je le prends et me laisse guider dans le couloir.

On sort sur la terrasse où j'ai pris mon petit déjeuner. Le gazebo au toit en toile est éclairé de centaines de bougies. Massimo est là, de dos, le regard plongé sur l'horizon. Je lâche le bras du jeune homme.

— Je vais me débrouiller maintenant, merci.

Domenico disparaît. Je me rapproche d'un pas décidé de l'homme en noir.

Le bruit de mes talons le fait réagir, il se retourne. Il porte un pantalon en lin gris et un pull très fin de la même couleur, les manches retroussées. Il se dirige vers la table pour poser le verre qu'il avait dans la main. Il observe chacun de mes pas, sans me quitter du regard. Lorsque j'arrive près de lui, il s'appuie contre la table, les jambes écartées. Je fais encore un pas et me place entre ses jambes sans le quitter du regard. Il brûle de désir ; même aveugle, je ressentirais la chaleur qu'il dégage.

— Tu me sers un verre ? je demande en mordant ma lèvre inférieure.

Massimo se redresse, comme s'il voulait me montrer que, même lorsque je porte des talons, il me domine.

— Est-ce que tu te rends compte que si tu continues à me provoquer, je pourrais être incapable de me contrôler ?

Je pose la main sur son torse musclé et le pousse pour lui intimer de s'asseoir. Il ne résiste pas. Au lieu de cela, il me regarde avec curiosité, me dévorant des yeux, mon visage, ma robe, mes chaussures, et surtout la dentelle rouge qui est le point d'orgue de ma tenue. Je me tiens près de lui pour qu'il puisse profiter de mon parfum. Je pose la main droite sur sa nuque et remonte vers ses cheveux. Délicatement, je lui tire la tête en arrière, il ne résiste pas, mais continue de me fixer. J'approche mes lèvres des siennes et murmure :

— Tu vas me servir un verre ou je vais devoir le faire seule ?

Après un silence, je lâche ses cheveux, m'approche du seau à glace et me sers un verre. Massimo est immobile, il suit du regard tous mes faits et gestes. Il semble prêt à sourire. Je m'assieds à table en jouant avec mon verre.

— On dîne ? je demande, en prenant l'air ennuyé.

Il s'approche de moi et pose les mains sur mes épaules, se penche et me murmure :

— Tu es sublime.

Il effleure mon oreille du bout de sa langue.

— Jamais une femme n'a eu cet effet sur moi.

Ses dents me caressent le cou.

Je sens des frissons remonter le long de ma colonne vertébrale, jusque entre mes jambes.

— J'ai envie de te jeter à plat ventre sur la table, de remonter ta petite robe et, sans enlever ta culotte, de te baiser jusqu'à ce que tu cries.

J'inspire profondément, excitée. Il continue :

— J'ai senti ton parfum dès que tu as passé la porte. Je veux le lécher sur toi. (Il accentue la pression de ses mains sur mes épaules.) Il y a un endroit de ton corps où je parie qu'on ne le sent pas. C'est cet endroit que j'ai le plus envie d'explorer.

Il se tait et se met à m'embrasser et à me mordre doucement le cou. Je ne résiste pas, je tourne plutôt la tête, lui laissant davantage d'espace. Ses mains glissent lentement le long de mon décolleté et se referment sur mes seins. Fermement. Je me mets à gémir.

— Tu vois, Laura, tu me désires.

Je sens ses mains et ses lèvres s'éloigner de moi.

— Rappelle-toi, c'est mon jeu, donc mes règles.

Il m'embrasse la joue et s'assied sur une chaise.

Il a gagné, on le sait tous les deux, mais ça ne change rien au fait que son pantalon a doublé de volume depuis mon arrivée.

Je fais semblant d'être insensible à toute cette situation. Ce qui amuse Massimo. Il s'adosse contre la chaise et joue avec son verre de champagne, un sourire narquois aux lèvres.

Domenico passe une tête et disparaît aussitôt. Deux jeunes hommes arrivent avec l'entrée. Un carpaccio de poulpe. Délicat et délicieux. Les plats suivants sont encore meilleurs. Nous dînons en silence, en se regardant de temps à autre. Après le dessert, je recule ma chaise, prends mon verre de rosé dans la main et dis d'une voix ferme :

— Cosa Nostra.

Massimo me regarde d'un air sévère.

— Apparemment, ça n'existe pas. N'est-ce pas ?

Il rigole et ajoute à voix basse :

— Et qu'est-ce que tu sais d'autre, bébé ?

Déconcertée, je fais tourner le liquide dans mon verre.

— Eh bien, comme tout le monde, j'ai vu *Le Parrain*. Je me demande ce qu'il y a de vrai sur vous dans ce film.

— Sur nous ? répond-il, étonné. Sur moi, rien du tout, et sur les autres, je n'en ai aucune idée.

Il se moque de moi, j'en suis certaine.

— Tu fais quoi dans la vie ?

— Du business.

Je ne suis pas prête à laisser tomber.

— Massimo, je suis sérieuse. Si tu veux que je te déclare mon amour d'ici à un an et que je t'obéisse, tu ne penses pas que je devrais en savoir un peu plus sur toi et dans quoi je m'embarque ?!

Son visage est devenu grave. Il me fixe de son regard glacial.

— C'est légitime que tu veuilles des explications. Je t'en donnerai autant qu'il est nécessaire. (Il prend une gorgée de vin.) Après la mort de mes parents, j'ai été choisi comme chef de famille, c'est pour ça qu'on m'appelle « Don ». J'ai quelques entreprises, des boîtes de nuit, des restaurants, des hôtels. Une sorte de corporation dont je suis le patron. Le tout fait partie d'un business plus large. Si tu veux plus d'informations, je te les donnerai, mais je pense que moins tu en sauras, mieux ce sera pour toi.

Il garde les yeux rivés sur moi, l'air toujours aussi grave.

— Qu'est-ce que tu veux savoir exactement ? Si j'ai mon propre conseiller ? Oui, j'en ai un, et tu le rencontreras bientôt. Est-ce que je possède une arme ? Est-ce que je suis dangereux ? Est-ce que je résous seul mes problèmes ? La réponse, tu l'as eue la nuit dernière. Je ne sais pas ce que tu veux savoir d'autre, pose-moi des questions.

Des milliers de questions me traversent l'esprit mais, en réalité, je n'ai pas besoin d'en savoir plus. Pour être honnête, depuis hier soir, j'en sais déjà bien trop.

— Quand vas-tu me rendre téléphone et ordinateur ?

L'homme en noir croise les jambes.

— Quand tu veux. Il faut juste qu'on se mette d'accord sur ce que tu vas dire aux personnes que tu veux contacter.

Je prends une grande respiration, me préparant à dire quelque chose, mais il lève la main avant que je ne puisse commencer.

— Avant que tu m'interrompes, je vais te dire comment ça va se passer. Tu vas appeler tes parents et, si tu le juges nécessaire, tu pourras même aller en Pologne.

À ces mots, mes yeux s'éclairent, mon visage retrouve un rayon de bonheur.

— Tu leur diras qu'on t'a proposé un travail très bien payé dans un hôtel en Sicile et que tu as accepté. C'est un CDD d'un an. Comme ça, tu ne mentiras pas à tes proches lorsque tu voudras les contacter. Nous avons récupéré tes affaires dans l'appartement de Martin avant qu'il ne rentre à Varsovie. Elles devraient arriver demain. Je considère ton histoire avec cet homme comme terminée. Je ne veux pas que tu le revoies.

Je le regarde d'un air interrogateur.

— Je suis clair ? Non ? Alors, je vais le répéter : je t'interdis tout contact avec ce type. Autre chose ?

Je ne dis rien pendant un moment. Il a effectivement pensé à tout. Il a tout prévu et tout est d'une logique implacable.

— D'accord, et si j'ai besoin de voir ma famille ? Comment on fait ?

Massimo fronce les sourcils.

— Bien… Dans ce cas, je serai ravi de découvrir ton pays avec toi.

Je ris en buvant une gorgée de vin. Je l'imagine, lui, le chef d'une famille mafieuse, se balader à Varsovie.

— Est-ce que j'ai le droit de ne pas être d'accord avec toi ? je demande, curieuse.

— Ce n'est pas une proposition, mais la description de la façon dont les choses vont se passer. (Il se penche vers moi.) Laura, tu es intelligente. Tu n'as toujours pas encore compris que j'obtiens toujours ce que je veux ?

Je grimace en me souvenant de ce qui s'est passé hier soir.

— Pour autant que je sache, Don Massimo, pas toujours.

Je baisse les yeux sur mes sous-vêtements en dentelle, parfaitement visibles sous ma robe, et je me mords la lèvre. Lentement, je me lève de mon fauteuil. L'homme en noir observe attentivement tous mes mouvements. Je retire mes escarpins à semelles rouges et je pars en direction du jardin. L'herbe est humide et l'air a un goût de sel. Je sais qu'il ne va pas pouvoir résister et qu'il va me suivre. C'est exactement ce qui se passe. Je marche dans le noir, au loin, je distingue les lumières des bateaux bercés par les vagues. Je m'arrête devant le canapé blanc à baldaquin sur lequel j'ai fait une sieste plus tôt dans la journée.

— Tu te sens bien ici, n'est-ce pas ? dit Massimo, qui s'est rapproché de moi.

Il a raison, je ne me sens pas étrangère, j'ai l'impression d'avoir toujours vécu ici. D'ailleurs, quelle fille ne rêverait pas de se retrouver dans une luxueuse villa avec du personnel et tout ce dont elle a envie ?

— Je commence à accepter la situation, je m'habitue car je sais que je n'ai pas le choix, je réponds en buvant une gorgée.

Massimo me prend mon verre et le jette dans l'herbe. Il me soulève délicatement dans ses bras et me dépose sur les coussins blancs. Ma respiration s'accélère. Je sais que tout peut arriver. Il se place au-dessus de moi et nous nous retrouvons dans la même position que ce matin. La différence, c'est que tout à l'heure j'avais peur et, là, je ressens de la curiosité et du désir. Peut-être est-ce dû aux nombreux verres que j'ai ingurgités, peut-être ai-je tout simplement accepté la situation ? Quoi qu'il en soit, les choses me paraissent plus faciles.

L'homme en noir place les mains de chaque côté de mon visage. Il est presque allongé sur moi.

— Je voudrais… (Il chuchote en passant le bout de son nez sur mes lèvres.) J'aimerais que tu m'apprennes à être doux avec toi.

Je me fige. Un homme aussi dangereux, aussi puissant, me demande mon consentement, de la tendresse et de l'amour.

Je porte mes mains à son visage et les pose sur ses joues. Je les laisse ainsi un instant pour pouvoir regarder profondément dans ses yeux si sombres. D'un geste léger, je le serre contre moi. Nos lèvres se touchent, et Massimo se précipite sur ma bouche, me forçant à l'ouvrir. Nos langues se caressent harmonieusement. Son corps se fait de plus en plus lourd sur le mien et ses bras m'enlacent. Il est clair que nous nous désirons. Nos lèvres et nos langues font déjà l'amour, vigoureusement et passionnément, dévoilant des tempéraments sexuels compatibles.

L'instant d'après, lorsque l'adrénaline est retombée et que je me suis un peu calmée, je me rends compte de ce que je suis en train de faire.

— Attends, arrête, dis-je en le repoussant.

L'homme en noir ne voit pas les choses de cette façon. D'une main, il attrape mes poignets, malgré mes protestations, et les plaque contre le matelas blanc. De l'autre, il commence à remonter le long de ma cuisse jusqu'à ma culotte de dentelle rouge. Il l'attrape tout en éloignant ses lèvres des miennes. La pâle lumière des réverbères au loin éclaire faiblement mon visage terrifié. Mais je n'offre aucune résistance, je n'ai aucune chance. Je reste immobile et des larmes coulent sur mes joues. Dès qu'il s'en aperçoit, il lâche mes poignets, se relève et s'assied au bord du canapé, les pieds dans l'herbe mouillée.

— Bébé…, chuchote-t-il, lorsque toute ta vie tu utilises la force et la violence, que tu dois te battre pour tout, il est difficile de réagir autrement lorsque quelqu'un t'enlève le plaisir que tu désires.

Il me caresse les cheveux. Moi, je n'ai toujours pas bougé, je n'ose pas broncher d'un millimètre. Je suis furieuse mais, en même temps, Massimo me fait de la peine. Je n'ai pas l'impression que c'est le genre de type à prendre les femmes de force. Et pourtant, je suis sûre qu'il trouve ce genre de comportement normal. Un geste brutal est, pour lui, aussi simple que de serrer la main d'un ami. Il n'a vraisemblablement jamais compté pour quiconque, il n'a pas à faire attention ni à prendre soin des sentiments d'autrui. Maintenant, il essaie de me faire partager ses sentiments, et la seule façon qu'il connaisse, c'est la force.

Dans un silence glacial, le vibreur de son téléphone nous surprend. L'homme en noir sort son téléphone, regarde l'écran et décroche. Pendant qu'il discute, je sèche mes larmes et je me lève du canapé. D'un pas très lent, je me dirige vers la maison. Je suis fatiguée, un peu ivre et très désorientée. Je mets du temps, mais je finis par trouver ma chambre et par m'affaler sur le lit.

Je ne sais même pas à quel moment je me suis endormie.

5

Quand je me réveille, le jour est déjà levé. Je sens une main lourde sur ma taille. Massimo dort à côté de moi, recroquevillé en boule, un bras autour de moi.

Ses cheveux tombent sur son visage et sa bouche est à moitié ouverte. Il respire profondément et régulièrement, et son corps bronzé, habillé comme le matin précédent, est d'une vue très agréable au milieu des draps blancs.

Mon Dieu, il est si chaud, je pense, en me léchant les lèvres et en respirant le parfum de sa peau. Mais qu'est-ce qu'il fait là ? J'ai peur de bouger, peur de le réveiller, mais j'ai envie d'aller aux toilettes. Je me glisse sous son bras, en le soulevant délicatement. Massimo prend une grande respiration et se retourne sur le dos. Il dort toujours.

Je me lève et je vais dans la salle de bains. Arrivée devant le miroir, je grimace en voyant à quoi je ressemble. Mon maquillage a maintenant tout du masque de Zorro. Ma robe est complètement froissée, mon chignon élaboré hier soir ressemble à un nid d'oiseau.

— Jolie, me dis-je à moi-même.

Je prends un coton et me démaquille. Dès que j'ai

terminé, je me déshabille et file sous la grande douche. J'ouvre l'eau et je verse du savon dans le creux de ma main. La porte s'ouvre sur l'homme en noir. Il me reluque sans aucune gêne.

— Bonjour, bébé, je peux me joindre à toi ? demande-t-il en se frottant les yeux encore un peu endormis, un sourire enchanté aux lèvres.

J'ai juste envie de me jeter sur lui, de le frapper et de le jeter dehors. Mais, compte tenu de l'expérience acquise ces jours derniers, je sais que ça ne servirait à rien. Sa réaction serait encore plus brutale que la mienne et, surtout, très désagréable... Je lui réponds donc en me savonnant :

— Si tu veux.

Massimo cesse de se frotter les yeux, fronce les sourcils et se fige, étonné. Il doit penser qu'il a mal entendu. Je l'ai déstabilisé. Je ne peux rien changer au fait qu'il est déjà dans la salle de bains et qu'il m'a vue toute nue. La seule chose dont je puisse profiter, c'est de le voir dévêtu à son tour.

Massimo s'approche de la spacieuse cabine de douche, il attrape son tee-shirt par-derrière et l'ôte d'un geste sec. Je suis adossée au mur et continue de me savonner, mais je ne quitte pas Massimo des yeux, et il fait pareil. Je réalise que, pendant que je le regarde fixement, mes mains caressent mes seins plus longtemps que nécessaire.

— Avant d'enlever mon pantalon, il faut que je te dise que je suis un homme, c'est le matin et tu es toute nue, donc...

Il hausse les épaules tout en souriant d'un air coquin.

Mon cœur fait un bond. Heureusement que je suis

sous la douche, ses mots me font mouiller en une seconde. Quand est-ce que j'ai fait l'amour pour la dernière fois ? Martin considérait ça plutôt comme une obligation, donc ça fait plusieurs semaines que je suis seule à me procurer du plaisir.

En plus, je viens d'avoir mes règles, alors les hormones ont leur part dans la montée en flèche de ma libido.

— C'est une torture, je murmure, et je me tourne vers la pomme de douche pour baisser la température de l'eau jusqu'à ce qu'elle devienne glacée.

Je suis tellement excitée à l'idée de voir Massimo nu que tous mes muscles se tendent. Pour mon propre bien et ma sécurité, je ferme les yeux et me glisse sous l'eau glacée en faisant semblant de me rincer. Malheureusement, la température de l'eau ne me refroidit en rien. Massimo entre dans la cabine et ouvre un autre jet qui se trouve à côté du mien. Il y en a quatre au total, sans compter le gigantesque panneau à jets d'eau qui ressemble à un radiateur de salle de bains, totalement criblé de petits trous.

— On part aujourd'hui, dit l'homme en noir. On sera absents quelques jours, peut-être un peu plus. On va devoir assister à quelques événements, donc penses-y en faisant ta valise. Domenico va tout préparer, il faut juste que tu lui dises ce que tu veux emporter.

J'entends ce qu'il dit, mais je n'écoute pas. Je fais mon possible pour ne pas ouvrir les yeux, mais la curiosité l'emporte. Je tourne la tête et je vois Massimo qui s'appuie d'une main contre le mur. L'eau coule le long de son corps. La vue est saisissante : ses jambes toniques, ses fesses magnifiques et bien dessinées et son ventre musclé témoignent de l'énorme travail qu'il doit accomplir pour maintenir son corps en si parfaite forme. Puis mes yeux cessent d'errer et s'arrêtent sur un endroit précis. Je découvre ce que je craignais le plus. Sa belle queue épaisse, dressée comme une bougie coincée dans mon gâteau d'anniversaire à l'hôtel. Elle est parfaite, pas trop longue, mais aussi épaisse que mon poignet.

Tout ce temps, Massimo a les yeux fermés et le visage droit sous le jet d'eau. Il incline la tête d'un côté, puis de l'autre, pour permettre à l'eau de s'écouler de manière égale sur ses cheveux.

Puis il plie les bras et appuie ses coudes contre le mur pour que sa tête ne soit plus sous le jet d'eau.

— Tu veux quelque chose ou tu ne fais que regarder ? demande-t-il en gardant les yeux fermés.

Mon cœur bat à un rythme effréné, je ne peux pas le quitter des yeux, je suis coincée. Je maudis le moment où je l'ai autorisé à me rejoindre dans cette putain de douche, même si, à vrai dire, mes protestations n'auraient probablement rien changé. Mon corps et ma raison se livrent une bataille acharnée. Je n'aspire qu'à le toucher. Je me lèche les lèvres, me demandant ce que cela ferait de l'avoir dans ma bouche.

Je m'imagine debout derrière lui, l'eau coulant sur mon corps, saisissant son sexe avec ma main. Serrant mes doigts autour. Et lui, gémissant d'extase, excité par mes caresses. Je le retourne et le pousse contre le mur. Puis je me rapproche, ma main ne quitte jamais sa bite dure comme le roc. Lentement, je lèche ses tétons et je remonte les doigts le long de sa bite, jusqu'au bout, puis je reviens à la base. Je le sens devenir encore plus dur, et ses hanches commencent à se balancer doucement au rythme de mes gestes.

— Ton regard, Laura, prouve que tu ne penses pas du tout aux robes que tu veux emporter.

Je secoue la tête, comme pour me réveiller. Je veux me libérer l'esprit de cette image. L'homme en noir n'a pas changé de position, les coudes toujours contre le mur. La seule différence, c'est que maintenant il me regarde manifestement amusé. Je panique et je n'arrive pas à trouver quoi que ce soit à dire. La seule chose à laquelle je pense, c'est de lui sucer la bite. Apparemment, ma panique l'attire, comme un animal blessé attire un prédateur.

Il s'approche, je fais de mon mieux pour ne pas le regarder dans les yeux. En trois pas, il est face à moi, ce qui me soulage, car l'objet de mon fantasme n'est plus dans mon champ de vision. Malheureusement, le sentiment de soulagement ne dure pas. Quand il s'arrête devant moi, son phallus en érection touche délicatement mon ventre. Je recule, mais il avance. Chaque fois que je fais deux pas, il en fait un pour se rapprocher. Même si la douche est immense, je sais que je vais me retrouver coincée à un moment donné. Lorsque je touche le mur, l'homme en noir s'appuie contre moi.

— Tu penses à quoi en la regardant ? demande-t-il en se penchant au-dessus de moi. Tu veux la toucher ? Car, pour l'instant, c'est elle qui te touche…

Je suis incapable de prononcer un mot. Je me tiens là, impuissante, sans défense, étourdie et ivre de luxure, et il se frotte contre moi, appuyant plus fort sur mon ventre. La pression constante devient rythmée, pulsante. Massimo gémit et appuie son front sur le mur derrière moi.

— Je le ferai, avec ton aide ou sans.

Je ne peux plus résister. Des deux mains, j'attrape le fessier de l'homme en noir. Lorsque je lui enfonce mes ongles dans la peau, un gémissement s'échappe de sa gorge. D'un geste ferme, je me retourne et je le pousse contre le mur. Ses mains tombent le long de son corps et ses yeux s'allument de désir. Je sais qu'il faut que je m'arrête tout de suite. Si je ne le fais pas, je ne pourrai plus me contrôler et je ferai quelque chose que je vais regretter plus tard.

Je tourne sur moi-même et me précipite dehors. J'attrape un peignoir en chemin et le jette sur moi en courant vers la porte. Je continue à courir dans le couloir et, même si je n'entends pas ses pas derrière moi, je ne m'arrête que lorsque j'ai dépassé le jardin et les escaliers menant à la petite marina. Hors d'haleine, je saute dans le bateau à moteur et je m'affale sur l'un des canapés.

En essayant de reprendre mon souffle, j'analyse la situation, mais aucune des images qui défilent dans ma tête ne laisse place à un raisonnement logique. Comme un disque rayé, la seule vision que j'ai est celle de la queue de Massimo. Je sens presque son goût et la texture de sa peau si douce.

Je ne sais pas combien de temps je passe à scruter l'eau, mais, après un moment, je sens que je peux me lever et retourner à la villa.

Lorsque, sans faire de bruit, j'ouvre la porte de ma chambre, j'y trouve Domenico entouré de nombreuses valises Louis Vuitton.

— Où est Don Massimo ? je demande quasiment en chuchotant, laissant juste ma tête dépasser à travers la porte.

Le jeune Italien lève la tête et sourit.

— Je pense qu'il est dans la bibliothèque. Est-ce que vous voulez le rejoindre ? Il est en réunion avec son *consigliere*, mais j'ai ordre de vous emmener le voir dès que vous en ressentez le besoin.

J'entre dans la chambre et referme la porte.

— Non, certainement pas, je réponds en appuyant mes mots d'un geste des bras. Il t'a dit de faire mes valises ?

Domenico est toujours en train d'ouvrir des valises vides.

— Vous partez dans une heure, donc je pense qu'une aide vous sera utile, sauf si Madame ne le souhaite pas ?

— Arrête de m'appeler Madame, ça m'énerve. En plus, je pense qu'on a le même âge, donc on ne va se prendre la tête.

Domenico sourit et incline la tête en signe d'acceptation.

— Peux-tu me dire où on va ?

— À Naples, Rome, Venise, puis au lac de Côme.

J'ouvre de grands yeux tellement je suis surprise. Je n'ai jamais visité autant de lieux de ma vie entière.

— Est-ce que tu sais pourquoi on va à chacun de ces endroits ? Je voudrais savoir ce que je dois emporter.

Domenico se dirige vers le dressing.

— Globalement, oui, mais je ne peux rien dire. Don Massimo t'expliquera tout, je vais juste t'aider à faire tes bagages en y mettant les tenues adéquates, ne t'inquiète pas (il me fait un clin d'œil), la mode, c'est mon truc.

— Si c'est vrai, je te fais cent pour cent confiance. Comme je n'ai qu'une heure pour me préparer, je vais tout de suite commencer.

Domenico acquiesce et plonge dans le dressing.

Je vais dans la salle de bains, où règne encore l'odeur du désir. Mon ventre se noue. Je ne vais pas y arriver... Je retourne dans la chambre, la traverse et entre à mon tour dans le dressing.

— Est-ce que mes affaires sont arrivées de Varsovie ?

Il ouvre une des grandes armoires et pointe du doigt des cartons.

— Oui, mais Don Massimo a dit de ne pas y toucher.

Super !

— Est-ce que tu peux me laisser seule un moment ?

Avant que j'aie le temps de me retourner, je suis déjà seule au milieu de la pièce. Je me jette sur les cartons, en quête d'une chose spécifique : mon « ami rose à trois dents ». Après avoir retourné une dizaine de cartons, je tombe enfin sur l'objet en question, soulagée. Je le glisse dans la poche de mon peignoir et je vais dans la salle de bains.

Domenico est sur le balcon, attendant mon signal. En traversant la chambre, je lui fais signe qu'il peut retourner dans la pièce que je viens de quitter.

Je sors le jouet rose et le lave. C'est vraiment mon meilleur ami du moment. Je laisse échapper un gémissement d'impatience. En jetant un coup d'œil dans la salle de bains, je cherche l'endroit parfait. J'aime me masturber allongée. Je ne peux pas le faire si je suis pressée ou lorsque je me sens mal à l'aise. La chambre à coucher serait le meilleur endroit, mais la présence de mon assistant ne ferait que me distraire. Il y a cependant une chaise longue blanche dans le coin de la salle de bains. Ce n'est pas l'endroit le plus confortable, mais ça devrait faire l'affaire. De toute façon, je suis assez désespéré pour m'allonger par terre.

La chaise longue est étonnamment confortable. Je défais la ceinture de mon peignoir qui tombe au sol. Je m'allonge nue, avide d'orgasmes. Je me lèche deux doigts et me pénètre pour éviter les frottements. Mais je suis déjà tellement mouillée que ce n'était même pas nécessaire. J'allume mon vibreur et je l'insère délicatement en moi. Sa partie la plus grosse et épaisse rentre de plus en plus profondément, et l'autre, en forme de lapin, pénètre mon autre orifice. Un frisson traverse mon corps entier, je sais que sous peu je serai calmée. La troisième partie de mon jouet est celle qui vibre le plus, pile sur mon clitoris. Je ferme les yeux. Je ne vois qu'une seule chose, et c'est la seule que je veux imaginer, Massimo sous la douche tenant sa magnifique bite dans les mains.

Le premier orgasme arrive quelques secondes après, les autres suivent assez rapidement, à pas plus de trente secondes d'écart.

Trente minutes plus tard, je me regarde dans la glace, je ne ressemble en rien à la femme que j'étais il y a une semaine. Ma peau est bronzée, j'ai l'air fraîche et en bonne santé. Mes cheveux sont attachés en un chignon harmonieux, mes yeux légèrement maquillés et mes lèvres pulpeuses d'un mat sombre. Pour le voyage, Domenico a choisi une tenue blanche de chez Chanel. Un pantalon long et large, blanc cassé, en soie semi-transparente, et un haut aux manches assez épaisses, l'ensemble accompagné de sandales à talons Prada.

— Tes valises sont prêtes, me dit Domenico en me tendant mon sac à main.

— Je voudrais voir Massimo.

— Il n'a pas terminé son rendez-vous, mais…

— Alors, dès qu'il aura terminé, je le coupe brusquement en sortant de la chambre.

La bibliothèque est l'un des endroits où je sais aller seule. Je traverse les couloirs en faisant résonner mes talons dans toute la villa. Lorsque j'arrive devant la porte, un frisson me traverse le dos. Je ne suis pas entrée dans cette pièce depuis ma première discussion avec l'homme en noir.

Massimo est assis sur le canapé. Il porte un costume en lin et sa chemise est déboutonnée. À côté de lui est assis un homme assez beau et élégant, bien plus âgé que Massimo. Un Italien typique aussi, je me dis. Des cheveux longs dégagés du visage et une barbe bien entretenue. Les deux hommes se sont levés en me voyant. Le premier regard que me lance l'homme en noir est glacial, comme s'il voulait me punir de les avoir interrompus.

Mais dès que ses yeux balaient ma silhouette, son regard s'adoucit. Il dit quelque chose à son interlocuteur sans me quitter du regard, puis il vient vers moi et se penche.

— J'ai dû me débrouiller sans toi, chuchote-t-il avant de me donner un baiser.

— Moi aussi, je me suis débrouillée seule, je réplique dès que ses lèvres touchent ma peau.

Mes paroles le figent un instant. Son regard est rempli de désir et de colère. Il me prend par la main et me conduit jusqu'à son interlocuteur.

— Laura, voici Mario, mon bras droit.

Je m'approche de l'homme pour lui tendre la main, mais lui m'attrape par les épaules pour m'embrasser sur les joues. Je ne suis pas habituée à ce genre de gestes. En Pologne, on n'embrasse que les membres de sa famille très proche.

— *Consigliere*, dis-je en souriant.

— Mario ira très bien. (L'homme âgé sourit chaleureusement.) C'est un plaisir de vous voir enfin, vivante.

Ces mots me déstabilisent : comment ça, vivante ? Comme s'il y avait une possibilité que je ne le sois pas ? Je pense que mon visage trahit ma pensée, car Mario se rattrape immédiatement :

— La maison est pleine de tes portraits, ils y sont accrochés depuis des années. Personne n'aurait pu imaginer que tu existais réellement. Tu dois toi-même être surprise par cette histoire, non ?

Je hausse les épaules.

— Je ne vais pas vous mentir. Toute cette situation me paraît en effet assez surréaliste. Mais on sait tous que je n'ai pas les moyens d'aller à l'encontre de Don Massimo, donc j'essaie d'appréhender avec calme et patience les trois cent cinquante jours qui me restent.

Massimo éclate de rire.

— Avec calme et patience…, répète-t-il.

Il dit quelque chose en italien à son interlocuteur, qui se montre soudain tout aussi amusé que lui.

— Je suis ravie d'être un tel sujet d'hilarité. Pour que vous puissiez vous calmer, je vais attendre dans la voiture, dis-je fièrement en contenant mon irritation, mais en leur jetant un sourire ironique.

Lorsque je me retourne pour me diriger vers la porte, Mario, encore hilare, ajoute :

— C'est vrai Massimo, c'est bizarre qu'elle ne soit pas italienne.

Je les ignore et referme la porte derrière moi.

Avant de sortir dans l'allée, je m'arrête un moment. J'ai toujours l'image de ce cadavre sur les pavés. J'avale ma salive, regarde droit devant moi et marche vivement jusqu'au SUV. Le chauffeur m'ouvre la porte et me tend la main pour m'aider à monter de manière fluide et élégante.

Mon iPhone est sur le siège à l'intérieur, à côté de mon ordinateur. Je crie de joie en les voyant. J'appuie sur le bouton pour fermer la vitre séparant les sièges passagers de ceux de devant. Ravie, j'allume mon téléphone. J'ai des dizaines d'appels en absence de ma mère, mais aucun de Martin. C'est triste et bizarre de se dire que le mec qui a partagé ta vie pendant un an n'en a rien à foutre de ta disparition.

J'appelle immédiatement :

— Ma chérie, mon Dieu, j'étais si inquiète, je ne dormais plus, dit ma mère, des sanglots dans la voix.

— Maman, mais tu m'as seulement appelée hier. Tout va bien, ne t'inquiète pas.

Elle insiste, son instinct maternel sans doute.

— Tu es sûre, Laura ? Tout va bien ? Tu es rentrée de Sicile ? Ça s'est bien passé ?

Je prends une grande inspiration parce que je sais

qu'elle ne sera pas facile à convaincre, elle me connaît trop bien. Est-ce que le voyage en Sicile s'est bien passé ? Je regarde autour de moi, jette un œil à mes vêtements…

— Oui, très bien, maman. Je suis rentrée, mais il faut que je te dise quelque chose.

Je ferme fort des yeux en priant pour qu'elle me croie.

— Pendant mes vacances, j'ai eu une proposition de travail, dans un hôtel sur l'île. (J'essaie d'avoir l'air excitée.) Ils m'ont proposé un CDD d'un an que j'ai accepté, c'est pour ça que je me prépare à repartir en Sicile.

J'attends sa réaction, mais elle ne dit rien. Soudain, elle retrouve la parole :

— Mais tu ne parles pas un mot d'italien.

— Ça n'a aucune importance, tout le monde parle anglais.

La discussion se tend, je sais que si on parle plus longtemps, elle va ressentir mon malaise. Je sais qu'il faut que je coupe court à la conversation.

— Je vais venir vous voir dans quelques jours et je te raconterai tout, j'ai plein de choses à régler avant le départ, il faut que je te laisse.

— Bon, d'accord. Et Martin ? demande-t-elle intriguée. Il est accro à son travail, il ne partira jamais.

Je prends une grande inspiration.

— Il m'a trompée en Italie. Je l'ai quitté, ce qui me motive d'autant plus à partir, j'ajoute, cette fois-ci d'un ton bien plus convaincu et moins nerveux.

— Je te l'ai dit dès le début, ma fille, ce n'était pas un type pour toi.

C'est sûr, mais heureusement que tu ne connais pas le nouveau…

— Maman chérie, il faut vraiment que j'y aille. Donne des nouvelles et rappelle-toi que je t'aime.

— Moi aussi, fais attention à toi, ma chérie.

En appuyant sur l'icône rouge, je soupire, soulagée. Je crois que ça a marché. Elle m'a crue. Maintenant, il faut juste que je prévienne l'homme en noir de notre incontournable voyage en Pologne. À ce moment, la portière s'ouvre et, d'un mouvement fluide, l'élégant Massimo entre.

Il regarde la main dans laquelle je tiens mon téléphone.

— Tu as parlé à ta mère ? demande-t-il d'un air assez inquiet lorsque la voiture démarre.

— Oui, mais ça ne change rien, elle est super inquiète, je réponds en regardant par la vitre. Je vais devoir aller en Pologne d'ici à quelques jours, d'autant plus qu'elle pense que j'y suis déjà.

Je me tourne vers Massimo pour voir sa réaction. Il me regarde.

— C'est ce que j'avais prévu. C'est pour ça que la dernière étape de notre voyage sera Varsovie. Ce ne sera pas aussi tôt que tu l'espères, mais je pense que si tu l'appelles régulièrement, ça nous fera gagner un peu de temps.

Ses paroles me rassurent.

— Merci, j'apprécie.

Massimo me regarde longuement, puis il pose la tête contre l'appuie-tête en soupirant.

— Je ne suis pas si mauvais. Je ne veux pas te garder ici contre ta volonté. Je ne veux pas que tu aies peur. Mais, dis-moi, est-ce que tu resterais de ton propre gré ?

Il me fixe d'un regard inquisiteur. Je détourne le

regard. Est-ce que je resterais ? Bien évidemment que non.

L'homme en noir attend une réponse. Comme je ne dis rien, il sort son iPhone pour y lire quelque chose.

Le silence est insupportable. Étonnamment, aujourd'hui, j'ai vraiment besoin de lui parler. Peut-être parce que mon pays me manque, peut-être à cause de notre douche de ce matin ? Sans quitter la vitre des yeux, je demande :

— On va où ?

— À l'aéroport de Catane. S'il n'y a pas d'embouteillage, on devrait y être en moins d'une heure.

En entendant le mot aéroport, je frissonne. Mon corps se tend et ma respiration s'accélère. Prendre l'avion est l'une des choses que je déteste le plus.

Je commence à gigoter nerveusement sur mon siège, la clim jusque-là agréable me paraît soudain glaciale. Nerveusement, je me frotte les bras pour essayer de me réchauffer. Malgré cela, je n'arrive pas à me débarrasser de ma chair de poule. Massimo me lance un regard surpris qui devient glacial :

— Mais putain, pourquoi tu ne portes pas de soutien-gorge ?

Je fronce les sourcils et le regarde, désorientée.

— On voit tes tétons.

Je regarde et, effectivement, il a raison. On les voit à travers la matière délicate de mon haut. Je baisse une manche pour faire apparaître une épaule. Sur ma peau bronzée, on voit la dentelle de mon soutien-gorge beige.

— Ce n'est pas ma faute si toute la lingerie que je possède est en dentelle fine. Je ne possède pas un seul soutien-gorge rembourré. Je suis désolée si ça te déconcentre, mais ce n'est pas moi qui ai choisi tout ça.

Je le regarde droit dans les yeux, dans l'attente de sa réaction.

Il est comme obnubilé par la dentelle qui dépasse. Il saisit mon haut et le tire vers le bas. Le tissu léger descend jusque sous mes seins, les dévoilant intégralement. Massimo ne dit rien, il se contente de regarder. Je ne bouge pas. Grâce à ma petite séance du matin avec mon jouet rose, mon désir est plus ou moins rassasié, ce qui me permet de rester calme et de ne pas perdre le contrôle. L'homme en noir allonge une jambe sur la banquette et se tourne face à moi. Lentement, il glisse son pouce entre la bretelle en dentelle et ma peau. Son geste me fait frissonner.

— Tu as froid ? me demande-t-il en déplaçant son doigt de plus en plus bas, puis en introduisant la main entière sous le tissu.

— Je déteste prendre l'avion, je réponds pour ne pas montrer à quel point il m'excite. Si Dieu voulait vraiment qu'on vole, il nous aurait donné des ailes, je marmonne, les paupières à moitié closes.

Heureusement, je porte mes lunettes de soleil, il ne peut pas voir mes yeux…

La main de Massimo se dirige toujours vers ma poitrine, ses doigts tripotent paresseusement le tissu de dentelle, glissent toujours plus bas. Lorsque sa main recouvre ma poitrine, son regard se remplit d'un désir foudroyant. J'ai déjà vu ce regard, je le fuis à chaque fois car il me fait peur, mais cette fois je n'ai nulle part où aller.

Massimo resserre de plus en plus sa main sur mon sein et se rapproche. Mes hanches commencent à bouger sans même que je m'en aperçoive et ma tête tombe en arrière alors qu'il joue avec un de mes tétons, le pinçant entre deux doigts. De sa main libre, il m'attrape par le cou, il ne sait pas combien de temps il m'a fallu pour attacher mes cheveux et combien je déteste qu'il fasse ça. Il baisse la tête et mordille doucement mon mamelon à travers la dentelle du soutien-gorge.

Il relève la tête et murmure :

— C'est à moi.

Cette voix et ces mots provoquent chez moi un gémissement.

Massimo dégage ma seconde épaule et fait glisser mon haut jusqu'à ma taille. Il repousse la dentelle qui recouvre ma poitrine et m'embrasse les seins. Je n'en peux plus, tout mon corps pulse de l'intérieur. La séance de masturbation de tout à l'heure n'a rien réglé. Je suis encore excitée. Je l'imagine déchirer mon pantalon et me prendre par-derrière sans le retirer complètement. Emportée par mes pensées, je glisse ma main dans ses cheveux et je le serre contre moi.

— Plus fort ! je chuchote en enlevant mes lunettes de soleil. Mords-moi plus fort.

C'est comme si je venais d'appuyer sur un bouton d'alerte rouge dans sa tête. Il arrache la dentelle et je sens ses dents appuyer de plus en plus fort sur mes seins. Un coup il les mordille, un coup il les suce. Je ne vais bientôt plus pouvoir résister à ce désir. Je relève sa tête en le prenant par les cheveux et je colle ses lèvres aux miennes. Puis, délicatement, je le repousse pour pouvoir le regarder dans les yeux. Il est comme en chaleur, ses pupilles dilatées font maintenant la taille de son iris, d'une couleur totalement noire. Il pousse des soupirs en essayant de me prendre les lèvres avec les dents.

— Don… ne commence pas quelque chose que tu ne pourras pas terminer, dis-je en le léchant délicatement. Je vais bientôt être tellement mouillée que je ne vais pas pouvoir sortir de la voiture sans me changer.

L'homme en noir plante sa main dans le cuir du fauteuil, si fort qu'on entend un crissement. Il me transperce d'un regard sauvage. Je vois à quel point il lutte contre lui-même.

— La deuxième partie de ta phrase était inutile, dit-il en retournant sur son siège. Imaginer ce qui se passe entre tes jambes me rend complètement dingue.

Je regarde son pantalon et avale ma salive. Son érection n'est plus un secret pour moi, je sais exactement à quoi ressemble sa queue. Massimo est ravi de voir ma réaction. Je secoue la tête pour, une fois encore, en évacuer les pensées, puis je me rhabille vite.

Il me regarde encore lorsque je remets de l'ordre dans ma tenue.

Pendant que je me recoiffe et que je reprends mes lunettes de soleil, il sort un sac noir de sous le siège.

— J'ai quelque chose pour toi.

Sur le sac, il y a une inscription argentée : Patek Philippe. Je connais cette marque, je devine donc ce qu'il y a à l'intérieur. Je sais aussi combien coûte une montre chez eux.

— Massimo, je… (Mes yeux se tournent vers lui.) Je ne peux pas accepter un tel cadeau.

Il rigole et met ses lunettes de soleil aviateur.

— Bébé, c'est un des cadeaux les moins chers que je te ferai. Et rappelle-toi que tu n'as pas vraiment le choix, encore quelques centaines de jours... Ouvre-le.

Je sais que cette discussion ne mènera à rien. Et le contredire serait encore pire et pourrait mal se terminer. Je sors la boîte noire et je l'ouvre. La montre est incroyable, en or rose serti de petits diamants. Elle est parfaite.

— Tu as été très isolée ces derniers jours. J'ai conscience que je t'ai beaucoup pris, mais tu vas commencer à tout récupérer maintenant, déclare Massimo en mettant la montre à mon poignet.

6

Nous arrivons à l'aéroport sans encombre. Le chauffeur ouvre la porte à l'homme en noir pendant que je ramasse mes affaires tombées de mon sac, probablement pendant le chemin. Massimo contourne la voiture pour venir à son tour m'ouvrir la porte. Il me tend la main, se comportant comme un vrai gentleman. Qu'il est beau dans son costume en lin !

Lorsque mes deux pieds touchent le sol, il m'attrape discrètement une fesse pour me pousser vers l'entrée. Je le regarde, étonnée par ce geste digne d'un ado. Il me répond par un sourire et place la main dans mon dos cette fois-ci. Nous nous dirigeons vers le terminal.

Je n'ai encore jamais passé la zone de sécurité à une telle vitesse, si je me rappelle bien, on ne s'est pas arrêtés une seule fois. Une fois sortis de l'autre côté du bâtiment, une voiture nous attend pour nous conduire jusqu'à l'avion. L'appareil me paraît minuscule. Déjà, j'ai peur dans les gros avions, mais ce petit truc ressemble à David à côté de Goliath.

J'entends derrière moi :

— Monte sur la passerelle.

— Je ne peux pas, Massimo, je ne vais pas y arriver.

Tu ne m'as pas dit qu'on allait voler dans un jouet. Je ne peux pas entrer dans ce truc.

Hystérique, j'essaie de faire demi-tour.

— Laura, ne fais pas de scène, sinon je te fais entrer de force.

Mais je suis incapable de faire un pas en avant.

Sans réfléchir, l'homme en noir me prend dans ses bras et, malgré mes cris, monte l'escalier et entre dans l'avion. Il salue le pilote, et la porte se referme derrière nous.

Je suis terrifiée, mon cœur bat si fort que je n'entends même pas mes propres pensées cogner dans ma tête. Massimo me pose enfin. Dès que mes pieds touchent le sol, il s'écarte de moi et je lui flanque une grosse gifle en hurlant.

— Mais qu'est-ce que tu fais, putain ! Laisse-moi sortir de là !

Après quoi je me jette sur la porte. Il me rattrape et me pousse vers un canapé de cuir clair qui fait la longueur de l'appareil, où il me plaque de tout son corps. Je n'ai aucune chance de m'échapper.

— Mais putain, Massimo !

Je continue à hurler et à jurer.

Pour que j'arrête de crier, il pose ses lèvres sur les miennes et glisse sa langue dans ma bouche. Mais là, je n'en ai pas du tout envie. Dès que je la sens en moi, je la mords. Fort. L'homme en noir sursaute. Il s'éloigne, puis il revient, le bras en l'air comme s'il allait me frapper. Je ferme les yeux et attends le coup. Qui ne vient pas. Quand je rouvre les yeux, il est en train de défaire sa ceinture. Mais qu'est-ce qu'il fait ? Je tente de me déplacer sur le canapé en poussant sur mes pieds aussi rapidement que possible. Il continue à retirer sa ceinture des passants de son pantalon, puis il enlève sa veste et la dépose sur le dossier d'un fauteuil. Il est enragé, les yeux pleins de colère, il serre les dents pour se contenir.

— Massimo, non, s'il te plaît…, je bafouille.

— Debout !

Je ne réagis pas, donc il hurle :

— Mais lève-toi, putain !

Pétrifiée, je me relève difficilement. Il s'approche, m'attrape par le menton et bloque ma tête pour que je le regarde droit dans les yeux.

— Maintenant, tu vas choisir ta punition, Laura. Je t'ai prévenue de ne pas faire de scène. Tends les bras.

En le regardant toujours dans les yeux, j'obéis. Il attrape mes poignets et les attache avec sa ceinture. Il le fait avec dextérité comme si c'était une habitude. Puis il m'assied et attache ma ceinture de sécurité. Peu de temps après, je me rends compte que l'avion roule.

L'homme en noir s'assied en face de moi et me regarde d'un œil noir.

— Pour te faire gagner du temps, je vais te donner une liste des choix, dit-il d'une voix lente et froide. Chaque fois que tu me gifles, tu me manques de respect, Laura, c'est une insulte. C'est pour ça que je veux que tu saches exactement ce que je ressens. Tu ne vas peut-être pas aimer ça, mais ta punition sera corporelle. Choisis maintenant : soit tu me suces, soit c'est moi qui te baise avec la langue.

L'avion décolle au moment même où il dit ça. Quand je sens qu'on s'élève dans les airs, je m'évanouis.

Lorsque je me réveille, je suis allongée sur le canapé,

les mains toujours attachées. L'homme en noir est assis dans le même fauteuil, les jambes croisées. Il me regarde en jouant avec son verre de champagne.

— Alors ? reprend-il, impassible. Tu choisis quoi ?

J'ouvre de grands yeux et m'assieds pour mieux le regarder.

— C'est une blague, non ? je lui demande en déglutissant nerveusement.

— Est-ce que j'ai l'air de plaisanter ? Est-ce que toi, quand tu me gifles, tu fais ça pour blaguer ? (Il se penche au-dessus de moi.) Laura, on a une heure de vol. Tu auras ta punition avant l'atterrissage. Je suis plus juste avec toi que tu ne l'es avec moi, car je te laisse choisir. (Il plisse les yeux et passe la langue sur ses lèvres.) Ma patience a des limites, Laura, si tu ne te décides pas, je ferai comme toi, ce dont j'ai le plus envie.

— Je te suce, je réponds d'une voix atone. Tu me détaches ou tu veux juste me baiser la bouche ? j'ajoute sèchement.

Je ne veux pas lui montrer que j'ai peur, ça ne ferait que l'exciter. C'est un prédateur qui, dès qu'il sent l'odeur du sang, se jette sur sa proie.

— C'est ce que j'avais prévu, répond-il en se levant et en ouvrant sa braguette. Je ne vais pas te détacher par précaution. Je ne sais pas de quoi tu es capable et je ne voudrais pas avoir à te punir à nouveau.

Il s'approche de moi et je ferme les yeux. Je veux que ça se passe et qu'on en finisse. Alors que je m'attends à sentir son sexe dans ma bouche, il me soulève dans ses bras. J'ouvre les yeux. Le couloir de l'avion est si étroit que Massimo doit marcher de côté pour qu'on puisse se faufiler à deux. On entre dans une cabine sombre dans laquelle il y a un lit.

L'homme en noir me dépose doucement sur le matelas moelleux. Il me laisse là avant d'entrer dans une petite pièce à côté. Il revient avec une ceinture noire de peignoir. J'observe chacun de ses mouvements. Soudain, je réalise que, malgré la peur que je ressens, ce qui va se passer ne sera pas désagréable. Pas tout à fait une punition, en somme.

Massimo détache la ceinture en cuir qui me maintenait les mains et me retourne sur le ventre. Il me lie les mains avec la ceinture plus souple et plus douce du peignoir. Puis il me remet sur le dos. Je ne peux pas bouger les bras sur lesquels je suis allongée.

Il ouvre le tiroir d'un petit meuble et en sort un bandeau pour les yeux, comme j'en utilisais quelquefois à Varsovie quand je n'arrivais pas à dormir à cause du soleil du matin.

Il me met le bandeau. Je ne vois plus qu'un paysage de velours noir.

— Ma petite, tu ne sais même pas toutes les choses que j'aimerais te faire, là, chuchote-t-il.

Je ne bouge pas, complètement désorientée. Je ne sais ni où il est ni ce qu'il fait. Je lèche mes lèvres nerveusement, me préparant à recevoir son sexe.

Soudain, je sens qu'il déboutonne mon pantalon.

— Tu fais quoi ? je demande en essayant d'enlever le bandeau de mes yeux en me frottant contre les draps. Tu n'as besoin que de ma bouche pour ce que tu veux faire, non ?

Massimo émet un petit rire moqueur. Tout en continuant à me déshabiller, il chuchote :

— Me satisfaire n'est pas une punition pour toi. En plus, je sais que tu en as envie depuis ce matin. Mais si je m'occupe de toi sans ton assentiment, nous serons quittes.

Il termine en arrachant brutalement mon pantalon.

Je suis toujours immobile. Je serre les jambes aussi fort que je peux, sachant pourtant que je ne pourrai pas l'empêcher de faire ce dont il a envie.

— Massimo, s'il te plaît, ne fais pas ça.

— Moi aussi, je t'ai demandé de ne pas me frapper…

Je sens le matelas s'affaisser sous son poids.

Dans le noir, je ne peux que capter les bruits. Je sens sa respiration sur ma joue, puis une morsure au niveau de mon lobe d'oreille.

— N'aie pas peur, bébé, dit-il en mettant sa main entre mes jambes pour les écarter. Je serai délicat, je te le promets.

L'angoisse me fait gémir et fermer les jambes encore plus fort.

— Chuuuuttt… Détends-toi. Je vais écarter tes jambes et commencer avec un seul doigt.

Il va arriver à ses fins, que je sois d'accord ou pas. Je desserre donc les cuisses.

— Très bien, et maintenant écarte-les pour moi.

J'obéis.

— Il faut que tu sois sage et que tu fasses ce que je te demande. Je ne veux pas te faire mal, ma beauté.

Il m'embrasse doucement. Sa main descend le long de mon corps. De l'autre main, il soulève ma tête pour donner plus de profondeur à son baiser. Nos langues dansent ensemble, dans un rythme bientôt de plus en plus soutenu. J'ai envie de lui, ma bouche s'ouvre, de plus en plus gourmande.

— Doucement, bébé, pas si vite. Rappelle-toi que c'est une punition, murmure-t-il alors que sa main se pose sur ma culotte en dentelle. J'adore la sensation de la dentelle sur ta peau. Ne bouge pas.

Ses doigts repoussent ma culotte et se retrouvent dangereusement sur la partie la plus intime de mon corps. Lentement, la bouche près de mon oreille, il explore l'intérieur de mes cuisses, les caressant doucement avec deux doigts, me taquinant. Il frotte mes lèvres et, finalement, se glisse à l'intérieur. Lorsque je le sens en moi, je me cambre et j'émets un gémissement incontrôlé.

— Ne bouge pas et tais-toi. Je ne veux pas entendre un son. Tu comprends ?

Je hoche la tête. Son doigt glisse de plus en plus profondément à l'intérieur de moi. Je serre les dents pour ne pas crier pendant qu'il commence à faire des va-et-vient avec le doigt. Son majeur entre et sort. Son pouce dessine de petits cercles sur mon clitoris. Je sens ensuite que le poids de son corps se déplace progressivement vers le bas. J'arrête de respirer. Il continue son mouvement. Soudain, il retire ses doigts, me faisant tressaillir. Puis je sens son souffle sur le tissu de mon string.

— Je rêvais de faire ça depuis le jour où je t'ai vue la première fois. Je veux que tu me parles, que tu me guides. Je veux savoir si tu aimes ce que je te fais, murmure-t-il en retirant ma culotte.

Instinctivement, je serre les cuisses, embarrassée.

— Écarte tes jambes en grand ! Je veux la voir.

Je comprends pourquoi il m'a bandé les yeux, il voulait que je me sente à l'aise pour notre première fois. Grâce au bandeau, j'ai l'impression qu'il ne peut pas réellement m'observer. Un peu comme avec les enfants qui ferment les yeux lorsqu'ils ont peur. Ils pensent que si eux ne voient pas, personne d'autre ne les voit non plus.

J'obéis à son ordre et je l'entends respirer profondément. Il écarte mes jambes encore plus grand, découvrant mon intimité.

— Lèche-moi, je gémis. S'il te plaît, Don Massimo !

À ces mots, il recommence à frotter mon clitoris avec son pouce.

— Tu es impatiente, on dirait que tu aimes être punie.

Il se penche et introduit sa langue dans ma chatte. Je rêve de lui toucher les cheveux, mais mes poignets sont attachés. Il commence par me caresser avec la langue, de plus en plus vigoureusement. Il m'écarte les lèvres avec la main afin de me pénétrer le plus loin possible.

— Je veux que tu jouisses bientôt, une fois d'abord, et après je vais te torturer en te faisant jouir encore et encore, jusqu'à ce que tu me demandes d'arrêter. Mais je ne m'arrêterai pas. Je veux te punir, Laura.

Il m'arrache le bandeau des yeux.

— Je veux que tu me regardes, je veux voir ton visage chaque fois que tu jouis.

Il place un oreiller sous ma tête.

— Il faut que tu me voies bien.

Entre mes jambes, l'homme en noir est à la fois sexy et terrifiant. En général, je n'aime pas qu'on me regarde quand je jouis, ça me paraît trop intime, mais là, je n'ai pas le choix. Il recommence à me sucer le clitoris en me pénétrant avec deux doigts. Je ferme les yeux, je me sens comme dans un autre monde.

— Plus fort !

Ses mains habiles accélèrent le tempo, sa langue travaille sur la partie la plus sensible de mon corps.

— Putain (*Kurwa Mac*) ! je hurle en polonais quand mon premier orgasme explose.

Il est long et intense. Mon corps est tendu comme une corde, piégé par ce que Massimo m'inflige. Une fois que je suis calmée et que l'orgasme s'est estompé, il repart à l'assaut de mon clitoris sensible et douloureux. Je serre les dents autant que je peux et je me tords dans tous les sens.

— Je suis désolée ! je hurle après un autre orgasme puissant.

L'homme en noir relâche progressivement sa pression. Il laisse mon corps se détendre. Il embrasse délicatement mes parties les plus sensibles. Je m'enfonce dans le matelas, immobile. Puis il me détache. J'ouvre les yeux et le regarde. Il se lève, sans précipitation, ouvre un tiroir et me tend des lingettes.

— J'accepte tes excuses, me lance-t-il en sortant de la pièce pour regagner la partie centrale de l'avion.

Je ne bouge pas. Je pense à ce que je viens de vivre. Je n'arrive pas à croire qu'il a vraiment fait ça. Une chose est certaine, je suis aussi calme et sensible que si j'avais partagé une nuit de baise avec lui.

Je finis par le rejoindre. Il est assis dans un fauteuil. En mordant sa lèvre, il me dit :

— Mes lèvres ont le goût de ta chatte. Et

maintenant, je ne sais plus si c'était une punition pour toi ou pour moi.

Je m'assieds en face de lui, comme si je n'avais rien entendu.

— C'est quoi le programme du jour ? je demande, en lui prenant le verre de champagne qu'il tient dans la main.

Il se sert une autre coupe.

— Ton arrogance a un certain charme. Je vois que la taille de l'avion ne te dérange plus.

J'avale une gorgée avec une certaine difficulté. Avec tout ce qui s'est passé, j'ai oublié ma phobie de l'avion.

— Maintenant que j'en connais tous les recoins, ça va mieux. Donc ? Qu'est-ce qu'on fait aujourd'hui ?

— Tu le découvriras plus tard. Je dois travailler un peu, et toi, tu peux jouer à la femme du mafieux, dit-il, un sourire enfantin sur le visage.

Des SUV et une équipe de sécurité nous attendent à l'arrivée. Je m'installe confortablement après qu'un des hommes m'a ouvert la porte de la voiture. Je suis médusée par toute cette organisation. La voix de mon tortionnaire me sort de ma réflexion.

— J'aimerais être en toi, murmure-t-il. (Je sens sa respiration chaude près de moi. Paradoxalement, elle me glace.) Profondément et brutalement, je veux sentir ta chatte se resserrer autour de moi.

Ces mots réveillent mon imagination fertile. Je ressens physiquement ce qu'il dit. Il s'éloigne pour s'adresser en italien au chauffeur. Je ne comprends pas un mot de ce qu'ils se disent, mais, quelques secondes plus tard, la voiture se gare sur le bord de la route et le chauffeur sort pour nous laisser seuls.

— Assieds-toi devant, sur le siège passager, dit-il avec un regard sombre et froid.

— Pourquoi ?

Une ombre d'irritation passe sur son visage, sa mâchoire se contracte.

— Laura, je vais te le demander une dernière fois : va t'asseoir devant, sinon je t'y mets moi-même.

Une fois encore, son ton m'énerve. Il me donne envie de sortir les griffes, de l'affronter. Je sais maintenant à quoi ressemblent ses punitions, mais est-ce que je suis vraiment contre ?

— Tu me parles comme à un chien, que je ne suis pas…

J'inspire pour me donner le courage d'énumérer tout ce qui me dérange dans son comportement, mais, avant même que j'aie eu le temps d'en placer une, il me sort de la voiture et m'assied sur le siège avant. Il me tord brutalement les bras pour les plaquer contre le siège.

— Un chien, non, plutôt une chienne, hurle-t-il en m'attachant les mains avec une ceinture en tissu.

En moins de temps qu'il ne faut pour le dire, je me retrouve attachée et lui a pris la place du chauffeur. Je palpe la ceinture avec laquelle je suis immobilisée, c'est la même que celle qu'il a utilisée dans l'avion.

— Tu aimes bien attacher les femmes ? je demande, pendant qu'il tape une adresse sur le GPS.

— Avec toi, ce n'est pas une question de préférence, mais de nécessité.

Il appuie sur le bouton « start », et une voix féminine commence à lui indiquer le chemin.

— J'ai mal aux mains et au dos, dis-je au bout de quelques minutes.

— Moi aussi, j'ai mal et pour une tout autre raison. Tu veux faire une compétition ?

Je vois qu'il est en colère et frustré, mais je ne comprends pas ce que j'ai fait pour le mettre dans cet état. Et si c'est la faute de quelqu'un d'autre, c'est moi qui prends tout dans la gueule.

— Espèce d'égoïste, je marmonne en polonais. (Je sais qu'il ne comprend pas.) Dès que tu me détaches, je te mettrai une telle baffe que tu ramasseras tes dents de gangster par terre, je continue dans ma langue maternelle.

Massimo ralentit à un feu, puis me lance un regard glacial.

— Maintenant, répète ça en anglais.

Je le toise avec mépris et je commence à jurer et à l'insulter dans ma langue maternelle. Il ne bouge pas, il se contente de me fixer, l'air de plus en plus furieux. Dès que le feu passe au vert, il démarre.

— Je vais te soulager de ta douleur, ou en tout cas te la faire oublier, dit-il en déboutonnant mon pantalon d'une main.

Sa main gauche tient le volant pendant que la droite s'introduit sous ma culotte en dentelle. Je me débats sur mon siège. Je jure et le supplie d'arrêter, mais c'est trop tard.

— Massimo, je suis désolée ! je hurle en essayant de l'empêcher de me toucher, je n'ai plus mal, et ce que je disais en polonais…

— Ça ne m'intéresse plus et, si tu ne te la fermes pas, je te bâillonne. J'aimerais bien entendre le GPS. Boucle-la.

Toute sa main est maintenant dans ma culotte. Je suis à la fois paniquée et de plus en plus soumise.

— Tu as dit que tu ne ferais rien sans mon consentement…

— Je ne fais rien sans ton consentement, je fais juste en sorte que tes mains ne te fassent plus mal.

Ses gestes deviennent plus durs, et les mouvements circulaires m'envoient dans l'abîme de son pouvoir absolu. Je ferme les yeux et profite de la sensation qu'il me donne. Soudain, la voiture s'arrête. Je sens sa main se retirer de l'endroit où elle aurait dû rester encore quelques minutes. Puis la ceinture qui me retenait est progressivement dénouée.

— On est arrivés, m'informe-t-il en éteignant le moteur.

Je le regarde, les yeux entrouverts. Une voix dans ma tête l'insulte. Comment peut-on abandonner une femme au bord de l'orgasme et la laisser dans une telle désolation ? Je n'ai même pas besoin de poser cette question de vive voix, je connais très bien les intentions de Massimo. Il veut que j'en demande plus, me prouver à quel point je le désire, à quel point je suis dépendante de lui.

— Ça tombe bien, je réponds en massant mes poignets. J'avais tellement mal aux mains que j'ai failli en perdre la tête. J'espère que tu n'as plus mal à l'endroit dont tu t'es plaint tout à l'heure, je lâche, provocante, un petit sourire aux lèvres.

Et voilà, j'ai à nouveau enclenché le bouton rouge. L'homme en noir me chope et me met à califourchon sur lui. Dos au volant, il serre ma nuque et presse sa queue en érection contre ma chatte. Je gémis quand il se frotte contre mon clitoris déjà sensible.

— Ce qui me fait mal, crache-t-il, c'est de ne pas encore avoir joui dans ta bouche.

Ses hanches ondulent paresseusement. Ce mouvement et la pression de son pénis me laissent sans voix.

— Et ce ne sera pas avant très, très longtemps, je murmure, ma bouche collée à la sienne. Je commence à apprécier ce jeu.

Il se fige, ses yeux me scannent, cherchant désespérant des réponses à ses questions. Je ne sais pas combien de temps on reste comme ça.

Un coup frappé à la vitre nous sort de notre torpeur. C'est Domenico. En voyant son visage impassible devant notre position, je me dis qu'il a dû en voir beaucoup d'autres.

Ils échangent quelques phrases en italien comme si tout était normal. L'homme en noir secoue vivement la tête. Je n'ai aucune idée de quoi ils parlent. Mais je comprends que Massimo n'est pas d'accord avec ce que Domenico lui dit. Quand ils ont fini, Massimo ouvre la porte pour sortir de la voiture, sans me lâcher. Nous nous dirigeons vers l'entrée de l'hôtel auprès duquel nous étions garés. Mes jambes sont enroulées autour de lui, je vois seulement les visages étonnés des autres clients de l'hôtel.

— Je ne suis pas paralysée, dis-je en levant les sourcils.

— J'espère. Mais il y a quelques bonnes raisons pour lesquelles je ne veux pas te lâcher, deux qui sont essentielles même.

On passe devant la réception, puis on entre dans l'ascenseur et il me plaque contre le mur. Nos lèvres sont collées l'une à l'autre.

— La première est que ma bite va bientôt faire un trou dans mon pantalon. La deuxième est que le tien est tellement mouillé que seules mes mains peuvent le cacher.

Je réalise que ce qu'il dit est vrai.

Nous arrivons à notre étage. Après quelques pas, il sort une carte de sa poche pour ouvrir la porte. On pénètre dans un immense appartement.

— J'aimerais bien prendre une douche, dis-je tout en cherchant mes valises.

— Tout ce dont tu as besoin est dans la salle de bains. J'ai quelque chose à régler, informe-t-il en sortant son téléphone.

Il disparaît dans le gigantesque salon.

Je prends une longue douche, puis je m'enduis le corps d'un lait hydratant à la vanille.

Et je pars à la découverte de la suite. Je repère tout de suite une bouteille de mon alcool préféré. Je me sers un verre, puis un deuxième, un troisième… Je regarde la télé tout en sirotant le champagne. Je me demande où est passé mon tortionnaire. Comme je commence à m'ennuyer, je reprends mon exploration. La dernière porte mène à une chambre très sombre.

— Assieds-toi !

Un accent que je connais bien.

J'obéis sans hésitation. Je sais que je n'ai pas le choix.

Massimo est là, nu, dans la pénombre. Il se sèche les cheveux avec une serviette. J'avale bruyamment, stupéfaite par la vue et animée par tout l'alcool que j'ai ingurgité. Il se tient debout près du lit immense entouré de quatre énormes piliers de bois. Il y a des dizaines de coussins violets, dorés et rouges posés sur le matelas. La déco de la pièce est à la fois classique et originale, très bien pensée.

Il s'approche de moi, j'agrippe les bords du fauteuil sans pouvoir détourner mon regard de son pénis raide, pile à la hauteur de mon visage. Je l'observe, la bouche légèrement ouverte. Il s'arrête seulement au moment où ses jambes rencontrent mes genoux. Il jette sa serviette sur ses épaules sans en lâcher les coins. Quand son regard de prédateur croise le mien, je commence à prier en silence. Je supplie Dieu de me donner la force de résister à ce que je vois et à ce que je ressens.

Massimo est parfaitement conscient de l'effet qu'il a sur moi. Je ne suis pas trop difficile à lire, sans compter que je suce ma lèvre inférieure sans m'en rendre compte. Cela n'aide pas vraiment à masquer mes sentiments.

Il attrape sa bite de la main droite et commence à se branler. Je prie d'autant plus fort. Son corps se raidit, ses abdos ressortent à mesure que son pénis, que j'essaie de ne pas regarder, gonfle et grandit.

— Tu m'aides ? demande-t-il, sans me quitter du regard, en continuant à se toucher, je ne ferai rien sans ton autorisation, comme promis.

Oh, mon Dieu, il n'a même pas à faire quoi que ce soit. Il n'a pas besoin de me toucher physiquement pour allumer ma passion et mon désir. Les derniers vestiges de ma conscience me crient maintenant : s'il obtient ce qu'il veut, le jeu cessera de l'intéresser.

Je ne veux pas succomber trop vite. À ce moment-là, je suis sûre qu'il m'aura tôt ou tard. La seule question est de savoir quand. Mon cerveau me rappelle que l'homme qui se masturbe devant moi est le même qui a menacé de tuer ma famille. En un instant, mon excitation s'évapore, remplacée par de la colère et de la haine.

— Tu plaisantes ! dis-je en riant. Je ne vais pas t'aider. En plus, tu as des gens à ton service. Pourquoi tu ne leur demandes pas ? (Je lève les yeux.) Je peux y aller maintenant ?

J'essaie de me lever du fauteuil, mais il m'attrape par la gorge pour me plaquer à nouveau contre le siège. Il se penche sur moi et me demande d'un air narquois :

— Tu es sûre de ce que tu dis, Laura ?

— Lâche-moi, putain, je grogne, les dents serrées.

Il fait ce que je lui demande. Puis il s'éloigne de moi. Je me lève et j'attrape la poignée de la porte. Je veux quitter cette pièce le plus rapidement possible avant que des pensées malsaines me fassent regretter mes propos. La porte est fermée à clé. L'homme en noir décroche le téléphone posé sur la table de nuit. L'appel est bref.

— Viens ici !

— Laisse-moi sortir, je veux sortir ! je hurle en tirant sur la poignée de la porte.

Il lance sa serviette sur le lit et me fixe de son regard glacial.

— Viens ici, Laura. C'est la dernière fois que je te le demande.

Je me colle contre la porte, bien décidée à ne suivre aucun de ses ordres. Massimo pousse un rugissement et se jette sur moi. Je ferme les yeux, craignant ce qui va se passer. Il me soulève et me balance sur le lit. Il murmure quelque chose en italien. Enfoncée dans les oreillers, j'ouvre les yeux et je le vois se dresser devant moi. Il saisit ma main droite et la menotte à l'un des piliers du lit. Puis il prend la gauche, mais je réussis à me libérer et à le frapper en premier. Il serre les dents avant de laisser échapper un cri furieux. Je sais que j'ai dépassé les bornes. Il serre de nouveau mon poignet, douloureusement, et tire mon bras vers la menotte fixée à l'autre pilier.

— Je fais ce que je veux de toi, ricane-t-il.

Je me débats autant que je peux, lançant des coups de pied dans tous les sens. Jusqu'à ce qu'il s'asseye sur mes jambes. Il sort une sorte de tube en fer de derrière son dos. Je n'ai aucune idée de ce que ça peut être, la seule chose dont je suis certaine, c'est que je veux qu'il me lâche. Il attache deux entraves souples, qui se trouvent aux extrémités du tube, autour de mes chevilles. Il se penche ensuite en direction du pilier derrière lui. Il tire une autre chaîne qu'il accroche à mon pied droit. Il fait pareil avec le gauche. Puis il se met debout pour admirer son œuvre. Il a un sourire satisfait sur le visage, il est clairement excité par la situation. Moi, en revanche, je suis désorientée et étourdie. Je bouge les jambes, mais le tube auquel elles sont attachées se resserre, les maintenant fermement en place. Massimo se mord la lèvre inférieure.

— J'espérais que tu allais faire ça. C'est un tube télescopique, il peut devenir encore plus long, mais il ne se raccourcira plus.

Je suis prise de panique en entendant cette information. Je suis immobilisée, les jambes grandes ouvertes, une invitation pour mon bourreau. Au même moment, on frappe à la porte. Je me raidis.

L'homme en noir s'approche de moi, il tire la

couette sur laquelle je suis allongée d'un coup sec et me couvre avec.

— N'aie pas peur, dit-il, un léger sourire sur le visage.

Il ouvre la porte, et une jeune femme entre dans la chambre. Je ne la vois pas très bien, mais elle a des cheveux longs, foncés. Elle porte des talons aiguilles très hauts qui font ressortir ses jambes minces. Massimo lui dit deux phrases, après quoi la jeune femme se fige.

C'est là que je me rends compte qu'il est encore nu. Il l'est resté tout ce temps. Ça n'a pas l'air de déranger ni de surprendre la femme.

Il s'approche de moi pour glisser un coussin sous ma tête. Il veut que je puisse regarder la scène sans contracter mes abdos.

— Je voudrais te montrer quelque chose. Tu vas en être jalouse, chuchote-t-il en me mordillant l'oreille.

Il retourne de l'autre côté de la pièce et s'assied dans le fauteuil en face du lit sur lequel je suis attachée. En gardant les yeux sur moi, il appelle la femme en italien. Elle avance vers lui en retirant sa robe. Elle est debout devant Massimo, en sous-vêtements.

Mon cœur se met à battre la chamade lorsqu'elle s'agenouille et commence à sucer la bite de mon oppresseur. Les mains de Massimo sont posées sur sa tête, ses doigts entremêlés dans ses cheveux foncés. Je n'arrive pas à y croire. Ses yeux noirs me fixent. Il respire lourdement. La fille sait ce qu'elle fait. C'est une pro.

De temps en temps, Massimo dit quelque chose en italien, comme s'il lui donnait des instructions. En réponse, elle gémit avec force. Je les regarde, essayant de comprendre ce que je ressens. Son regard perçant fait brûler mon corps de désir. Je ne peux pas le quitter des yeux.

Voir Massimo en pleine extase me rend dingue.

Le fait que ce ne soit pas moi entre ses jambes m'irrite. Est-ce que je suis jalouse ? Est-ce que j'envie cette femme ? Pour ce connard autoritaire ? Je repousse cette pensée. Je ne veux pas de ce qu'elle a. Mais je ne peux quand même pas m'empêcher de regarder.

À un moment donné, Massimo agrippe la tête de la fille et lui enfonce brutalement sa bite dans la gorge, la faisant s'étouffer. Elle ne le suce plus, il lui défonce la bouche, brutalement.

Je me tortille sur le lit, faisant cliqueter les chaînes qui me relient aux poteaux de bois. Je respire de plus en plus vite, ma poitrine se soulève trop rapidement à mon goût. Ce que je vois m'énerve, m'excite et me frustre tout en même temps. Je viens de comprendre la phrase qu'il m'a dite avant de passer à l'acte. Je suis jalouse. Cela me demande un effort, mais je réussis à fermer les yeux et à tourner la tête sur le côté.

— Ouvre les yeux et regarde-moi ! hurle Massimo.

— Je ne veux pas, tu ne peux pas m'obliger, je réponds d'une voix cassée.

— Si tu ne me regardes pas tout de suite, je m'allonge près de toi et je lui dis de finir en se frottant contre toi. À toi de décider, Laura.

La menace est suffisamment convaincante pour que j'obéisse.

Quand nos regards se croisent, il a l'air content de lui. L'homme en noir se lève et s'approche de moi, si bien que la fille agenouillée devant lui est maintenant contre le lit, à environ un mètre et demi de moi. Mes hanches bougent d'elles-mêmes, se frottant contre les draps de satin. Ma langue passe le long de mes lèvres desséchées. J'ai envie de lui. Si je n'étais pas attachée, je jetterais cette fille hors de la chambre pour terminer ce qu'elle a commencé. Massimo le sait. Au bout d'un certain temps, ses yeux deviennent plus sombres et des perles de sueur se forment sur sa poitrine. Je sais qu'il va venir. Les mouvements de la jeune fille agenouillée devant lui s'accélèrent.

— Oui, Laura !

Massimo gémit, tous les muscles de son corps se tendent. Il jouit, inondant la gorge de la jeune fille.

Je suis excitée, je brûle de désir pour lui. J'ai la sensation d'être venue avec lui. Une vague de chaleur saisit mon corps. Il ne me quitte pas des yeux.

Je soupire, soulagée que le spectacle soit terminé. L'homme en noir aboie quelque chose en italien à l'intention de la jeune femme. Elle ramasse ses affaires et sort sans demander son reste.

Massimo est parti dans la salle de bains. J'entends le bruit de la douche et de l'eau qui coule. Après quelques minutes, il revient en se séchant les cheveux avec une serviette.

— Je vais te soulager, bébé. Je vais te lécher doucement. Sauf si tu préfères me sentir en toi.

J'ouvre grand les yeux. Mon cœur bat au rythme des applaudissements du concert de Beyoncé. Je veux répondre, protester, mais pas un seul mot ne sort de ma bouche.

Massimo retire la couette qui me recouvre d'un

geste brusque. Puis, d'un même geste, il ouvre mon peignoir.

— J'aime bien cet hôtel pour deux raisons, commence-t-il en s'installant sur le lit, près de mes jambes. Premièrement, il est à moi. Deuxièmement, il y a cette suite. J'ai longtemps cherché comment la meubler. (Sa voix est calme et sexy.) Tu vois, Laura, tu es immobilisée si efficacement que tu n'as aucune chance de t'échapper ou d'offrir une quelconque résistance. (Il lèche la partie interne de ma cuisse.) En même temps, j'ai accès à chaque partie de ton magnifique corps.

Il attrape mes chevilles pour écarter mes jambes. Le tube télescopique claque plusieurs fois, après quoi il se bloque. Mes jambes forment un grand V.

— S'il te plaît, je chuchote.

C'est la seule chose à laquelle je peux penser.

— Tu me demandes de commencer ou d'arrêter ?

Cette question si simple me semble démesurément compliquée. Lorsque je veux y répondre, la seule chose qui réussit à sortir de ma gorge, c'est un soupir de résignation.

L'homme en noir remonte vers moi. Son visage est désormais face au mien, son regard me pénètre. Il caresse mon nez, ma bouche et mes joues avec sa lèvre inférieure.

— Je vais bientôt te faire jouir si fort qu'ils t'entendront jusqu'en Sicile.

— Je t'en supplie, non, dis-je, à bout de forces.

Je ferme les yeux et laisse couler mes larmes.

Un silence s'installe. J'ai peur d'ouvrir les yeux, effrayée de ce que je pourrais voir. J'entends un claquement, ma main droite est libre. Puis un autre.

Mes deux bras sont désormais posés, inertes, sur les coussins. Les deux claquements suivants libèrent mes jambes. Je suis totalement libre.

— Habille-toi, il faut qu'on soit dans une de mes boîtes de nuit d'ici à une heure, dit-il en sortant de la chambre.

Je reste allongée, analysant la situation. Puis je me sens furieuse. Ce sentiment me remet sur pied. Je le poursuis en courant. Il est déjà en costume, il referme juste son pantalon tout en finissant sa coupe de champagne.

— Tu aurais peut-être la gentillesse de m'expliquer tout ça ? je hurle.

Il se retourne très doucement en entendant mes pas nerveux.

— Qu'est-ce qu'il y a, bébé ? me demande-t-il nonchalamment en s'adossant contre la table sur laquelle est posée une bouteille de champagne. C'est cette fille qui t'intéresse ? C'est une pute. Je possède quelques bordels et comme tu ne voulais pas m'aider à décompresser… Le lit et son installation t'ont clairement plu, donc je ne vais pas faire de commentaires. Pareil pour ce que faisait Veronica, vu ta réaction. (Il hausse légèrement les sourcils.) Donc, que dois-je te dire de plus ? (Il croise les bras sur sa poitrine.) Je ne te baiserai pas si tu ne le veux pas, je te l'ai promis. J'ai du mal à me contrôler près de toi, mais j'ai suffisamment de volonté pour ne pas te violer. (Il se retourne et traverse la pièce.) On sait tous les deux que ce serait la meilleure baise de notre vie. Que tu en demanderais plus.

Je n'arrive pas à bouger ni à le contredire. Je veux lui dire qu'il a raison. Il ne sert à rien de lutter contre l'évidence. Ce que Massimo veut, c'est que j'éprouve des sentiments pour lui, pas juste une pulsion physique. Il veut me posséder tout entière, pas simplement me baiser. Mon Dieu, il est tellement manipulateur, ça me rend dingue.

Il a prononcé sa dernière phrase, et puis il est sorti. Je le désire encore plus. C'était à mon tour de me retenir, car, s'il était resté une seconde de plus, je lui aurais sauté dessus. Je hurle tellement je suis impuissante face à cette situation. Du coup, je décide d'aller prendre une douche froide, ce qui s'avère être une très bonne idée. Lorsque je sors de la salle de bains, je tombe sur Domenico qui m'apporte une bouteille de champagne.

— Je suis étonné que tu n'en aies pas marre de lui, dit-il en me servant un verre.

— Qui t'a dit que ce n'était pas le cas ? Tu ne me demandes jamais ce que je veux boire, tu ne fais que me servir de ces glucides pétillants, je plaisante en prenant une gorgée. On va dans quelle boîte ?

— Nostro. C'est la boîte préférée de Massimo. Je suis personnellement responsable de tous les changements qui s'y opèrent, c'est un lieu très exclusif où s'amusent les politiciens, les businessmen et…

Il s'arrête. Ce qui, bien sûr, éveille ma curiosité. Je me tourne vers lui.

— Et qui ? Leurs putes ? Comme Veronica ?

Domenico me regarde en essayant de déceler si je bluffe ou si je sais vraiment quelque chose. Je me tiens debout là, l'air indifférente, faisant semblant de chercher ma tenue parmi toutes les options proposées. De temps à autre, je prends une gorgée de champagne.

— Peut-être pas exactement comme Veronica. Mais les gens s'y amusent comme ils ne peuvent s'amuser nulle part ailleurs.

— Vu comment elle l'a sucé aujourd'hui, on voit qu'elle le connaît bien. Ils ont dû faire pas mal de trucs ensemble dans cette boîte.

Cette phrase n'aurait jamais dû m'échapper. Je suis morte de honte, je ne sais pas trop quoi faire.

Je hausse les épaules et me réfugie dans la salle de bains. Ça réduira les chances de dire une autre connerie. Je ne ferme pas la porte derrière moi. Je commence à mettre mon fond de teint, puis j'aperçois le jeune Italien à l'entrée, qui s'appuie sur le cadre de la porte. Apparemment, ma franchise le fait beaucoup rire.

— Tu sais, qui le suce et qui il embauche pour le faire n'est pas vraiment mes affaires.

— Tu vas me dire que le recrutement ne t'intéresse pas ?

Domenico ouvre de grands yeux, puis il explose de rire.

— Laura, excuse-moi, mais est-ce que tu es jalouse ?

En l'entendant dire ça, j'ai un frisson dans le dos.

— Je suis impatiente. J'attends que mon année se termine. J'attends de rentrer à la maison. Bon, qu'est-ce que je devrais mettre ? je demande en me retournant, essayant désespérément de changer de sujet.

Domenico sourit malicieusement, puis retourne dans la chambre.

Dès qu'il est sorti, je me laisse tomber sur le lavabo. Je suis si nerveuse que je ne sais pas comment va se passer la suite des événements. Concentre-toi ! me dis-je en me tapotant les joues.

— Je peux le faire moi-même et plus fort si c'est une manière de te discipliner !

Je lève les yeux, Massimo est assis dans un fauteuil derrière moi.

— Tu veux me frapper ? je lui demande en m'appliquant du crayon autour des yeux.

— Si ça t'excite…

J'essaie de me concentrer sur ce que je fais, mais son regard complique clairement la tâche.

— Tu veux quelque chose ou tu vas me laisser tranquille ?

— Veronica est une pute. Elle vient, me suce et, moi, je la baise si j'en ai envie. Elle aime la soumission et l'argent. Elle satisfait les clients les plus exigeants, dont je fais partie. Toutes ces filles travaillent chez moi…

— Je suis obligée d'entendre ça ? (Je me retourne en croisant les bras sur ma poitrine.) Tu veux que je te raconte comment Martin me sautait ? Ou peut-être tu aurais bien aimé regarder ?

Ses yeux deviennent complètement noirs et son sourire coquin s'efface de son visage. Il se lève brusquement puis vient vers moi. Il me soulève par les aisselles et me pose sur le bord du lavabo.

— Tout ce que tu vois ici m'appartient. (Il plaque mon visage contre le miroir.) Tout… ce… que… tu… vois…, dit-il à travers ses dents. Je tuerai tous ceux qui toucheront à ce qui est à moi.

Puis il sort de la salle de bains.

Tout est à lui. L'hôtel est à lui, les putes, le jeu…

à lui. Une idée me vient pour me venger. Je repars dans la chambre. Sur le lit est étalée une robe dorée dos-nu, à paillettes. Même si elle est parfaite, elle n'est pas précisément adaptée à la réalisation de mon plan. J'ouvre l'armoire dans laquelle sont soigneusement pendues toutes mes tenues.

— Tu aimes bien les putes ? Alors, je serai une pute…, je marmonne.

Je choisis ma robe et mes chaussures, puis je vais retoucher mon maquillage pour le rendre plus adapté. Une demi-heure plus tard, lorsque Domenico frappe à la porte, je suis tout juste prête. Il ne me reste qu'à fermer mes bottes à talons.

— Oh, putain, dit-il en fermant nerveusement la porte derrière lui. Il va te tuer. Et puis il me tuera, moi, si je te laisse sortir comme ça.

Je ricane bêtement, puis je me regarde dans la glace. Ma robe moulante aux bretelles très fines ressemble plus à de la lingerie qu'à une vraie tenue. Elle laisse nus tout mon dos et la ligne de mes seins. En réalité, elle me couvre très peu, mais c'est exactement ce que je veux. Étant donné que la robe est assez riche sur le devant, je décide de mettre mon long collier dans l'autre sens. La grosse croix aux cristaux noirs pend donc le long de mon dos pour attirer d'autant plus les regards sur ma peau dénudée. Mes cuissardes soulignent le fait que ma robe couvre à peine mes fesses. Il fait si chaud dehors, heureusement qu'Emilio Puc, le créateur des chaussures que je porte, a dit que les femmes aimaient porter des bottes toute l'année ! En plus, elles sont abominablement chères. J'ai attaché mes cheveux en un chignon très haut et serré. Cette coiffure sexy et simple donne aussi un effet lifting à mon visage. Elle va parfaitement avec le reste de ma tenue et fait ressortir mon maquillage très « smokey ».

— Domenico, qui a acheté toutes ces choses ? Puisque c'est lui qui les a choisies, il doit bien vouloir que je les porte. Tu es bien habillé, donc j'imagine que tu viens avec nous ?

Le jeune Italien se tient la tête à deux mains.

— J'y vais avec toi parce que Massimo a encore quelque chose à régler. Tu sais que je vais avoir des problèmes quand il va te voir dans cette tenue ?

— Tu lui diras que tu as essayé de m'en dissuader, mais que je n'ai rien voulu entendre. Allez viens, on y va.

J'attrape ma pochette et mon boléro en fourrure de renard noir. En passant devant Domenico, je lui offre un grand sourire plein de joie, puis je quitte la pièce. Il marmonne quelque chose en me suivant, mais je ne possède toujours pas les connaissances linguistes nécessaires pour le comprendre.

Lorsque nous arrivons dans le hall, tout le personnel se tait. Ils sont tous figés. Domenico incline la tête pour leur dire bonsoir. Moi, toujours aussi fière de ma tenue, je marche près de lui, tête haute. On entre dans la limousine garée devant l'hôtel, et en route pour la fête.

— Je vais mourir aujourd'hui, dit-il en se servant un verre d'alcool. Tu es vicieuse, pourquoi tu fais ça ?

Et il l'avale cul sec.

— Oh, Domenico, n'exagère pas ! Je ne fais rien contre toi, mais contre lui. En plus, je trouve que je suis habillée de manière sexy et élégante.

Le jeune Italien descend son deuxième verre à la même vitesse que le premier. Il est particulièrement classe aujourd'hui avec son pantalon gris clair, des chaussures de la même couleur et une chemise blanche aux manches retroussées. Il porte également une belle Rolex en or qui brille à son poignet et quelques bracelets en bois, argent et platine.

— Sexy, c'est sûr, mais élégante ? Je ne pense pas que c'est le mot que Massimo emploiera.

7

Nostro reflète parfaitement les goûts de Massimo. Il y a deux gardes du corps particulièrement costauds devant l'entrée. Une fois l'escalier d'accueil descendu, on arrive dans une pièce très obscure, bordée par tout un tas de cabines séparées par des rideaux lourds et sombres. Les murs en ébène et les chandelles rendent le lieu érotique, sensuel et attrayant. Des femmes quasi nues dansent sur deux plates-formes au rythme de la musique de Massive Attack.

Le bar fait de cuir matelassé est tenu par des femmes en body moulant et talons aiguilles. Elles portent toutes des bracelets en cuir imitant des chaînes. Oui, on ressent bien les goûts de Massimo ici.

Nous passons devant le bar et traversons la foule qui danse au rythme de la musique. L'énorme garde du corps qui nous dégage la route ouvre un rideau qui nous conduit dans une autre pièce d'une hauteur de plafond impressionnante. On y trouve aussi des statues en bois noir de corps entrelacés. Leur taille m'impressionne bien plus que le message que veut transmettre l'artiste. Dans un coin de la pièce, au bas d'une marche, un rideau légèrement transparent mène à une autre salle. Celle-ci est bien plus grande que les autres. Je peux seulement imaginer ce qui s'y passe, étant donné qu'il y a une barre de pole dance pile au milieu.

Domenico s'assied, mais avant même que ses fessiers aient eu le temps de toucher les coussins en satin, on nous apporte divers alcools, des amuse-bouches et un plateau en argent sur lequel est posée une cloche. Mon réflexe est de voir ce qu'elle cache, mais Domenico m'attrape le poignet en secouant la tête. Il me sert un verre de champagne.

— On n'est pas que tous les deux ce soir, dit-il d'un air inquiet, comme s'il avait peur de ses propres mots. Quelques personnes vont se joindre à nous. Nous avons des affaires à régler ensemble.

— Quelques personnes… quelques affaires… Vous allez jouer à la mafia, quoi…

Je lui tends mon verre pour qu'il le remplisse à nouveau.

— On va faire du business. Il va falloir que tu t'y habitues.

Ses yeux deviennent soudain gigantesques. Il scrute d'un regard vide l'espace derrière moi.

Je me retourne, des hommes entrent dans la pièce, dont Massimo. Lorsqu'il me voit, il se fige. Puis il me regarde des pieds à la tête, le regard noir. J'avale ma salive. Je me rends compte que mon déguisement de pute n'est peut-être pas adapté à l'occasion. Les autres hommes le dépassent pour se diriger vers Domenico. Massimo reste figé sur place, sa colère est presque palpable. Il m'aboie dessus en m'attrapant par le coude.

— Tu portes quoi, là, putain ?

— Tes quelques milliers d'euros, je réponds en me libérant.

Mes mots le mettent dans un état que je ne lui avais encore jamais vu. J'ai l'impression que de la fumée va lui sortir des oreilles tellement il bout de l'intérieur. Un des hommes lui annonce quelque chose en criant, il lui répond sans me quitter du regard.

Je m'assieds à table pour boire une autre coupe. Puisque mon rôle, ce soir, est d'être une potiche, au moins je me dois d'être joyeuse.

L'alcool coule à flots.

Comme je m'ennuie à mourir, j'observe ce qui se passe dans les autres salles et j'écoute ce que dit l'homme en noir. Il est si attirant lorsqu'il parle italien. Domenico me sort de mes pensées en soulevant la cloche placée sur le plateau en argent. Ce qu'il y a à l'intérieur me coupe le souffle : c'est de la cocaïne. La drogue est répartie en une dizaine de petites lignes. Je me lève de table. J'ai à peine le temps de regarder autour de moi qu'un garde du corps est déjà à mes côtés. Je jette un œil vers Massimo, qui ne me quitte pas des yeux. Je me penche en faisant semblant de me gratter la jambe pour lui montrer la longueur de ma robe. Je me redresse et, à mon tour, plante mon regard dans le sien tout en faisant mine de m'éloigner.

— Ne me provoque pas, bébé.

— Pourquoi ? Tu as peur que je le fasse trop bien ? je demande en me léchant la lèvre inférieure.

L'alcool me donne toujours du courage, mais, en présence de Massimo, je suis grisée, comme possédée par le démon.

— Alberto te tiendra compagnie.

— Tu changes de sujet, dis-je en attrapant les manches de sa veste pour me rapprocher de lui et sentir l'odeur de son eau de toilette. Ma robe est si courte que tu pourrais me pénétrer sans même l'enlever. (Je l'attrape par le poignet pour qu'il me caresse la cuisse, puis je glisse sa main sous ma robe.) De la dentelle blanche comme tu aimes.

Puis je m'éloigne en direction du dance-floor.

— Alberto ! je crie.

Massimo reste debout, adossé à un pilier. Il a les mains dans les poches et un grand sourire. Il aime bien ce jeu.

Je traverse la salle pour me retrouver là où le rythme de la musique résonne le plus. Les gens dansent, boivent. Dans les parties privatives, ils baisent sûrement. Tout ça ne m'intéresse pas, je veux partir loin, sortir de mon corps. Je fais signe à une des filles du bar. Avant même que j'aie eu le temps de dire quelque chose, un verre de champagne rosé apparaît comme par magie. J'ai envie de boire, donc je l'avale cul sec. Et je continue sur le même rythme pendant une bonne heure, peut-être plus. Lorsque j'estime que je suis assez imbibée, je rejoins les trafiquants que j'ai précédemment quittés.

Que ces messieurs ne soient plus seuls ne me surprend pas spécialement. Des femmes se frottent contre eux. Elles sont belles, mais ce sont sûrement des putes. Massimo est assis au milieu de tout ce monde, mais il n'y a aucune femme sur ses genoux. Je suis contente qu'il soit seul. Tout l'alcool que j'ai bu réveille en moi une violence contenue. Mon regard embrumé se fixe sur la barre de pole dance. Elle est libre.

Lorsque j'ai déménagé à Varsovie, je me suis inscrite à des cours de pole dance. Au début, je pensais que dans cette discipline il fallait juste bouger de façon sexy, mais ma professeure m'a vite fait changer d'avis. C'est une manière idéale de sculpter son corps, un mélange de gymnastique et de fitness, mais sur une barre verticale.

Je m'approche de la table. J'enlève lentement la croix qui pend dans mon dos en regardant Massimo droit dans les yeux. Je l'embrasse et dépose mon collier sur la table devant lui. La chanson « Running up that hill » de Placebo résonne dans mes oreilles comme une invitation. Je sais que je ne peux pas tout faire en raison de la longueur de ma petite robe, mais je suis certaine que, dès que je toucherai la barre, je vais faire sensation. Quand j'effleure le métal pour exécuter ma première pirouette, je guette la réaction de Massimo. Il ne bouge pas. Les autres hommes cessent de s'occuper des jeunes filles assises sur leurs genoux pour me fixer eux aussi du regard. Je t'ai eu ! me dis-je en commençant ma chorégraphie. En quelques secondes à peine, je me rends compte que, bien que n'ayant pas pratiqué depuis très longtemps, j'ai toujours le niveau. La danse est quelque chose de très naturel pour moi, j'en fais depuis que je suis enfant. Que ce soit de la pole dance, de la danse de salon ou de la danse latine, elle m'apporte toujours la même satisfaction.

Je me laisse porter par la musique, l'alcool et l'ambiance du lieu. Tous ces éléments modifient ma manière d'être. Après une chorégraphie un peu longue, je me tourne en direction de l'homme en noir.

Il n'est plus là. Tous les regards sont plantés sur moi, y compris celui de Domenico avachi sur le canapé.

Je réalise une dernière figure et me fige. Un regard froid et sauvage me transperce. Massimo est à quelques centimètres de moi. J'enroule ma jambe autour de lui et passe la main dans ses cheveux en le poussant contre la barre.

— C'est un choix de musique intéressant pour un club.

— Comme tu as pu le remarquer, c'est un club, pas une discothèque.

J'opère un demi-tour pour poser mes fesses sur son entrejambe en me frottant légèrement. Il m'attrape par la gorge et me plaque la tête contre son épaule.

— Tu seras à moi, je te le promets. Je te prendrai comme je veux, quand je veux et où je veux.

Je ris, descends de la plate-forme et regagne la table. L'un des hommes se lève et me tire à lui en m'attrapant par le poignet. Je perds l'équilibre et tombe la tête en avant sur le canapé. Le type remonte ma robe pour poser les mains sur mes fesses. J'essaie de le repousser en le frappant. Je lui crie les rares insultes que je connais en italien. Puis je me relève pour attraper une bouteille et la lui exploser sur sa tête, mais une main m'en empêche en me tirant sur le canapé moelleux. En me retournant, je vois que c'est Domenico. Massimo, lui, a la main serrée autour du cou du type qui me pelotait il y a un instant. De l'autre, il pointe un pistolet sur mon agresseur. Je m'arrache des griffes de l'Italien qui tente de m'entraîner hors de la pièce et cours en direction de l'homme en noir.

— Il ne savait pas qui j'étais, dis-je en lui caressant les cheveux.

Mais Massimo hurle. Domenico m'attrape à nouveau, bien plus fort cette fois. Toutes les femmes présentes ont disparu comme par magie. Lorsque nous nous retrouvons seuls, il jette l'homme à genoux et lui pose le pistolet sur le front. En voyant ça, mon cœur s'emballe à nouveau. Je revois la scène du premier soir chez lui. Quel cauchemar ! Je me réfugie dans les bras de Domenico.

— Il ne peut pas le tuer, dis-je, persuadée qu'il ne le fera pas dans un lieu public.

— Si, il peut, répond le jeune Italien d'un ton très doux. Et il le fera.

J'entends un coup de feu et j'ai la sensation que mon corps se vide de son sang, mes jambes sont en coton et je glisse le long du torse de Domenico. Il me soutient, crie quelque chose en italien en me prenant dans ses bras. Je sens qu'on me transporte quelque part où je n'entends plus la musique, juste que je m'écrase dans des coussins moelleux.

— Tu aimes les sorties en fanfare, dit-il en glissant une gélule sous ma langue. Allez, Laura, calme-toi.

Mon cœur retrouve peu à peu un rythme normal. La porte s'ouvre, laissant filtrer un bruit de basses, Massimo, le pistolet à la ceinture, s'approche. Il s'agenouille devant moi et me regarde, effrayé.

— Tu l'as tué ? je demande, à moitié inconsciente, redoutant ce qu'il va répondre.

— Non.

Je soupire de soulagement, puis je m'allonge sur le dos.

— Je lui ai tiré dans la main avec laquelle il a osé te toucher, ajoute-t-il en se levant et en donnant l'arme à Domenico.

— Je veux rentrer à l'hôtel, je peux ? je demande en essayant de me lever.

Mais le mélange d'alcool et de médicaments pour le cœur m'en empêche. J'ai à nouveau le tournis et je retombe sur les coussins.

L'homme en noir me prend dans ses bras et me serre contre lui. Domenico ouvre la porte par laquelle on est entrés dans cette pièce isolée, puis celle de la cuisine, jusqu'à ce qu'on se retrouve à l'arrière du club, où une limousine nous attend. Massimo monte en me serrant toujours dans ses bras. Il nous installe sur le siège et me recouvre avec sa veste. Je m'endors contre son torse.

Je reprends conscience à l'hôtel en sentant Massimo lutter pour me retirer mes bottes.

— Il y a un zip derrière, je marmonne, les yeux entrouverts. Tu penses vraiment que quelqu'un aurait le courage de défaire ces lacets à chaque fois ?

Il lève les yeux, énervé, et retire mes bottes.

— Qu'est-ce qui t'a donné l'idée de t'habiller comme ça ce soir ?

— Comme quoi ! je réponds vivement, soudain bien réveillée. Comme une pute, c'est ce que tu veux dire ?

L'homme en noir serre les poings et la mâchoire.

— Tu aimes bien les putes comme Veronica, non ?

Et j'attends une réponse.

Il ne dit rien, les phalanges de ses poings sont blanches tellement il les contracte. Tout à coup, il se lève brusquement et m'enjambe. Il s'assied sur moi et m'attrape les poignets pour les presser contre le matelas au-dessus de ma tête. Ma respiration s'accélère. Il approche son visage du mien, puis glisse brutalement sa langue dans ma bouche. Je gémis sous lui, mais je n'ai pas l'intention de me battre. Sa langue est presque dans ma gorge, elle me pénètre de plus en plus avidement.

— Quand je t'ai vue danser aujourd'hui… chuchote-t-il. Putain ! (Il enfouit son visage dans mon cou.) Pourquoi tu fais ça, Laura ? Tu veux me prouver quelque chose ? Tu veux vérifier où est la limite ? C'est moi qui en décide, pas toi. Si tu veux que je prenne ce dont j'ai envie, je peux le faire sans ton accord.

— Je jouais, je n'ai pas le droit ? Pousse-toi, j'ai soif.

— Tu veux quoi ?

— Boire, je dis en m'arrachant à son emprise. Tu m'énerves, Massimo !

Je m'approche de la table pour me servir un verre de liquide ambré.

— Laura, ne bois pas d'alcool fort ! Après les médicaments que tu viens de prendre et tout le champagne que tu as bu, ce n'est pas une bonne idée.

— Ah oui ? je demande en approchant le verre de mes lèvres. Regarde !

Et je bois cul sec. Je me dis que c'est vraiment dégueulasse, pourtant je me ressers. Je lance un regard à l'homme en noir tout en en me dirigeant vers le balcon. Il observe mon petit numéro.

— Tu vas le regretter, ma petite ! crie-t-il quand je passe la porte-fenêtre.

La soirée est sublime. L'air est frais, bien qu'on soit dans le centre de Rome. Je m'assieds sur le grand canapé et avale une gorgée. Au bout d'une dizaine de minutes, je me sens très somnolente. J'ai le tournis. Je ne bois jamais d'alcool fort, je viens de me rappeler pourquoi. L'hélicoptère qui vrombit dans ma tête ne facilite pas mon retour dans la chambre. En plus, je vois trouble. Je ferme un œil et essaie de viser la porte tout en gardant un minimum de tenue. Je me doute bien que Massimo m'observe. Je ne me suis pas trompée, il est allongé sur le lit, son ordinateur sur les genoux. Il est quasiment nu, il porte juste un boxer blanc CK. Mon Dieu, qu'il est beau !

L'alcool parle à nouveau, une idée diabolique me vient à l'esprit pour attirer son attention. Je m'approche du lit en faisant glisser une bretelle de ma petite robe pour qu'elle tombe au sol. Mon idée est de disparaître dans la salle de bains en sous-vêtements. Mais mes jambes ne veulent plus coopérer. Ma cheville droite s'emmêle dans la robe et je marche dessus du pied gauche. Je m'écroule lamentablement et explose d'un rire nerveux.

Une seconde, et l'homme en noir est sur moi. Il me soulève pour m'allonger sur le lit en vérifiant que je ne me suis pas fait mal. Lorsque ma crise de rire est terminée, il me regarde, inquiet.

— Tu n'as rien ?

— Je suis à toi, je chuchote en enlevant la dernière pièce de ma tenue.

Lorsque ma culotte en dentelle arrive au niveau de mes chevilles, je lève les deux jambes en l'air pour l'attraper.

— Pénètre-moi, Massimo !

J'enroule mes bras autour de lui et j'écarte les jambes.

L'homme en noir s'assied sur le lit, à côté de moi. Son regard s'accompagne d'un grand sourire. Il se penche pour m'embrasser délicatement et remonte la couette sur moi.

— Je t'ai dit que ce n'était pas une bonne idée de boire ça. Bonne nuit.

Je suis tellement frustrée par sa réaction que je lève le bras pour lui envoyer une gifle. Sauf que, cette fois, soit je suis particulièrement lente, soit il est extrêmement rapide, car il chope mon poignet et l'attache à la même accroche que tout à l'heure pendant le show de Veronica. Il grimpe sur le lit et je me retrouve attachée en moins de temps qu'il faut pour le dire.

— Détache-moi ! je hurle.

— Bonne nuit, dit-il en sortant de la chambre et en éteignant la lumière.

Je suis réveillée par les rayons du soleil d'août qui inondent la chambre. J'ai la tête lourde, elle me fait mal, mais ce n'est pas mon plus gros problème. Je ne sens quasiment plus mes bras. Qu'est-ce qui se passe, putain ? Mes bras sont toujours attachés aux montants du lit. J'essaie d'arracher les chaînes, mais le bruit du métal cognant contre le bois résonne dans ma tête. Je larmoie dans mon coin, puis je regarde autour de moi. Je suis seule. J'essaie de me rappeler ce qui s'est passé la nuit dernière. Mais la seule chose dont je me souvienne est mon show de pole dance. Mon Dieu ! Je soupire à l'idée de ce qui a pu se passer en rentrant. Vu la position dans laquelle je me réveille, Massimo a sûrement obtenu ce qu'il voulait et moi, je vais mourir de gueule de bois et de honte.

Après quelques minutes d'apitoiement, je tente d'ouvrir les menottes, mais l'inventeur de cet outil les a conçues de telle manière que les doigts ne peuvent pas accéder au verrou.

— Putain, putain, putain ! je crie, irritée.

Au même moment, j'entends frapper.

— Oui, je réponds, n'ayant aucune idée de qui s'apprête à entrer.

Lorsque je vois Domenico à la porte, je me réjouis. Lui a l'air plutôt terrifié, car il m'observe avec ses grands yeux. Je vérifie que je suis toujours couverte. Heureusement, je le suis.

— Tu vas m'aider ou pas ? je grogne, agacée.

Le jeune Italien s'approche et me libère.

— Je vois que la soirée a été une réussite, plaisante-t-il en haussant les sourcils.

— Laisse-moi tranquille !

Je me cache sous la couette, je veux mourir. En rentrant les bras sous la couette, je découvre que je suis complètement nue.

— Non !

— Massimo est parti. Il a beaucoup de travail, donc tu es condamnée à passer du temps avec moi. Je t'attends dans le salon, on prendra le petit déjeuner.

Après trente minutes, une douche et une bonne dose de Doliprane, je m'assieds à table. Je bois une gorgée de thé au lait.

— Tu t'es bien amusée hier ? demande-t-il, se détachant de son journal.

— D'après mes souvenirs, pas tellement. Et vu l'état dans lequel tu m'as retrouvée, ça a dû mieux se terminer, mais je ne me souviens de rien, Dieu merci.

Domenico explose de rire. Il s'étouffe avec son croissant.

— Tu te souviens de quoi ?

— De mon spectacle de pole dance, c'est tout.

Il hausse les épaules.

— Moi aussi, je me souviens de cette danse. Tu es très souple, s'amuse-t-il.

— Achève-moi, dis-je en me tapant le front sur la table, mais d'abord, dis-moi ce qui s'est passé après.

Domenico lève les sourcils en buvant son expresso.

— Don Massimo t'a reconduite dans la chambre et…

— … m'a sautée ?

— Je ne pense pas, mais je n'étais pas avec vous. Je l'ai vu peu de temps après que nous sommes rentrés, il quittait ta chambre pour aller se coucher. Je le connais depuis un moment et il n'avait pas l'air… (il cherche le bon mot) satisfait. Il me semble qu'après une nuit avec toi, il l'aurait été.

— Mon Dieu, Domenico, arrête ! Tu sais très bien ce qui s'est passé, pourquoi tu ne craches pas le morceau ?

— Je peux, mais c'est bien moins amusant que ce que je viens de te raconter.

Mon expression le convainc de m'en dire plus.

— Bon, d'accord, tu as un peu trop bu et fait des conneries, donc il t'a attachée au lit et il est allé se coucher.

Je soupire de soulagement mais, en même temps, je me demande ce que j'ai bien pu faire comme conneries.

— Arrête de t'inquiéter et mange, on a un emploi du temps chargé.

On ne reste que trois jours à Rome. Je n'ai pas revu Massimo depuis cette nuit torride. Il a disparu et le jeune Italien ne m'en a pas dit plus.

Je passe mes journées avec Domenico qui me fait visiter la ville. Il mange avec moi, fait du shopping avec moi, va au spa avec moi. Je me demande si tous nos voyages vont ressembler à ça.

Le second jour, alors que nous déjeunons dans un superbe restaurant avec vue sur les escaliers de la Trinité-des-Monts, je lui demande :

— Il va me laisser travailler un jour ? Je déteste ne rien faire et l'attendre en permanence.

Après un long silence, le jeune Italien répond :

— Je ne peux pas parler au nom de Don Massimo. Je sais ce qu'il veut, fait ou pense, mais ne me demande pas ce genre de choses, Laura, s'il te plaît. Il ne faut pas que tu oublies quel genre de personne il est. Moins tu en demandes, mieux tu te portes.

— Mais, bordel, j'ai le droit de savoir, non ? Pourquoi il ne m'appelle pas ? Je ne sais même pas s'il est en vie, je grogne en jetant mes couverts sur l'assiette.

— Il est vivant, répond-il sèchement en ignorant mes autres questions.

Je grimace, puis je continue mon repas. D'un côté, le style de vie que je mène est agréable, mais d'un autre, je ne suis pas le genre de femme à ne rien faire de mes journées.

Le matin du troisième jour, Domenico, comme d'habitude, prend son petit déjeuner avec moi. Lorsque son téléphone sonne, il s'excuse et quitte la table. La discussion dure un bon moment. Quand il revient, il déclare :

— Laura, tu quittes Rome aujourd'hui.

Je le regarde, étonnée.

— Mais on vient juste d'arriver.

Le jeune Italien sourit comme s'il voulait s'excuser, puis il part faire mes valises. Je termine mon thé et le rejoins.

Je m'attache les cheveux en un chignon haut. Ensuite, je mets du mascara. Ma peau de plus en plus bronzée me permet de me maquiller de moins en moins. Sans savoir où on va, j'enfile un short bleu marine en jean très court et un petit haut blanc cachant juste mes petits seins. Ma tenue d'aujourd'hui est comme une révolte, je ne mets pas de sous-vêtements. Je ne suis pas élégante, tant pis, me dis-je en enfilant mes baskets à talons Isabel Marant. Lunettes de soleil sur le nez, je prends mon sac à main quand Domenico réapparaît. En me voyant, il se raidit.

— Tu es certaine que tu veux sortir comme ça ? demande-t-il, un peu embarrassé. Don Massimo ne va pas aimer.

Je tourne sur moi-même en faisant tomber mes lunettes sur le bout de mon nez et en lui lançant un regard insolent.

— Tu crois que j'en ai quelque chose à faire ?

Je lui tourne le dos et me dirige vers l'ascenseur.

Ma montre excessivement chère indique qu'il est déjà onze heures lorsque nous entrons dans la voiture.

— Tu ne viens pas avec moi ?

— Je ne peux pas, mais Claudio s'occupera de toi.

Il ferme la porte et la voiture démarre. Je me sens

seule et triste. Est-il possible que l'homme en noir me manque ?

Mon chauffeur, Claudio, qui est aussi mon garde du corps, n'est pas très bavard.

J'en profite pour appeler ma mère. Elle est bien plus calme et rassurée que la dernière fois, même si je lui annonce que je ne viendrai pas cette semaine.

Quand je termine ma conversation qui a été assez longue, nous prenons la sortie de l'autoroute vers Fiumicino. Claudio est très habile avec ce grand SUV dans les petites ruelles de la ville. La voiture s'arrête devant un énorme port où sont amarrés des yachts luxueux.

Un homme plus âgé, tout habillé de blanc, m'ouvre la portière.

— Bienvenue au port de Fiumicino, madame Laura. Je m'appelle Fabio et je vais vous accompagner jusqu'à votre bateau. Suivez-moi, s'il vous plaît.

Après quelques pas, nous nous arrêtons. Je lève la tête et j'ai le souffle coupé. Devant moi se dresse un magnifique yacht, *Le Titan*, couleur acier, vitres teintées.

— Le yacht fait environ quatre-vingt-dix mètres de long. Il y a douze cabines pour les invités, un jacuzzi, une salle de cinéma, un spa, une salle de sport, une grande piscine et un héliport.

— Pas trop mal, je marmonne.

Lorsque j'arrive sur l'un des six ponts, je pénètre dans un gigantesque salon, à moitié couvert, décoré de manière très élégante et sobre. Tous les meubles sont blancs avec quelques accessoires en acier, le tout sur un sol en verre. Plus loin, on aperçoit la salle à manger, des escaliers et une partie du jacuzzi. Des roses blanches décorent les tables, sauf une qui attire mon attention. À la place d'un vase, il y a un seau à glace d'où dépassent des bouteilles de Moët rosé.

Avant que j'aie terminé de visiter l'étage, Fabio apparaît, une coupe à la main. Mais est-ce qu'ils pensent tous que je suis alcoolique et que je tue mon temps libre en sirotant du champagne ?

— Qu'est-ce que madame aimerait faire avant que nous partions ? Visiter le reste du yacht ? Bronzer ? Ou peut-être déjeuner ?

— J'aimerais bien rester un peu seule, si c'est possible.

Je pose mon sac et je me dirige vers la proue du bateau.

Fabio incline la tête et disparaît. Je contemple la mer en buvant mon verre, puis un deuxième, un troisième, jusqu'à ce que la bouteille soit vide. Ma gueule de bois disparaît, remplacée par une légère ébriété.

Le Titan quitte le port. Lorsqu'on s'éloigne de la terre, je n'ai qu'une idée en tête, n'être jamais venue en Sicile et ne jamais l'avoir rencontré. J'aurais pu vivre une vie normale et ne pas être enfermée dans cette cage dorée.

— Mais qu'est-ce que tu portes, putain ? (J'ai reconnu l'accent.) Tu ressembles à…

Je me retourne et tombe nez à nez avec Massimo, sorti de nulle part, comme d'habitude. Je suis déjà bien éméchée, donc je m'affale dans le canapé.

— Je ressemble à ce qui me plaît, tu n'as rien à voir là-dedans, je réplique. Tu m'as abandonnée, sans me laisser un mot. Tu m'as traitée comme une marionnette avec laquelle tu joues quand tu en as envie. Aujourd'hui, la marionnette a envie d'être seule.

Je me relève, prends une autre bouteille et pars d'un pas chancelant vers la poupe. Mes baskets compensées ne me facilitent pas la tâche. Je me rends compte que je suis ridicule et les enlève.

L'homme en noir me suit en me parlant, mais ses mots n'ont aucune chance de pénétrer mon cerveau noyé par l'alcool. Je ne connais pas le bateau, je descends un escalier en voulant lui échapper et…

C'est la dernière chose dont je me souviens.

8

— Respire…

J'entends une voix lointaine.

— Laura, tu m'entends ?

La voix se rapproche de plus en plus.

Mon estomac remonte jusque dans ma gorge, je vomis un liquide salé.

— Dieu merci ! Tu m'entends, bébé ? demande Massimo en me caressant les cheveux.

J'ouvre les yeux avec difficulté. Je vois Massimo, trempé, au-dessus de moi. Il est habillé, mais il n'a plus ses chaussures. Je n'arrive pas à parler. J'entends un sifflement dans ma tête, et le soleil m'aveugle. Fabio tend une serviette dans laquelle l'homme en noir m'enroule. Puis il me prend dans ses bras, traverse plusieurs ponts avant d'entrer dans une chambre. Il me dépose sur le lit. Je suis encore très étourdie. Je n'ai aucune idée de ce qui a pu se passer. Massimo se sèche les cheveux en me regardant, préoccupé.

— Qu'est-ce qui s'est passé ? je demande d'une voix cassée.

— Tu es tombée du bateau. Heureusement qu'on ne naviguait pas plus vite. Tu aurais pu te noyer.

(Massimo s'agenouille au bord du lit.) Putain, Laura, j'ai envie de te tuer, mais je suis soulagé que tu sois vivante.

Je pose la main sur sa joue.

— Tu m'as sauvée ?

— Heureusement que j'étais tout près de toi. Je ne veux même pas penser à ce qui aurait pu se passer sinon. Pourquoi tu ne m'écoutes jamais ? Pourquoi es-tu si têtue ?

L'alcool embrume mon cerveau et j'ai un mauvais goût dans la bouche. J'essaie de me lever.

— Je voudrais prendre une douche.

L'homme en noir m'en empêche. Il m'attrape délicatement par le bras pour m'aider à me rallonger.

— Hors de question que tu fasses ça toute seule alors que tu ne respirais pas il y a cinq minutes, Laura. Si tu le veux vraiment, je vais te laver.

Je le regarde d'un air fatigué, je n'ai même pas la force de protester. De toute façon, aucune partie de mon corps n'a de secret pour lui. Je hausse les épaules en signe d'approbation. Il disparaît un court instant. J'entends le bruit de l'eau qui coule.

L'homme en noir enlève sa chemise mouillée, son pantalon puis son boxer. Dans des circonstances normales, cette vue m'aurait émoustillée, mais pas cette fois-ci. Il retire la serviette dans laquelle je suis enroulée, sans même prêter attention à ce qu'il a sous les yeux. Il déboutonne mon short pour découvrir avec surprise que je ne porte pas de lingerie.

— Tu ne portes pas de culotte ?

— Tu es perspicace, je souris. Je ne pensais pas qu'on allait se voir.

— Quel rapport ?

Il me jette un regard glacial. Lassée, je ne réplique pas.

Puis il me porte, nue, jusqu'à la salle de bains, à quelques mètres du lit. La grande baignoire est déjà quasiment remplie. Il s'y glisse, le dos contre le rebord, le mien entre ses jambes, contre son buste. Il me lave le corps, sans en oublier aucune partie, puis les cheveux. Je suis surprise de la délicatesse avec laquelle il exécute ces gestes. Lorsqu'il a fini, il nous sort de la baignoire, m'enroule dans une serviette et me porte jusque dans le lit. Il appuie sur le bouton d'une télécommande, tous les stores de la chambre se ferment, nous laissant dans une obscurité reposante. Je ne me rappelle même plus à quel moment je m'endors.

Je me réveille, terrifiée, en cherchant à respirer. Je panique, je n'ai aucune idée de l'endroit où je suis. Il me faut un certain temps pour reprendre mes esprits, je me rappelle alors les événements de la veille. Je me lève et allume la lumière. Je découvre une pièce splendide, avec des canapés blancs dans le salon parfaitement assortis au sol de couleur noir. La décoration est minimaliste et très masculine. Même les fleurs dans leurs vases perchés sur des colonnes lumineuses semblent quelque peu masculines.

Où est Massimo ? Est-ce qu'il a à nouveau disparu ? J'enfile un peignoir et ouvre la porte de la majestueuse cabine. Les couloirs sont larges, mais peu éclairés. Je n'ai aucune idée de là où je me trouve, conséquence de mon mauvais choix de boire au lieu de profiter de la visite guidée de Fabio. La seule pensée de l'alcool me donne la nausée. En montant l'escalier, j'arrive sur un pont dont je ne garde pas un bon souvenir. Tout est vide et les pièces sont sombres. Seuls quelques spots au sol éclairent l'intérieur. Je me dirige vers le carré, le traverse et atteins la poupe.

— Tu as bien dormi ? dit une voix sortie de l'obscurité.

Je regarde autour de moi. L'homme en noir est assis dans le jacuzzi, les deux bras sur le rebord. Il tient un verre à la main.

— Je vois que tu te sens mieux. Tu te joins à moi ?

Il tourne la tête à droite et à gauche pour se relaxer le cou. Puis il prend une gorgée du liquide ambré, sans me quitter des yeux.

Le Titan est à l'ancre. Au loin, on distingue la terre et ses lumières clignotantes. Le bateau bouge lentement sous la pression des vagues.

— Où est le personnel ?

— Là où ils doivent être, donc loin d'ici. (Il sourit et pose son verre.) Tu veux que je t'invite encore une fois, Laura ?

Son ton est sérieux. Ses yeux brillent sous le reflet des lampes de bord. En le voyant comme ça, je me rends compte qu'il m'a manqué ces derniers jours.

Je desserre la ceinture de mon peignoir et le retire. Massimo m'observe, intrigué, en serrant la mâchoire, comme s'il se retenait de dire quelque chose. J'avance lentement et me laisse glisser dans l'eau, face à lui.

Je le regarde. Il est très séduisant avec son verre à la main.

Je me déplace pour m'asseoir sur ses genoux, en collant mon corps contre le sien. Sans qu'il m'y ait autorisée, je mets ma main dans ses cheveux, il gémit, puis penche la tête en arrière en fermant les yeux. J'étudie son visage un instant, puis je lui mords la lèvre inférieure. Je sens qu'il durcit en dessous de moi, ça incite mes hanches à bouger légèrement. Je lui suce et lui mords légèrement les lèvres, puis j'introduis ma langue dans sa bouche. L'homme en noir met ses mains dans l'eau pour attraper mes deux fesses et me serrer contre lui.

— Tu m'as manqué, je chuchote en quittant sa bouche.

En entendant ce que j'ai dit, il me repousse de quelques centimètres pour mieux me voir.

— C'est comme ça que tu me le montres, bébé ? Je ne veux pas que tu agisses comme ça pour me remercier de t'avoir sauvé la vie. Je ne ferai rien avec toi jusqu'à ce que tu sois certaine que tu le désires vraiment.

Ces mots me blessent. Je m'éloigne de lui comme s'il m'avait brûlée. Je sors de l'eau et j'attrape mon peignoir que je remets avec honte. J'ai envie de pleurer. Je veux fuir le plus loin possible de lui.

Je cours jusqu'en bas de l'escalier par lequel je suis montée quelques minutes plus tôt, puis je plonge dans le labyrinthe de couloirs. Toutes les portes sont identiques. L'une d'elles me semble être celle de ma chambre, j'attrape la poignée. J'entre et, en palpant le mur, je cherche où allumer la lumière. Lorsque enfin j'appuie sur l'interrupteur, je m'aperçois que je ne suis pas dans la bonne chambre. La porte se referme derrière moi. Puis j'entends un bruit de verrouillage. La lumière s'éteint tout à coup, je suis terrorisée. J'ai peur de me retourner, même si je sais, inconsciemment, que rien ne peut m'arriver ici.

— J'adore quand tu me touches les cheveux, dit l'homme en noir, posté derrière moi. (Il attrape la ceinture de mon peignoir et, quand il me retourne d'un geste énergique, le bout de tissu que je porte tombe sur le sol.) Sais-tu que si on commence, je ne pense pas pouvoir m'arrêter ? affirme-t-il d'une voix mâle. Si on dépasse une certaine limite, je vais te sauter, que tu le veuilles ou non.

Cette deuxième phrase semble une promesse qui me remplit de désir pour lui.

— Alors saute-moi, dis-je en m'asseyant sur le lit devant lui.

Il marmonne en italien entre ses dents, puis se place à quelques centimètres seulement de moi. Les rares rayons qui pénètrent dans la chambre me permettent de le voir en pleine érection. Je l'attrape par les fesses et je le tire près de moi pour toucher son sexe. Il est magnifique, gros et dur. Je le branle en me léchant les lèvres.

— Attrape-moi la tête, dis-je en le regardant dans les yeux. Et punis-moi.

Massimo expire bruyamment. Puis il me prend par les cheveux.

— Tu me demandes de te traiter comme une pute ? C'est ça que tu veux ?

Je penche la tête en arrière en ouvrant grand la bouche, en signe d'obéissance.

— Oui, Don Massimo, je chuchote.

À ces mots, la pression sur mes cheveux augmente. Il s'approche et glisse son sexe entre mes lèvres. Je gémis lorsque je sens qu'il me la met jusque dans la gorge. Ses hanches poussent à un rythme régulier, sans me laisser le temps de reprendre mon souffle.

— Si tu veux que j'arrête, dis-le-moi. Mais de façon claire pour que je ne pense pas que tu joues avec moi, lâche-t-il sans arrêter ce qu'il est en train de faire.

Je me retire un peu pour la sortir de ma bouche tout en continuant le mouvement avec la main.

— Idem pour toi, dis-je avec assurance, en relevant légèrement les sourcils.

Je me remets à le sucer.

L'homme en noir rit, mais son rire s'évanouit dès que j'accélère pour lui prouver que je ne plaisante pas. Je le suce de plus en plus fort et de plus en plus vite. Plus vite que ses mains, posées sur ma tête, ne me l'indiquent. Je sens que sa bite grandit dans ma bouche, c'est une manière de lui prouver qui tient les rênes à ce moment-là. Elle est sucrée, sa peau est douce et son corps sent le sexe. J'aime le sucer, je veux me rassasier de ce que je désire depuis le début. Mais une autre partie de moi veut lui prouver quelque chose. Lui prouver qu'à cet instant, c'est moi qui ai le pouvoir. J'accélère le mouvement. Je sais qu'il ne va pas pouvoir se retenir bien longtemps, il le sait aussi. Il essaie de freiner mes mouvements, mais sans succès.

— Ralentis.

Je l'ignore complètement.

Après un moment à ce rythme déchaîné, il me repousse. Je me lèche les lèvres lascivement. Il me regarde dans les yeux, essoufflé. Il me pousse sur le lit, puis me retourne sur le ventre et me maintient dans cette position.

— Tu veux me prouver quelque chose ? demande-t-il en se léchant deux doigts. Détends-toi, bébé, ajoute-t-il quand ses doigts me pénètrent.

Je soupire bruyamment.

— Il me semble que tu es prête.

Ces mots me font frissonner des pieds à la tête. Je suis à la fois anxieuse, terrifiée et pleine de désir.

Massimo commence à me pénétrer. Je sens chaque centimètre de sa verge entrer en moi.

Lorsqu'il est entièrement en moi, il ressort, pour la remettre plus fort. Je gémis. Le désir et le plaisir se mélangent à la douleur. Ses hanches accélèrent le va-et-vient. Sa respiration galopante donne le tempo. Ce frottement merveilleux que je ressens me procure un plaisir hors normes. Il ralentit soudain. Je souffle de soulagement.

Il place sa main sous mon ventre pour me relever. Avec un genou, il m'écarte les jambes.

— Montre-moi ton joli cul, dit-il en en caressant l'orifice.

Je suis pétrifiée. Il ne va quand même pas essayer ça dès notre première fois. Je ne suis pas prête pour ça.

— Don…, je chuchote, inquiète, en tournant la tête pour le regarder.

Il m'attrape les cheveux pour me plaquer le visage dans les coussins.

— Ne t'inquiète pas, bébé, murmure-t-il en se penchant près de mon oreille. On va arriver à ça aussi, mais pas aujourd'hui.

Il me baise dans un rythme lent et cadencé.

— Oh, oui ! souffle-t-il de plaisir en m'attrapant les hanches encore plus fort.

J'adore qu'on me baise par-derrière, le contrôle qu'il exerce sur mon corps dans cette position me terrifie et m'excite à la fois. Il colle son buste sur mon dos afin de pouvoir me caresser le clitoris avec les doigts. J'écarte les jambes davantage pour qu'il ait un meilleur accès.

— Ouvre la bouche ! ordonne-t-il en y insérant les doigts.

Lorsqu'ils sont suffisamment mouillés, il se remet à jouer avec ma chatte. Il fait ça parfaitement, il sait exactement où placer ses mains et ses bras pour me procurer du plaisir. Je serre le coussin avec les poings, ne pouvant pas me contenir. Je gémis et me contorsionne en criant en polonais.

— Pas encore, Laura, m'intime-t-il en me retournant sur le dos. Je veux te voir jouir.

Il place ses deux mains sous moi et me serre contre lui. Son va-et-vient est de plus en plus rapide, jusqu'à ce que je sente l'intérieur de mon corps se contracter. Je penche la tête en arrière. Je me laisse posséder par l'orgasme.

— Plus fort, je gémis.

Il redouble d'intensité. J'arrive à peine à me contenir, c'est presque trop. Je crie sous l'emprise de l'orgasme. Les hanches de Massimo continuent à claquer contre moi. Je hurle quand mon deuxième orgasme se déclenche. Mon corps trempé s'abandonne sur le matelas.

L'homme en noir ralentit la cadence. Il m'attrape par les poignets et me remonte. Il observe mes seins rebondis, il est satisfait, il triomphe.

— Éjacule sur mon ventre, dis-je à bout de souffle.

Massimo sourit, puis resserre sa poigne autour de mes poignets.

— Non !

Et il reprend son va-et-vient à une cadence démesurée.

Après quelques mouvements, je sens une vague chaude couler en moi. Je suis paralysée. Il sait que je ne prends pas la pilule. Il éjacule longtemps et intensément. Lorsqu'il a terminé, il s'allonge sur moi, transpirant et brûlant.

J'essaie de me concentrer pour compter les jours de mon cycle, même si je sais déjà qu'il a choisi le pire moment. Je veux m'échapper d'en dessous de lui, mais son poids m'en empêche.

— Massimo, mais qu'est-ce que tu fais, bordel ? je hurle, furieuse. Tu sais bien que je ne prends pas la pilule.

Il rigole, puis il s'agenouille sur le lit. Il me regarde m'agiter, hors de moi.

— La pilule, ce n'est pas fiable. Mais tu as un implant, regarde.

Il palpe l'intérieur de mon bras gauche au niveau du biceps. J'ai un petit tube sous la peau. Je découvre avec horreur qu'il ne ment pas.

— J'ai demandé qu'on te le mette le premier jour, quand tu dormais, je ne voulais pas rendre de risques. Son efficacité est de trois ans. Tu pourras bien évidemment l'enlever à la fin de l'année, dit-il avec un grand sourire.

C'est la première fois que je vois un sourire aussi sincère sur son visage. Ce qui ne change rien au fait que j'enrage.

— Bouge ! je demande d'un air méprisant.

— Malheureusement, ce ne sera pas possible avant un bon moment. Je vais avoir du mal à te baiser à distance, balance-t-il en me mordant les lèvres. Quand j'ai vu ton visage pour la première fois, je ne te désirais pas. Te voir me terrorisait. Mais avec le temps, avec tous les tableaux de toi que j'ai accrochés partout, j'ai appris à connaître ton âme. Tu me ressembles tant, Laura, dit-il en m'embrassant délicatement.

Je suis allongée et je le regarde. Je sens que la colère me quitte progressivement. J'aime quand il est honnête avec moi. Je sais que ça lui demande énormément, il le fait pour moi.

Ses hanches recommencent à onduler. Il devient à nouveau dur en moi. Il m'embrasse et prolonge le mouvement.

— Quand tu es arrivée, je t'ai observée toute la nuit. Je sentais ton odeur, la chaleur de ton corps, tu étais vivante, tu existais et tu étais si près de moi. Je n'arrivais plus à te quitter, je t'ai regardée jusqu'à ce que tu te réveilles. J'avais une peur irrationnelle de me lever, je me disais que, si je partais, tu allais disparaître.

Son ton devient triste, comme s'il me demandait pardon pour quelque chose, comme s'il voulait me dire qu'il n'est pas fier de me garder ici de force. S'il ne me faisait pas peur, je me serais échappée à la première occasion venue.

Le rythme du mouvement de ses hanches s'accélère, il resserre ses bras autour de moi. Je sens son corps redevenir chaud et mouillé.

Je ne veux pas entendre ce qu'il dit, car ça me rappelle que toute cette situation n'est pas conforme à ce que je souhaite. Je me rappelle à quel point il peut être brutal et cruel. Je n'en ai jamais été victime, mais j'ai vu et je sais de quoi il est capable.

Toutes ces pensées ravivent en moi de la colère. Ses mouvements de hanches commencent à m'agacer.

Massimo décolle son visage de ma joue pour me regarder dans les yeux. L'expression qu'il lit sur mon visage le fige, il ne fait plus aucun mouvement.

— Laura, qu'est-ce qu'il y a ? demande-t-il.

— Tu ne veux pas le savoir. Bouge, bordel, descends ! je crie tout en essayant de me lever.

Il ne bronche même pas. Son regard redevient glacial. Don est de retour et lutter contre lui n'a aucun sens.

— Je veux être dessus, dis-je en serrant les dents et en l'attrapant par les fesses.

L'homme en noir examine toujours mon visage. Puis il m'attrape pour me retourner sans sortir de moi. Je suis enfin sur lui. Il s'allonge et place ses bras au-dessus de sa tête. Il est dans la même position que moi il y a quelques minutes.

— Je suis tout à toi, chuchote-t-il en fermant les yeux. Je ne sais pas trop ce qui te prend, mais si tu as besoin d'avoir le contrôle pour évacuer ta colère, je t'en prie, ajoute-t-il en ouvrant un œil. Le pistolet est dans le tiroir de gauche, sans la sécurité, si tu en as besoin.

Je me soulève, puis je retombe de plus en plus lourdement sur sa bite dure. Je suis amusée par ce qu'il dit, mais aussi en colère et désorientée. Il garde les yeux fermés, il se contente d'ouvrir et de refermer la mâchoire au rythme de mes mouvements. Je retombe de manière à ce qu'il entre en moi plus profondément. Je veux qu'il ressente la même chose que moi, je veux qu'il souffre. Pour cela, il n'y a qu'un seul moyen.

Je me retire. Lorsqu'il sent qu'il n'est plus en moi, il ouvre les yeux. Je lui lance un regard menaçant et je prends la ceinture du peignoir dans les mains. Le reste de son sperme coule le long de mes jambes. Je nettoie le liquide avec un doigt, que je mets dans ma bouche, sans quitter l'homme en noir du regard. Quand il voit ce que je fais, sa bite commence à pulser.

— Tu es sucré, dis-je me léchant les lèvres. Tu veux goûter ?

— Non, répond-il avec dégoût.

— Assieds-toi, je demande en remontant sur lui.

Massimo se relève doucement. Il croise les deux mains derrière le dos, anticipant ce que je vais demander.

— Tu es sûre de ce que tu fais ? m'interroge-t-il d'un ton bien plus sérieux que ne le veut la situation.

J'ignore complètement sa question et j'attache ses mains, si fort qu'il siffle de douleur.

Je le repousse sur le lit pour qu'il s'allonge, puis j'ouvre le tiroir de gauche pour en sortir le pistolet. L'homme en noir ne bronche pas, il me regarde juste d'une façon qui signifie : « Tu n'oseras pas. » Effectivement, je n'ai pas autant de courage, d'autant plus que ce n'est pas ce que je veux vraiment. Je fouille dans le tiroir sans trouver ce que je veux. Je fouille dans celui du dessous, bingo ! J'en sors un masque.

— Maintenant, on va jouer, Don Massimo, dis-je en lui bandant les yeux. Avant de commencer, rappelle-toi que si quelque chose te déplaît, il faut que tu le dises clairement pour que je le comprenne. Même si la probabilité que j'arrête n'est pas très élevée.

Il sait que je me moque de lui, il sourit donc, puis installe sa tête confortablement sur l'oreiller.

— Tu m'as enlevée, emprisonnée, tu menaces ma famille, je commence à énumérer. Tu as pris tout ce que j'avais. Même si tu m'excites comme jamais, je te déteste, Massimo. J'aimerais que tu ressentes ce que ça fait d'être forcé à faire quelque chose.

Je prends de l'élan pour lui flanquer une grosse gifle. Sa tête s'incline légèrement vers l'arrière. Il avale sa salive.

— Encore une fois, dit-il à travers ses dents.

Sa réaction m'excite. Je l'attrape par le menton.

— C'est moi qui décide !

Je me glisse le long de son corps.

— Suce-moi, dis-je en me frottant contre ses lèvres. Je sais qu'il n'aime pas son propre goût. C'est exactement pour ça que je veux qu'il me lèche. Comme il ne réagit pas, je m'assieds sur son visage pour qu'il n'ait pas le choix et qu'il goûte à sa propre saveur qui lui déplaît. Après un moment, je sens sa langue à l'intérieur. Il relève la tête pour mettre sa langue sur mon clitoris. Je gémis. Je pose le front sur la tête de lit matelassée. Il le fait si bien que je sens déjà un orgasme arriver. Je me redresse sur les genoux pour regarder en bas, il me lèche en ronronnant doucement. Cette étape de la punition lui a clairement plu. Je glisse mes fesses le long de sa poitrine, puis de son ventre. Rapidement, il est à nouveau en moi. Je gémis, je l'attrape par le dos. Je commence à le baiser. Je sens qu'il m'aide à le faire, il sait que je n'y arriverai pas seule. Saisissant la tête de lit, je nous en approche pour qu'il s'y adosse. J'adore cette position. Elle me donne le contrôle sur mon partenaire. Elle permet aussi de sentir une pénétration profonde. Je l'attrape par les cheveux. Je frotte mon clitoris contre son ventre. Sa bite grandit encore en moi. Je le baise d'autant plus vite et intensément. Il respire fort. Je sens qu'il va bientôt exploser.

— Jouis ! dis-je en le frappant encore une fois.

Ça m'excite au point que je suis prête à jouir moi-même. Quand l'homme en noir se vide en moi, il émet un gémissement profond. Ses bras m'encerclent. Je m'assieds encore un peu plus sur lui. Il arrache le bandeau de ses yeux pour me le fourrer dans la bouche. Il place ses mains sur mes fesses, les fait rebondir.

— Je ne veux pas jouir, je dis en reprenant mon souffle.

— Je sais, chuchote-t-il en me faisant bouger de plus en plus vite.

Puis il hurle :

— Frappe-moi, putain !

Lorsque ma main heurte son visage, je sens un orgasme prendre possession de mon corps. Je suis incapable de faire bouger mes hanches, je tremble, tous mes muscles sont tendus et durs. Massimo me maintient dans cette position jusqu'à ce que je me détende. Je m'effondre sur ses épaules. On reste comme ça un moment, il me caresse le dos.

— À quel moment tu as libéré tes mains ? je demande sans décoller mon visage de son dos.

Il sourit.

— Dès que tu as terminé de faire le nœud. Tu n'es

pas très douée. Et en plus, je suis un peu un spécialiste des nœuds.

— Et pourquoi tu n'as utilisé tes bras qu'à la fin ?

— Je savais que quelque chose t'avait énervée. Quelque chose que j'avais dit ou quelque chose en moi. Donc, j'ai décidé de te laisser tout évacuer. Je savais que tu n'allais pas me faire mal. Je t'ai juste manqué, affirme-t-il en se levant du lit avec moi.

Il m'embrasse sur les lèvres, les joues et les cheveux. Il m'emmène dans la salle de bains, puis ouvre l'eau de la douche.

— On devrait se coucher, suggère-t-il en me savonnant. Demain, on a une grosse journée. Je te sauterais bien toute la nuit, mais je préfère qu'on soit raisonnables. Tu es très agressive. Ça m'excite, bébé.

— Je n'y peux rien. J'aime le sexe intense, je réponds en l'attrapant par les couilles. Le lit est un terrain de jeu pour moi. On peut y être qui on veut et faire ce dont on a envie. Dans la limite du raisonnable, bien sûr.

Je les fais tourner dans ma main.

— On va être bien ensemble, Laura, tu verras, répond-il en m'embrassant sur le front.

9

Lorsque j'ouvre les yeux, une lumière fine s'introduit dans la chambre à travers les stores fermés. Je suis seule dans cet immense lit qui sent encore le sexe. Rien que de penser à la nuit passée me donne chaud. Je ne sais pas si c'était une bonne idée, si j'aurais dû faire ce que j'ai fait. Mais bon, c'est trop tard maintenant, de toute façon.

Massimo me manquait ces derniers jours. Il m'a sauvé la vie, ce qui prouve à quel point je suis importante à ses yeux. Quelqu'un me traite enfin comme je le veux : comme une princesse, comme quelque chose de précieux, une priorité. Je me demande pourquoi j'étais autant en colère hier. Je me rends compte que la seule chose qui me dérange réellement est qu'il menace ma famille. J'essaie de lui trouver des excuses. S'il ne l'avait pas fait, je me serais déjà échappée et on n'aurait jamais eu l'opportunité d'apprendre à se connaître. Je suis à nouveau confuse. Je remue la tête pour oublier toutes ces pensées pour lesquelles il est bien trop tôt.

La porte s'ouvre. Massimo entre avec un grand sourire. Il porte un bermuda et un tee-shirt blanc. Il est pieds nus, les cheveux mouillés. Je gémis en le voyant. Je m'étire, puis je retire la couette qui me recouvre.

— Le sommeil est ton activité préférée, non ? dit-il en m'embrassant sur le front.

— J'adore dormir, je réponds en souriant.

L'homme en noir m'attrape par les hanches, puis me retourne sur le ventre pour me donner une fessée. Il s'approche de mon oreille pour chuchoter :

— Tu me provoques, bébé.

Cette fois-ci, il a raison. La main qui frappe mon fessier m'ouvre soudain les cuisses. Deux de ses longs doigts entrent en moi.

— À quoi tu pensais pour être aussi mouillée ?

Je m'appuie sur les genoux pour me cambrer davantage. Il retire ses doigts.

— J'aimerais te sauter par-derrière contre la fenêtre.

Il appuie sur un bouton de télécommande à côté du lit. La lumière du jour envahit la chambre.

— Pour que tu puisses apprécier la vue en même temps. Mais on nous attend pour aller faire de la plongée, donc je n'aurai pas autant de temps que j'aurais voulu de toute manière. Fabio l'a fait venir un peu trop tôt. Viens.

Il me soulève et me jette sur son épaule. En traversant la chambre, il attrape un peignoir pour couvrir mon corps nu. Il traverse les couloirs, je suis toujours posée comme un sac à patates, morte de rire. On passe devant un tas de portes qui se ressemblent et un personnel assez étonné. Je ne sais pas quelle tête il fait, car le haut de mon corps pend le long de son dos. Il me semble qu'il est aussi sérieux que d'habitude. Après un moment, on arrive dans ma chambre. Il me pose par terre en jetant le peignoir sur le lit.

— Je crois que je vais virer tout le monde pour que tu puisses être nue tout le temps.

Un plateau garni d'une quantité de choses à manger est posé dans la chambre avec du thé, du chocolat chaud, du lait et un Moët rosé.

— Intéressant, ce petit déjeuner, je juge en me versant une tasse de chocolat. Le champagne devrait être présent à mon petit déjeuner tous les jours.

— Je connais ton goût pour le champagne. Je pense que tu vas aimer le reste aussi.

Je le regarde d'un air interrogatif. Il s'est adossé à l'un des hublots de la chambre, il grimace.

— Lorsque mes employés ont fait tes bagages à Varsovie, ils ont vu dans l'évier un reste de chocolat dans une tasse et un thé à peine commencé dans l'autre. Je ne sais pas qui buvait quoi, l'essentiel est qu'une de ces boissons te plaise. À Rome, c'est ce que tu buvais aussi le matin, donc c'était facile pour moi de deviner, dit-il en s'approchant du champagne.

— Toi, tu bois dès le matin, je pense ? je demande en attrapant ma tasse.

Massimo prend le seau où se trouve le champagne pour le poser par terre.

— Non, je me fais de la place, avoue-t-il en faisant glisser le thé et le lait au bout de la grande table. Je pensais que j'allais tenir plus longtemps, mais, comme tu te balades tout le temps nue devant moi, je vais te poser délicatement sur la table et te baiser.

Sans plus attendre, il fait ce qu'il a dit. Il me baise délicatement, mais fermement.

Je sors sur le pont, affublée juste de mes lunettes de soleil et de mon bikini blanc Victoria's Secret. Le matériel de plongée est prêt sur le pont supérieur du bateau. Le garçon qui l'a préparé ne ressemble pas du tout à un Italien. Il a les cheveux clairs et les traits de quelqu'un venant de l'Est. Ses grands yeux bleus et son sourire irradient. Massimo est de l'autre côté du pont avec Fabio, ils gesticulent beaucoup. Je préfère ne pas m'en mêler, donc je me dirige vers le plongeur. En descendant l'escalier, je trébuche. Je manque à nouveau de tomber à l'eau.

— Mon Dieu, mais je vais me tuer un jour, dis-je en polonais.

Le visage du jeune homme s'illumine, il me tend la main et me dit dans un polonais magnifique :

— Je m'appelle Marek, mais ici tout le monde m'appelle Marco. Qu'est-ce que ça fait plaisir d'entendre du polonais !

Je suis bouche bée. Dans le doute, je le regarde pour m'assurer que tout ça est bien réel. D'un seul coup, j'explose de rire.

— C'est toi qui n'as pas idée à quel point ça me fait plaisir d'entendre notre belle langue. J'ai mal à la tête à force de penser en anglais. Je m'appelle Laura et, je t'en supplie, appelle-moi par mon prénom.

— Comment se passent tes vacances en Italie ? demande-t-il en continuant à préparer le matériel.

— Ce ne sont pas vraiment des vacances, dis-je en regardant la mer, j'ai un contrat de travail d'un an en Sicile, donc j'ai déménagé, j'ajoute en m'asseyant sur l'escalier. C'est une coïncidence que je rencontre un Polonais, ou tu as été embauché pour cette raison ? je demande en enlevant mes lunettes de soleil.

— Malheureusement, c'est une pure coïncidence,

qu'on peut mettre à profit tous les deux. C'est Paulo qui, au départ, devait venir plonger avec vous. Mais il s'est cassé la jambe hier, donc je le remplace.

Marek se redresse, le sourire a disparu de son visage.

Je regarde en haut de l'escalier que Massimo est en train de descendre lentement. Les deux hommes se disent bonjour, échangent quelques mots en italien, puis l'homme vêtu de noir se tourne vers moi.

— Je dois me rendre à un rendez-vous imprévu. Je suis désolé, je ne vais pas pouvoir plonger avec vous.

— Un rendez-vous ? (Je regarde autour de moi.) On est en pleine mer !

— Un hélicoptère ne va pas tarder à arriver, on se verra quand j'aurai terminé.

Je me tourne vers Marek et je dis en polonais :

— On ne sera que tous les deux.

Je ne sais pas si ça me rend heureuse ou si j'ai envie de pleurer.

Massimo est debout, il nous regarde. Ses yeux bouillonnent de rage.

— Marek est polonais. C'est génial, non ? Ça va être une super journée.

Je m'approche de l'homme en noir et je l'embrasse sur la joue. Lorsque je m'éloigne de lui, il m'attrape par le bras et me chuchote à l'oreille pour que je sois la seule à l'entendre :

— Je t'interdis de parler polonais en ma présence, car je ne comprends rien.

Sa main se resserre autour de mon épaule. Je m'éloigne en arrachant mon bras et je dis :

— Et moi, je veux que tu arrêtes de parler italien, tu vas y arriver ?

Je lui lance un regard foudroyant. Je pars en direction du Zodiac que Marek a déjà rempli de l'équipement de plongée. Je m'approche de lui et lui tape sur le dos. Puis je lui demande si je peux l'aider et si on a tout ce qu'il nous faut. En polonais, bien sûr. Après ça, je dis au revoir à l'homme en noir d'un signe de la main et je monte dans le bateau.

Massimo doit avoir des pouvoirs de téléportation, car j'ai à peine le temps de faire un pas qu'il me tient déjà dans ses bras et m'embrasse. Il se penche sur moi pour me soulever légèrement par les fesses. Ses lèvres se joignent aux miennes comme s'il me disait adieu. Le vrombissement d'un hélicoptère à l'approche l'arrête.

Il prend mon visage dans les mains et sourit. Puis il me fait un clin d'œil.

— Je le tue s'il te touche.

Il m'embrasse sur le front, puis remonte l'escalier.

Je le regarde partir. J'ai la nausée en repensant à ce qu'il vient de dire. Je sais qu'il en est capable, je ne veux pas avoir la responsabilité d'une vie entre mes mains.

— Il est vraiment amoureux, non ? demande Marek en me tendant la main.

— Plutôt possessif, il adore avoir le contrôle, je réponds en montant dans le Zodiac.

Marek démarre le moteur. En tournant la tête, j'aperçois Massimo. L'hélicoptère fait voler ses cheveux en arrière. Je devine à son langage corporel qu'il est énervé, je n'ai pas besoin de voir son visage. Il garde ses longues jambes assez écartées l'une de l'autre et les bras croisés sur sa poitrine. Ça ne sent pas bon.

— Tu donnes des cours de plongée tous les jours ? je demande.

Marek ralentit pour qu'on ne soit pas obligés de crier plus fort que le vent qui souffle.

— Non, plus maintenant. J'ai eu beaucoup de chance, je suis tombé sur une affaire en or. Je suis propriétaire d'un empire sous-marin, dit-il en rigolant. Imagine, un Polonais en Italie qui a la plus grande entreprise de matériel de plongée, et tous les services qui vont avec.

— Alors, qu'est-ce que tu fais ici avec moi ?

— Je te l'ai dit. Le destin et une jambe cassée. Apparemment, ça devait être ainsi ! crie-t-il en changeant de vitesse.

Le Zodiac est lancé à pleine allure.

Le soleil devient intensément orange quand Marek range le matériel.

— C'était splendide, dis-je en croquant dans une tranche de pastèque.

— Et comme tu savais déjà plonger, on a pu profiter davantage.

— On est où, en fait ?

— Pas loin de la Croatie. (Marek indique du doigt un horizon à peine visible.) Il est très tard, il faut que je sois à Venise aujourd'hui.

Quand on arrive au bateau, il commence à faire nuit. J'aperçois Fabio à bord du *Titan*. Il m'aide à passer du Zodiac au yacht. Je dis au revoir à Marek et grimpe l'escalier.

— Le coiffeur et le maquilleur vous attendent dans le salon, à côté du jacuzzi. Est-ce que je vous sers quelque chose à manger ?

— Coiffeur ? Mais pourquoi ? je demande, étonnée.

— Vous allez à un gala. Au Festival international du film à Venise. Don Massimo a des actions chez un des producteurs. Malheureusement, comme vous avez pris du retard, vous n'avez plus qu'une heure et demie pour vous préparer.

Super ! Je patauge dans l'eau salée toute la journée pour me présenter à une soirée, la peau bien sèche. Je secoue la tête en me demandant si je vais, un jour, connaître mon programme un peu en avance. Sans même rêver de pouvoir en décider. Je file à l'étage du dessus.

Polo et Luigi sont gays à cent pour cent. Ils sont géniaux, très doués et fantastiques. Les meilleurs amis qu'une femme puisse avoir. En une heure, ils réussissent à me remettre en état. Quand ils ont fini, je vais dans ma chambre pour m'habiller. J'y trouve une robe Roberto Cavalli sur un cintre près de la salle de bains. Je l'ai choisie à Taormine. Accrochée au cintre, il y a une petite carte sur laquelle est écrit : « Celle-ci. » Je sais donc quelle robe je vais porter ce soir. Elle est sublime et très audacieuse. Elle est faite d'un tissu noir un peu transparent qui ressemble à un filet orné ici et là de fausses fermetures Éclair. Elle a des manches longues qui allongent les bras, mais ce qui attire le plus l'attention, c'est le décolleté plongeant dans le dos. La robe n'a qu'un raccord très fin au-dessus des omoplates et un autre juste au-dessus du fessier, qui laisse le dos entièrement dégagé.

— Je ne peux pas mettre de culotte, je réalise en grimaçant devant le miroir.

Roberto Cavalli a tout prévu. Le tissu qui couvre les

parties intimes du corps n'est pas transparent. Ça ne change pas le fait que j'aime bien porter de la lingerie, même si ce n'est qu'un string très fin.

Je prends mon sac, je m'asperge de parfum, j'enfile des sandales élégantes. Avant de sortir, je me regarde une dernière fois dans le miroir. Je suis superbe. Mon maquillage d'ombres noir et or va parfaitement avec mon teint bronzé. Le chignon juché sur ma tête m'allonge et ajoute à mon élégance.

Je sors sur le pont et regarde autour de moi. Sur une table, je vois une bouteille de champagne avec une coupe déjà remplie, comme d'habitude. L'homme en noir n'est donc pas loin. Je m'approche pour m'en servir une autre. Je marche le long du pont tout en le cherchant, mais il n'y a personne. En revanche, je découvre que *Le Titan* n'est plus en pleine mer. Devant moi, au loin, une farandole de lumières scintillantes.

— C'est le Lido, l'île s'appelle aussi la plage de Venise, dit une voix qui m'est familière.

Je tourne la tête et, à quelques pas de moi, je vois Domenico qui boit une coupe de champagne.

— Je savais que cette robe serait parfaite. Tu es tout simplement sublime.

Il s'approche et m'embrasse sur les joues.

— Tu m'as manqué, Domenico, je réponds en lui faisant un câlin.

— Ça suffit, ma belle, sinon Polo et son copain Luigi vont devoir recommencer, dit-il en rigolant.

Il me conduit jusqu'à un fauteuil en cuir.

— Où est Don Massimo ? je demande en buvant une gorgée.

Domenico me regarde d'un air désolé. Je viens de

remarquer qu'il porte un smoking, ce qui veut dire que l'homme en noir m'a de nouveau plantée.

— Il devait…

Je lève un bras en l'air, Domenico interrompt sa phrase.

— Buvons un coup et amusons-nous, dis-je en terminant mon verre.

Le Zodiac glisse doucement sur la mer Adriatique. Puis nous arrivons dans un canal. En moi-même, je me demande si je veux que tout s'achève cette année. Ou si j'en veux plus. Et si je vais pouvoir supporter tout ça. Comme il a eu ce qu'il voulait, peut-être va-t-il me libérer plus tôt ? Mais est-ce que je veux rentrer ? Qu'est-ce qui me manque vraiment ?

Domenico m'arrache à mes pensées.

— On arrive, tu es prête ? demande-t-il en me donnant la main.

Je me lève. En voyant toutes ces lumières et ce monde, j'éprouve une certaine appréhension.

— Non, je ne suis pas du tout prête et je ne veux pas l'être. Domenico, pourquoi je fais ça ? je demande, terrifiée, lorsque le bateau arrive à quai.

J'entends un accent que je connais bien.

— Je suis désolé pour tous ces changements, je pensais ne pas pouvoir venir, mais tout s'est arrangé et je suis là.

Je lève les yeux, mon ravisseur m'éblouit du haut du pont. Son smoking noir à double boutonnage est comme dessiné pour lui. L'émotion m'empêche de me lever. Sa chemise blanche fait ressortir la couleur de sa peau. Son nœud papillon ajoute de la classe à sa tenue.

— Viens.

Il me tend la main.

Je me presse pour arriver près de lui. Je remets ma robe en place pour qu'il la remarque. Il ne bouge pas, il me tient toujours par la main gauche, je pense qu'il est tout aussi étourdi que moi.

— Laura, tu… (Il s'interrompt et fronce les sourcils.) Tu es tellement belle que je ne sais pas si je veux que d'autres puissent t'admirer.

Je souris en l'écoutant et en faisant semblant d'être gênée.

— Don Massimo ! (Domenico nous sort de notre admiration mutuelle.) On doit y aller. On nous a déjà repérés, de toute façon. Voici vos masques.

Quelqu'un nous a repérés et on doit y aller ?

Je m'interroge en prenant dans mes mains un magnifique loup en dentelle et velours.

Massimo se tourne vers moi pour me l'attacher sur les yeux.

— La dentelle et toi… j'adore, chuchote-t-il en m'embrassant délicatement.

Avant même qu'il quitte mes lèvres, on est éblouis par des flashs. Je panique.

Il recule doucement, puis se tourne en direction des photographes en m'attrapant fermement par la hanche. Il ne sourit pas, il attend juste que le manège finisse. La foule de paparazzis crie en italien. J'essaie de me comporter le plus dignement possible sur mes jambes un peu molles.

L'homme en noir gesticule pour leur faire comprendre que ça suffit. On s'engage sur le tapis en direction de l'entrée. Nous traversons le hall et arrivons dans une salle de bal dotée d'immenses colonnes. Sur des tables rondes sont posés des bouquets de fleurs blanches fraîches. La plupart des invités portent des masques, ce qui me convient très bien ; grâce au mien, je préserve les restes de mon anonymat.

On s'assied à une table à laquelle on est les derniers arrivés. Peu après, des serveurs s'activent pour servir les entrées. D'autres plats suivent bientôt.

10

Le gala est très ennuyeux ; j'en ai organisé des milliers comme ça, donc je m'amuse à en repérer tous les défauts. Massimo discute avec les hommes assis à notre table. De temps à autre, il me caresse la cuisse.

— Il faut que j'aille dans l'autre salle, me dit-il. Malheureusement, tu ne peux pas participer à cette conversation, donc je te laisse entre les mains de Domenico.

Il m'embrasse sur le front. Et s'éloigne, suivi des autres hommes de la table. Mon assistant apparaît soudainement, il s'installe sur la chaise de l'homme en noir.

— La femme en robe rouge ressemble à une boule de poils géante, déclare-t-il.

Nous explosons de rire en regardant cette femme avec sa robe qui ressemble à une décoration de Noël.

— Heureusement qu'il y a toutes ces tenues à regarder, sinon je crois que je serais déjà mort d'ennui, ajoute-t-il.

Je sais ce qu'il ressent, c'est pour ça que j'adore sa compagnie. On discute comme ça en buvant du champagne pendant quelques dizaines de minutes. Le temps passe plus vite en sa présence. Lorsque nous sommes suffisamment pompettes, nous décidons d'aller danser.

La piste de danse est bondée d'invités élégants. Il n'y aura pas de folie ce soir, je me dis en regardant le quatuor à cordes. Après deux danses de salon, j'en ai déjà marre. Contrairement à Domenico, je sais très bien danser, j'ai pris des cours pendant des années. C'est ma maman chérie qui m'y accompagnait.

Nous quittons la piste et j'entends une langue que je connais bien.

— Laura ? Décidément ! Je crois qu'on ne va pas arriver à se lâcher aujourd'hui.

Je me retourne. Marek en costume gris brillant !

— Qu'est-ce que tu fais là ? je demande, étonnée.

— Ma société collabore avec la plupart des hôtels de la région. Et, en plus, c'est un bal caritatif, je suis un des sponsors, dit-il en haussant les épaules et en souriant.

Domenico fait un bruit de gorge pour que je ne l'oublie pas.

— Désolée, dis-je en changeant de langue. Voici Domenico, mon assistant et mon ami.

Les deux hommes se présentent en italien. Nous sommes en train de nous éloigner de la piste quand les musiciens reviennent et entament un tango argentin. Je crie de bonheur. Les deux hommes me regardent, surpris.

— J'adore le tango, dis-je en regardant Domenico.

— Laura, ça fait un quart d'heure que je te marche sur les pieds, tu n'en as pas marre ?

Je grimace.

— J'ai fait huit ans de danse de salon, donc, si je ne te fais pas peur, ce serait un honneur, dit Marek en me tendant la main.

— Juste un morceau, je réponds en regardant le jeune Italien.

Marek m'attrape fermement par les épaules. Tous les autres couples s'écartent pour nous laisser de l'espace. Il guide très bien, il est sûr de ses mouvements et sent parfaitement la musique. Il connaît parfaitement tous les pas. Je pense que toutes les personnes qui nous regardent sont persuadées qu'on danse ensemble depuis des années. À la moitié du morceau, il n'y a plus que nous sur le parquet. Nous faisons le show. Lorsque la musique s'arrête, un chœur d'applaudissements envahit la salle. On salue tous les deux élégamment, puis on se tourne vers l'endroit où nous avons laissé Domenico. À sa place, j'aperçois Massimo accompagné de quelques hommes. Quand nous approchons, ils inclinent la tête en signe d'appréciation. Tous, sauf l'homme en noir. Son visage est crispé, ses yeux lancent des éclairs. Si ce regard pouvait tuer, je serais déjà morte. Sans parler de mon compagnon de danse.

Je m'approche et l'embrasse sur la joue. Marek retire sa main de mon épaule et la lui tend.

— Don Massimo, dit Marek en inclinant la tête.

Ils ne se quittent pas des yeux, l'atmosphère devient lourde au point qu'il est presque difficile de respirer. Sans lâcher ma main, l'homme en noir se tourne vers ses accompagnateurs. Il prononce quelques phrases en italien et tout le monde commence à rigoler.

— Tu sais qui il est ? je demande en polonais,

certaine que l'homme en noir, même s'il entend, ne comprendra pas.

Marek me fait un clin d'œil.

— Bien sûr. J'habite en Italie depuis quelques dizaines d'années maintenant.

— Et tu as quand même dansé avec moi ?

— Qu'est-ce que tu veux qu'il fasse ? rigole-t-il. Il ne va pas me tuer, pas ici en tout cas. En plus, pour des raisons un peu plus compliquées, il ne peut pas le faire, donc j'espère que ce n'était pas notre dernière danse.

Il embrasse ma main libre, puis disparaît entre les tables. Massimo le suit du regard, puis se tourne vers moi.

— Tu danses très bien. Ça explique pourquoi tu bouges aussi bien les hanches dans d'autres circonstances.

— Je m'ennuyais, et Domenico ne danse pas très bien, je réponds en haussant les épaules.

J'entends un paso doble.

— Je vais te montrer comment on danse, dit-il en tendant sa veste de costume à Domenico.

Il m'attrape par la main et, d'un pas décidé, monte sur la piste de danse. Les autres invités n'ont pas eu le temps de revenir sur le plateau. Quand ils me voient avec un nouveau partenaire, ils nous laissent la place. Massimo fait signe à l'orchestre de continuer.

Je suis bien éméchée et sûre de moi, je recule d'un pas en soulevant le bas de ma robe pour laisser apparaître ma jambe. Mon Dieu, quelle idée j'ai eue de ne pas mettre de culotte ! Les musiciens jouent les premières notes. La position adoptée par Massimo me fait penser qu'il est un habitué de cette danse vive et passionnée, qui correspond parfaitement à sa nature sauvage.

Mais ce n'est pas qu'une danse. C'est ma punition et ma récompense à la fois. Un aperçu de ce qui va se passer lorsqu'on quittera le bal, mais aussi une promesse de la surprise qui en découlera. Je suis enchantée, je voudrais que la musique ne s'arrête pas. Je veux que nos corps s'entremêlent de cette façon pour toujours.

Le final doit être spectaculaire, bien évidemment. Je fais attention à ne pas lever la jambe trop haut pour que ma robe ne remonte pas trop. La musique s'arrête enfin et je reste dans les bras de Massimo, tout essoufflée. Au bout d'un moment, la salle est envahie d'applaudissements et de sifflements. L'homme en noir me fait exécuter quelques tours supplémentaires avant que nous saluions le public. D'un pas lent et décidé, en nous tenant la main, nous quittons la piste. Il remet sa veste que lui tend Domenico.

Nous fuyons le gala, sans dire au revoir à personne. Nous courons le long des couloirs de l'hôtel. J'entends soudain une voix de femme :

— Magnifique spectacle !

Massimo s'arrête net, on dirait une statue. Il se retourne en me plaçant derrière lui.

Au milieu du couloir se tient une magnifique blonde. Elle porte une robe dorée très courte. Ses jambes doivent se terminer au niveau de ma première côte. Elle a une magnifique poitrine refaite et un visage d'ange. Elle s'approche de nous, puis embrasse l'homme en noir.

— Tu l'as donc trouvée, dit-elle sans me quitter du regard.

Son accent suggère qu'elle est anglaise. Son physique, qu'elle est mannequin chez Victoria's Secret.

— Laura, dis-je, sûre de moi, en lui tendant la main.

Elle la prend sans dire un mot, un sourire ironique sur le visage.

— Anna, le premier et véritable amour de Massimo, répond-elle enfin sans me lâcher la main.

La main de l'homme en noir est devenue moite d'énervement, il la serre de plus en plus fort autour de mon poignet.

— On est pressés, pardonne-nous, marmonne-t-il.

Il m'entraîne vers la sortie, mais, quand nous nous retournons, la blonde n'a pas bougé. Elle dit quelque chose en italien. Massimo lâche ma main pour retourner vers elle. Le visage impassible, il prononce quelques phrases, puis revient vers moi. Nous repartons vers l'ascenseur. En arrivant au dernier étage, il sort la carte de la chambre, ouvre la porte et la claque derrière lui. Sans allumer la lumière, il se jette sur moi. Il m'embrasse avidement, chaque mouvement de sa langue me pénètre de plus en plus profondément. Après ce qui vient de se passer, je n'ai pas très envie de lui ni de ce qu'il me fait. Je ne réagis pas. Quand il le remarque, il s'éloigne de moi et allume la lumière.

Je me tiens droite, les bras croisés sur la poitrine. Massimo soupire, puis passe la main dans ses cheveux noirs.

— Mon Dieu, Laura, dit-il en s'asseyant sur le fauteuil derrière lui. Elle appartient au passé.

Il se tait, attendant ma réaction.

— Je sais bien que je ne suis pas la première femme de ta vie. C'est tout à fait naturel, je commence d'un ton apaisé. Je ne veux pas non plus entrer dans les détails de ton passé ni te juger. Ce qui m'intéresse, c'est ce qu'elle a dit, le fait que tu es retourné vers elle et pourquoi elle était aussi énervée ?

L'homme en noir est muet. Il me regarde fixement.

— Anna fait partie d'un passé assez proche.

— Proche comment ?

— Je l'ai quittée le jour de ton arrivée en Sicile.

Ça explique beaucoup de choses.

— Je ne lui ai jamais menti, tes portraits sont accrochés aux murs depuis des années, mais personne n'a vraiment cru que j'allais finir par te trouver. Le jour où je t'ai vue, je lui ai demandé de partir. (Il me regarde en attendant une réaction.) Tu veux savoir autre chose ?

Je ne bouge toujours pas.

Je l'observe et j'essaie de comprendre ce que je ressens. La jalousie est une faiblesse. Je travaille depuis des années sur ce défaut de mon caractère. En plus, je ne me sens pas en danger à ce niveau-là avec Massimo. Mais peut-être que je devrais ?

— Laura, dis quelque chose.

— Je suis fatiguée.

Je m'allonge dans un autre fauteuil.

Et puis, tout ça ne me regarde pas. Je suis là car j'y suis obligée. Chaque jour me rapproche de l'anniversaire de mon arrivée et de ma liberté.

Je sais que ce n'est pas tout à fait vrai, mais je n'ai ni l'envie ni la force d'entamer une discussion.

L'homme en noir me regarde un long moment en serrant la mâchoire. Je sais que mes mots l'ont blessé. Je l'ai mis en colère, mais je m'en fous.

Il se lève et se dirige vers la porte. La main sur la poignée, il se retourne pour ajouter :

— Elle a dit qu'elle allait te tuer pour m'enlever ce que j'ai de plus cher, pour me faire payer ce que je lui ai fait.

— Pardon ? je hurle, furieuse. Tu veux vraiment partir après avoir dit ça ? Tu es un putain d'égoïste !

Mais je m'interromps en le voyant accrocher le panneau « ne pas déranger » sur la porte.

Il s'approche de moi.

— Cette danse, ce soir, a été un des préliminaires les plus électrisants que j'aie jamais vécus. Ce qui ne change rien au fait que j'ai envie de tuer ce Polonais en voyant comment il se comporte avec toi. En plus, il sait très bien qui je suis.

— Apparemment, tu ne peux pas le faire !

— Malheureusement, tu as raison, et c'est dommage, répond-il en s'approchant davantage.

Il me prend dans ses bras. Ce qu'il ne fait jamais, donc je suis surprise. Je ne sais pas quoi faire de mes bras. Je pose ma tête sur sa poitrine, je sens son cœur battre. Il soupire bruyamment en s'agenouillant. Il met sa tête entre mes deux seins, je glisse ma main dans ses cheveux pour lui caresser la tête. Il a l'air si innocent, épuisé et complètement dépendant de moi.

— Je t'aime, chuchote-t-il. Je ne peux pas faire autrement. Je t'aimais même avant que tu apparaisses réellement. Je rêvais de toi, j'avais des visions de toi, je savais comment tu serais. Tout ça s'est confirmé quand je t'ai rencontrée, ajoute-t-il en posant ses mains sur mes hanches.

Je sens l'alcool dans mon cerveau. Je suis à la fois terrifiée et apaisée.

Je prends le visage de l'homme en noir entre mes mains. Je lui fais lever la tête pour le regarder dans les yeux. Son regard est plein d'amour, de confiance et d'humilité.

— Massimo chéri, je chuchote en lui caressant le visage. Pourquoi tu as foutu le bordel comme ça ?

Je soupire et m'assieds à côté de lui sur le tapis, les yeux remplis de larmes.

Je pense à ce que ça aurait pu être si on s'était rencontrés dans des circonstances différentes, si je n'étais pas sa prisonnière, si toutes ces menaces et ces chantages n'existaient pas. Mais, surtout, s'il n'était pas qui il est.

— Fais l'amour avec moi, dit-il en m'allongeant sur le sol moelleux.

Mon cœur s'arrête. Je suis désorientée, je le regarde, les yeux mi-clos.

— Il y a un petit souci, dis-je en m'installant confortablement entre ses bras.

Il est au-dessus de moi, appuyé sur les coudes, son corps collé au mien, ses yeux remplis d'interrogations.

— Parce que tu vois, dis-je gênée, je n'ai jamais fait l'amour. J'ai toujours baisé. Aucun garçon ne m'a jamais appris à faire l'amour, donc j'ai peur que tu sois déçu, je termine en détournant le regard, embarrassée.

— Bébé, dit-il en m'attirant vers lui, tu es si vulnérable, je ne l'avais pas remarqué avant. N'aie pas peur, ce sera ta première fois, mais la mienne aussi. Ne t'en va pas, je suis sérieux.

— Demande-moi. Dis-moi s'il te plaît, tout simplement, je suggère en me retournant sur le ventre. Tu n'es pas obligé de toujours donner des ordres.

Je sens que Massimo hésite. Les yeux à moitié fermés, il observe mon visage. Son regard n'est plus glacial. Il est au contraire doux et passionné.

— Reste où tu es, s'il te plaît, me demande-t-il en souriant.

— Pas de problème, je réponds en me tournant sur le tapis.

Intriguée, j'observe ce qu'il est en train de faire. Il retire sa veste et la pose sur l'accoudoir du fauteuil. Il enlève ses boutons de manchette en diamant, puis retrousse ses manches. Oh, je me dis en rigolant intérieurement, il se prépare à faire quelque chose de sérieux. Lorsqu'il disparaît derrière la porte, je prends le temps d'admirer la suite où nous nous trouvons. Le tapis sur lequel je suis allongée est épais et clair, parfaitement assorti au reste de la pièce. Il y a aussi deux fauteuils très moelleux et une table basse noire. La porte mène probablement à d'autres chambres et au salon, mais la seule chose que je vois, étant allongée par terre, ce sont les grandes fenêtres aux lourds rideaux derrière lesquels j'aperçois une grande terrasse.

En attendant le retour de mon amant, je me souviens soudain que j'ai quelques kilos de faux cheveux et des tonnes d'épingles sur la tête.

Je commence à les enlever nerveusement. Je me débats avec ça un bon moment en priant pour que Massimo ne revienne pas tout de suite. Lorsque je réussis à m'en libérer, je cherche un endroit pour les cacher. Le tapis ! Je fourre tout sous l'épais tapis, puis je démêle mes cheveux avec mes doigts. Je me relève pour me regarder dans le miroir qui fait quasiment la taille du mur, derrière les fauteuils. Je remarque que je ne suis pas trop mal avec mes cheveux ondulés qui encadrent mon visage. Je me replace sur le tapis quand j'entends une voix qui vient de la pièce d'à côté.

— Ferme les yeux, s'il te plaît.

Je m'allonge sur le dos et j'obéis. Je ne sais pas trop comment m'installer lorsque je le sens au-dessus de moi, qui rigole.

— Laura, dans cette position, tu as l'air d'un cadavre dans un cercueil !

Effectivement, avec mes doigts entrelacés sur la poitrine, je dois faire penser à un gisant.

— Je ne veux pas parler de cadavre avec toi, dis-je en n'ouvrant qu'un seul œil pour le regarder d'un air moqueur.

L'homme en noir me soulève et me prend dans ses bras. Il le fait toujours avec une telle facilité, comme si je pesais une plume. Il me porte le long du couloir. Puis je ressens l'air chaud, agréable, et le parfum de la mer sur mon visage.

Il me pose par terre et m'embrasse, les deux mains sur mes joues.

Je tends les bras pour le toucher. Il ne proteste pas. Je défais un bouton de sa chemise. Ses lèvres se baladent sur mon cou en descendant progressivement.

— J'adore ton odeur, chuchote-t-il en me mordant le menton.

— Je peux ouvrir les yeux ? je demande. Je veux te voir.

— Tu peux, dit-il en défaisant la fermeture de ma robe.

J'ouvre les paupières, et je découvre une merveilleuse image. On voit toute l'île de la chambre. Les lumières de la ville illuminent la mer. La terrasse est gigantesque, avec un bar, un jacuzzi, quelques transats et un canapé avec un baldaquin qui ressemble à celui du jardin de Massimo. La différence est que celui-ci peut être refermé par les murs en tissu. Sur le canapé, je vois des draps posés négligemment avec quelques coussins. Je pense que je sais où l'on va dormir ce soir.

Je sens ma robe glisser le long de mon corps. Les mains de Massimo caressent ma peau nue. Sa langue essaie de s'introduire entre mes lèvres légèrement entrouvertes.

— Tu n'as toujours pas de culotte, Laura, marmonne-t-il sans quitter mes lèvres. Et, cette fois-ci, tu ne l'as pas fait pour moi car tu ne savais pas que je serais là.

Pas de colère dans le ton de sa voix, juste de la curiosité et de l'amusement.

— Quand j'ai mis la robe, je savais que tu l'avais choisie, mais je ne savais pas que je devais aller au bal accompagnée de Domenico, je réponds en lui enlevant sa chemise et en m'agenouillant devant lui.

Je descends lentement sa braguette en le regardant dans les yeux. Il garde les bras le long de son corps. Il ne ressemble plus du tout à la personne qui me faisait si peur. D'un geste, j'attrape sa ceinture et je l'enlève. Je me retrouve le nez devant son érection imposante.

— Toi aussi tu étais pressé, je continue, ou le rendez-vous où tu t'es rendu ne s'est pas déroulé comme je l'imaginais ? Où est ton boxer ?

Massimo sourit, puis hausse les épaules. Il place sa main dans mes cheveux.

Doucement, je pose mes mains sur ses fesses et l'attire vers moi. Je ne suis plus qu'à un millimètre de sa queue. Je la prends dans ma main et commence à en lécher le bout. Massimo gémit, ses mains dans mes cheveux forment des cercles. Je la caresse avec ma langue et mes lèvres jusqu'à ce qu'elle devienne dure et pulsante. J'ouvre ma bouche pour l'avaler en entier, toujours aussi délicatement, pour sentir chaque centimètre. Je m'éloigne, puis je la gobe à nouveau. Je joue avec, je la lèche, je l'embrasse, je la mords… jusqu'à ce que je sente un liquide collant me couler dans la gorge. Massimo regarde ce que je suis en train de faire en respirant lourdement.

Il se penche pour me relever. Il m'embrasse et me conduit au jacuzzi, qui dégage de la vapeur sur la terrasse. En me fixant, il m'effleure le visage de ses lèvres, puis le cou, jusqu'à arriver à un de mes tétons. Il le suce et le mord légèrement. Ses mains se resserrent sur mes fesses. Un de ses doigts s'égare et touche un endroit que je n'associe pas avec l'acte de faire l'amour. Je me raidis.

— Tranquille, ma petite, tu me fais confiance ? demande-t-il en se détachant de mon téton enflé.

J'acquiesce. Son doigt commence à frotter l'endroit entre mes fesses. Il me soulève, puis m'empale sur lui. Je gémis en penchant ma tête en arrière. L'eau chaude accentue tout ce que je ressens. Ses gestes sont décidés, mais délicats. Il est sensuel, passionné et tendre.

— N'aie pas peur de moi, dit-il en introduisant le bout de son doigt dans mes fesses.

Je hurle de plaisir. Il étouffe mon cri en m'embrassant et me fait rebondir sur lui de plus en plus fort.

Mon corps est envahi par une sensation de plaisir indescriptible. Tout ce qui se passe autour est devenu secondaire. Il introduit sa main sous l'eau pour frotter mon clitoris. C'était comme s'il avait appuyé sur un bouton rouge. Son doigt à l'arrière me pénètre encore plus profondément, il commence à le faire sortir et rentrer de plus en plus vite.

— Encore un, je chuchote en essayant de retenir mon orgasme. Enfonce-moi un autre doigt.

L'homme en noir a du mal à se retenir lui-même. Sa langue me pénètre jusque dans la gorge, ses dents mordent mes lèvres en me procurant une merveilleuse douleur.

— Laura, tu es si étroite.

Je ne me demande plus si j'ai le droit ou pas. Dès qu'il le fait, je jouis. Je hurle de plaisir. Je dégouline de transpiration même si je suis dans l'eau.

Massimo attend que j'aie fini. Il me prend dans ses bras et me porte jusqu'au canapé. Je suis à peine consciente, il me couvre de son corps mouillé, puis me pénètre à nouveau. Il frotte son visage contre mes cheveux. Le mouvement de ses hanches prend la cadence progressivement. Je sens qu'il ne va pas pouvoir se retenir encore bien longtemps. Je gémis et plante mes ongles dans son dos. J'embrasse son cou, je lui mords les épaules, j'écoute sa respiration accélérer. Il va bientôt exploser. Il attrape mon cou d'une main pour me regarder dans les yeux.

— Je t'aime, Laura.

Je sens une vague chaude me remplir. Sa semence est en moi. Il jouit longtemps et profondément. Il ne me quitte pas du regard une seconde. Son regard est si sensuel et sexy que je sens mon corps se raidir à nouveau. Je jouis moi aussi. Il s'effondre sur moi, à bout de souffle, ce qui m'empêche de respirer.

— Tu es lourd, dis-je en essayant de le pousser sur le côté. Et tu as une bite merveilleuse.

Massimo explose de rire, puis s'allonge à mes côtés.

— Je prends ça comme un compliment, bébé.

— Je vais prendre une douche, lui dis-je en essayant de me lever.

Massimo me recouvre avec la couette.

— Je ne suis pas d'accord.

Il tend le bras et attrape un paquet de mouchoirs qu'il me tend.

On reste allongés sur le lit en discutant jusqu'à ce qu'il fasse jour. Il me raconte son enfance, comment on grandit dans une famille de mafieux, comment sont ses oncles, à quoi ressemble l'Etna en pleine explosion et ce qu'il aime manger. Lorsque le soleil se lève, on commande le petit déjeuner. Sans quitter la couette, on observe un autre jour se lever.

— Laura, on est quel jour ? demande-t-il en s'asseyant en face de moi.

Il fronce les sourcils. Je le regarde un moment pour essayer de comprendre ce qu'il me demande réellement.

— Je ne comprends pas, dis-je en me recouvrant davantage avec la couette. Il me semble qu'on est mercredi.

— Quel jour ? demande-t-il à nouveau.

Et soudain, je comprends de quoi il s'agit.

J'essaie de compter en silence, mais, après les derniers développements, ça n'a plus aucune importance.

— J'ai arrêté de compter, je réponds en buvant une gorgée de thé.

L'homme en noir se lève. Il pose ses mains sur le rebord de la fenêtre. Je m'allonge sur le côté pour le regarder. Ses fesses sont belles, parfaitement sculptées. Ses jambes sont élancées et ses épaules semblent encore plus larges que d'habitude.

Lui aussi me regarde attentivement.

— Tu veux que je te libère ? Je risque beaucoup en disant ça, mais je n'arrive pas à profiter de toi à mes côtés si tu es emprisonnée. Si tu veux partir, tu peux être à Varsovie aujourd'hui.

Je le regarde, j'y crois à peine, mes yeux sont remplis de bonheur. Lorsqu'un grand sourire apparaît sur mon visage, Massimo redevient glacial. Il ajoute :

— Domenico t'emmènera à l'aéroport, le prochain avion est à onze heures et demie.

Je suis ravie et terrorisée à la fois. Je m'assieds pour regarder la mer. Je me dis tout bas que je peux revenir. J'entends la porte de l'appartement se fermer. Enroulée dans la couette, je cours dans la chambre. Massimo n'est plus là. Je regarde dans le couloir, il n'est pas là non plus. Je reviens dans la chambre. Je me fais glisser le long du mur et je revois tous les événements de la nuit passée défiler devant mes yeux : quand il me faisait l'amour, les conversations, les fous rires. Mes yeux se remplissent de larmes. J'ai l'impression d'avoir perdu quelque chose.

J'ai mal au cœur. Je le sens à peine battre. Est-ce possible que je sois tombée amoureuse de lui ?

Je vais sur la terrasse pour récupérer ma robe. Elle est dans un tel état que je ne peux pas la remettre.

Je retourne dans la chambre, appelle la réception et demande à être mise en relation avec Domenico. La personne au bout du fil a déjà anticipé à qui je veux parler. Mes mains tremblent, je n'arrive pas trop à respirer. Au moment où le jeune Italien répond, je lui dis en explosant en sanglots :

— Viens ici.

Puis je m'effondre sur le lit.

— Laura, tu m'entends ?

Quand j'ouvre les yeux, Domenico est assis à côté de moi. D'un côté du lit, il y a des flacons de médicaments, de l'autre, un homme assez âgé au téléphone.

— Qu'est-ce qui s'est passé ? Où est Massimo ? je demande, effrayée, en essayant de me lever.

Domenico m'en empêche. Il m'explique :

— C'est le médecin qui s'est occupé de toi. Je ne trouvais pas tes médicaments.

L'homme dit quelques phrases en italien, puis s'en va.

— Où est Massimo ? Quelle heure est-il ?

— Presque midi, Don Massimo est parti.

J'ai le tournis, j'ai la nausée, j'ai mal partout.

— Emmène-moi le voir tout de suite, il faut que je m'habille !

Domenico me regarde un moment, après quoi il se dirige vers l'armoire.

— J'avais demandé avant votre arrivée qu'on mette quelques-unes de tes affaires ici. Le bateau nous attend en bas. Dès que tu es prête, on peut partir.

Je me lève et cours en direction de l'armoire. Pour une fois, ce que je vais mettre n'a aucune importance. Je prends un jogging et un sweat blanc Victoria's Secret que Domenico me tend. Quelques secondes plus tard, je suis dans la salle de bains en train de l'enfiler nerveusement. J'aperçois mon maquillage pas très frais dans le miroir. Je me fous de savoir à quoi je ressemble aujourd'hui, mais j'ai tout de même des limites. Je me démaquille, puis je retourne dans la chambre. Le jeune Italien m'attend devant la porte.

Le Zodiac est bien trop lent, même à sa vitesse maximale.

Après une dizaine de minutes, j'aperçois l'extérieur gris du Titan.

— Enfin, dis-je en me redressant.

Je n'attends pas qu'on accoste, je saute directement à bord. Je parcours tout le bateau, tous les étages, en ouvrant toutes les portes. Je ne le trouve nulle part.

J'abandonne et j'explose en larmes en m'affalant sur le canapé d'un des salons. Des vagues de larmes me submergent, la boule dans ma gorge m'empêche de respirer.

— L'hélicoptère est venu le chercher il y a une heure pour l'emmener à l'aéroport, dit Domenico en s'asseyant près de moi. Il a beaucoup de travail sur lequel il doit se concentrer.

— Il sait que je suis là ?

— Je ne pense pas. Il a laissé son portable dans la chambre, donc je n'ai pas pu l'appeler. Et il y a des endroits où il ne peut pas partir avec son téléphone.

— Que dois-je faire maintenant, Domenico ?

Le jeune Italien me prend dans ses bras en me caressant les cheveux.

— Je ne sais pas, Laura. Je n'ai jamais été dans une

telle situation, donc j'aurais du mal à te répondre. Maintenant, c'est à moi d'attendre qu'il me contacte.

— Je veux rentrer, dis-je en me levant du canapé.

— En Pologne ?

— Non, en Sicile. Je vais attendre qu'il rentre, je peux ?

Je le regarde, attendant son accord.

— Bien sûr. On ne sait rien pour le moment, j'espère que les choses vont changer.

— Alors, faisons nos bagages et rentrons sur l'île.

Je dors quasiment tout le voyage ; il faut dire que j'ai avalé une forte dose de calmants. Lorsque je monte enfin dans le SUV à Catane, j'ai l'impression d'être rentrée à la maison. L'autoroute longe l'Etna, mais je ne vois que Massimo, heureux, enroulé dans la couette, me racontant des histoires de son enfance.

Lorsqu'on arrive dans l'allée principale, je découvre, étonnée, qu'elle a complètement changé. J'ai failli ne pas reconnaître l'entrée de la résidence. Je regarde autour de moi pour m'assurer qu'on est bien au bon endroit.

— Massimo a demandé que tout soit changé durant votre absence, dit Domenico en descendant de la voiture.

Je traverse les couloirs et j'arrive dans ma chambre. Je me glisse dans le lit, puis je m'endors.

Les jours se suivent et se ressemblent. J'en passe certains dans mon lit, parfois je sors pour m'asseoir sur la plage. Domenico essaie de me forcer à manger, mais il n'a pas grand succès. Je n'arrive pas à avaler quoi que ce soit. Je passe du temps dans la maison, à rechercher la présence de l'homme en noir. J'échange des mails avec ma mère, je suis incapable de lui parler au téléphone, je sais que je ne pourrais pas lui mentir et qu'elle se rendra compte que quelque chose ne va pas. Je regarde la télévision polonaise aussi, que Massimo a demandé de faire installer dans ma chambre. J'essaie d'écouter les chaînes italiennes de temps à autre, mais, malgré un réel effort, je ne comprends toujours rien.

Les jours passent. Il est temps que je rentre en Pologne. J'appelle Domenico pour lui demander de faire mes bagages en ne gardant que les affaires avec lesquelles je suis venue. Je ne veux rien prendre avec moi qui me le rappelle.

Sur Internet, je trouve un appartement à louer à Varsovie. Je ne sais pas trop ce que je vais faire par la suite, je n'en ai rien à faire. Je veux juste que la douleur s'arrête.

La sonnerie du téléphone me réveille le matin suivant. Je bois mon chocolat chaud posé sur ma table de chevet, puis j'allume la télé. C'est aujourd'hui, me dis-je. Domenico arrive dans la chambre assez rapidement. Il affiche un sourire triste.

— Ton avion décolle dans quatre heures. Tu vas me manquer, dit-il en me prenant la main.

Je prends la sienne et je sens que mes yeux se remplissent de larmes.

— Je sais, moi aussi.

— Je vais vérifier si tout est prêt, indique-t-il en se levant.

Je m'allonge et zappe bêtement la télé. J'allume les infos, puis je pars dans la salle de bains.

« On a tiré sur un chef de famille mafieux, à Naples. Le Sicilien était considéré comme l'un des plus dangereux… »

Je sors de la salle de bains, j'ai l'impression qu'on m'a brûlée partout sur le corps. À l'écran, on voit les photos du lieu du drame, deux sacs mortuaires noirs par terre et un SUV derrière. Je ressens une douleur dans la poitrine, je n'arrive plus à respirer. J'ai l'impression qu'on vient de me transpercer le cœur. J'essaie de crier, aucun son ne sort de ma gorge. Je m'effondre sur le sol, inconsciente.

11

J'ouvre les yeux, la pièce est claire, le soleil y pénètre si intensément que je ne vois rien. Je lève un bras pour me faire un peu d'ombre et me protéger les yeux. J'ai tiré sur le tube du goutte-à-goutte de ma perfusion. Qu'est-ce qui se passe ? Une fois que mes yeux se sont habitués à la lumière, je regarde autour de moi. Tout le matériel qui m'entoure suggère que je suis à l'hôpital.

J'essaie de me rappeler ce qui s'est passé. Massimo, il... Cette pensée relance mon cœur à un rythme affolé. Les machines autour de moi commencent à biper. Après un court moment, une infirmière, un médecin et Domenico entrent dans la chambre.

En voyant le jeune Italien, j'éclate en sanglots, je n'arrive pas à prononcer un mot. Mon désespoir m'étouffe, mais soudain j'aperçois l'homme en noir à l'entrée de la chambre.

Il se faufile entre tout le monde et vient s'agenouiller à mes côtés. Il attrape ma main, puis la serre contre sa joue. Il me regarde avec des yeux pétrifiés, fatigués. Il chuchote :

— Je suis désolé. Ma chérie, je...

Je place ma main sur sa bouche.

Pas ici et pas maintenant. Les larmes n'arrêtent pas de couler sur mon visage. Mais, cette fois-ci, ce sont des larmes de bonheur.

— Madame Laura, dit le médecin d'un ton très doux en regardant mon dossier accroché sur le lit. On a dû intervenir et opérer vos artères. Votre état était grave et votre vie en danger. On a inséré un tube, d'où le pansement que vous avez à l'aine. Cette ouverture nous a permis d'accéder au cœur pour ouvrir l'artère fémorale. Pour résumer, et sans vous assommer de détails, l'opération a été une réussite.

J'entends ce qu'il dit, mais je n'arrive pas à quitter Massimo du regard. Il est là, entier et vivant !

— Laura, tu m'entends ?

Je sens que quelqu'un essaie de m'ouvrir les paupières.

— Ne me fais pas ça, sinon il va me tuer.

J'ouvre lentement les yeux. Je suis allongée sur le tapis, Domenico s'agite nerveusement autour de moi.

— Dieu merci, souffle-t-il quand je le regarde.

— Qu'est-ce qui s'est passé ? je demande, désorientée.

— Tu as encore perdu connaissance. Heureusement que j'ai trouvé ces pilules dans le tiroir. Ça va mieux ?

— Où est Massimo ? Je veux le savoir tout de suite ! je crie en essayant de me lever. Tu m'as bien dit que chaque fois que je le désirais, tu pouvais m'emmener le voir. Alors, allons-y !

Le jeune Italien étudie mon visage, comme s'il cherchait la réponse à une question que je viens de lui poser.

— Je ne peux pas, dit-il. Pour l'instant, je n'ai aucune idée de ce qui s'est passé. Je sais juste que quelque chose a foiré. Laura, rappelle-toi que les médias ne disent pas toujours la vérité. Tu dois quand même partir en Pologne aujourd'hui. C'est un ordre de Don Massimo, pour ta sécurité. La voiture t'attend. Tu as un appartement à Varsovie et un compte bancaire dans une banque des îles Vierges. Tu peux dépenser autant que tu veux.

Je le regarde, pétrifiée. Je n'en crois pas mes oreilles. Il continue :

— Tous les documents, cartes, clés sont dans ton sac à main. Un chauffeur viendra te chercher sur place, il t'amènera à ton nouvel appartement. Tu as une voiture qui t'attend dans le garage. Toutes tes affaires te seront envoyées quand tu le souhaiteras.

Je l'interromps.

— Il est en vie ? Dis-moi, Domenico, sinon je vais perdre la tête.

Le jeune Italien reste silencieux. Il réfléchit à sa réponse.

— Il est en mouvement, c'est sûr. Mario, son *consigliere*, est avec lui, donc il y a de grandes chances que oui.

— Comment ça, il est en mouvement ? Mais ils peuvent être tous les deux…

Je m'arrête, car je n'ose pas prononcer le mot… « morts ».

— Don Massimo a un traqueur à l'intérieur de son bras gauche, une petite puce comme la tienne, dit-il en touchant mon implant. Donc, on sait où il est.

— C'est quoi ça, bordel ? je demande, énervée. Un implant contraceptif ou un traqueur GPS ?

Domenico ne répond pas. Comme s'il venait de réaliser que j'ignore totalement ce qu'on m'a implanté dans le bras. Il se relève en m'entraînant avec lui.

— Tu prendras un avion de ligne, c'est plus sûr. Il faut qu'on y aille maintenant. Laura, rappelle-toi que moins tu en sais, mieux c'est.

Et il disparaît derrière la porte.

Je reste assise encore un moment, réfléchissant à ce que je viens d'entendre. Malgré l'énervement que je ressens envers Massimo, je suis reconnaissante qu'il ait tout organisé comme ça. L'idée de ne jamais le revoir, de ne plus jamais sentir ses mains sur moi, me fait à nouveau monter les larmes aux yeux. Je décide de remplacer ces idées sombres par de l'espoir. Il est encore en vie et, moi, je reviendrai ici un jour. Je fais mes bagages. Au bout d'une petite heure, je monte dans la voiture. Domenico reste à la villa, estimant qu'il ne peut pas venir avec moi. Je suis à nouveau seule.

Le vol est court malgré l'escale à Milan. Je ne sais pas si c'est à grâce aux médicaments que m'a donnés le jeune Italien, en tout cas, je n'ai plus peur de l'avion. Après être sortie du terminal, j'aperçois un homme qui tient une pancarte à mon nom.

— Je suis Laura Biel, dis-je en anglais.

— Bonjour, je m'appelle Sébastien.

Je grimace en l'entendant parler polonais.

Il y a quelques jours, j'aurais tout donné pour avoir une telle conversation. Aujourd'hui, elle me rappelle ce qui s'est passé et pourquoi je suis ici. Le cauchemar qui s'est transformé en conte de fées est terminé. Je suis revenue à la case départ. Sébastien m'ouvre la porte d'une Mercedes S noire.

On est en septembre, et je sens le froid de l'automne dans l'air. J'ouvre la fenêtre pour inspirer profondément. Je ne me suis jamais sentie aussi mal qu'en ce moment, de désespoir et de tristesse. Je fonds en larmes à chaque prétexte. Je ne veux voir personne, parler à personne, ni manger. Je ne veux même pas vivre.

On sort de la zone de l'aéroport en direction du centre-ville. Mon Dieu, surtout pas « Srodmiescie ». Quand on bifurque vers Mokotow, je suis soulagée. La voiture pénètre dans un domaine privé, puis se gare devant l'un des immeubles. Le chauffeur sort pour m'ouvrir la porte. Il me tend mon sac à main. Je reste assise le temps d'y chercher une enveloppe avec écrit « maison » dessus. À l'intérieur, il y a des clés et l'adresse exacte.

— Je vous porte vos bagages, une autre voiture avec le reste de vos affaires ne devrait pas tarder à arriver, dit Sébastien en me tendant la main.

Je descends. À peine arrivée à la porte d'entrée, j'entends déjà la deuxième voiture se garer. Un chauffeur en sort avec mes bagages.

J'entre dans le hall, m'approche du jeune homme à la réception.

— Bonjour, je suis Laura Biel.

— Bonjour et bienvenue. Nous sommes ravis de vous accueillir. Votre appartement est prêt, il se trouve au quatrième étage, porte gauche. Est-ce que je peux vous aider pour vos bagages ?

— Non merci, les chauffeurs s'en occupent.

Il m'offre un grand sourire.

— À bientôt alors !

Quelques instants après, je suis dans l'ascenseur, en

route pour le dernier étage. J'insère la clé dans la porte au numéro indiqué. Je découvre un magnifique salon dont les fenêtres montent jusqu'à l'étage d'au-dessus. Tout est sombre et froid, parfaitement dans le style de Massimo.

Les chauffeurs déposent les bagages et disparaissent. Je suis seule. L'intérieur est tout de même élégant et relaxant. Une grande partie du salon est occupée par un canapé d'angle noir en alcantara, posé sur un tapis blanc aux poils longs. À côté, un banc en verre et, sur le mur, un immense écran plat. Derrière lui, j'aperçois la chambre avec une cheminée double face entourée de plaques de cuivre. Un peu plus loin dans la chambre, un gigantesque lit moderne illuminé de lumières led qui donnent l'illusion que le meuble flotte. Une porte mène vers un dressing et une salle de bains équipée d'une imposante baignoire.

Je retourne dans le salon, allume la télé sur une chaîne d'infos en continu. J'attrape mon bagage à main et m'assieds sur le tapis. J'ouvre les autres enveloppes, curieuse de découvrir ce qu'il y a dedans. Des cartes, des documents, des informations… Dans la dernière, je trouve des clés de voiture sur lesquelles je lis trois lettres : BMV. J'apprends que je suis propriétaire de l'appartement dans lequel je me trouve. De la voiture aussi. Après avoir fini de lire les documents, je constate que le compte en banque avec un contenu à sept chiffres m'appartient également. Je n'ai pas besoin de tout ça quand il n'est pas là. Est-ce qu'il a voulu me rembourser pour ces quelques semaines ? C'est plutôt moi qui devrais le remercier pour les merveilleux moments qu'on a passés ensemble.

Quand je finis de défaire mes bagages, il est déjà assez tard. Je n'ai pas envie de dîner seule. J'attrape mon téléphone, mes papiers et les clés de la voiture. Je prends l'ascenseur pour descendre dans le garage, où je cherche le numéro de la place associée à l'appartement. Et là, je tombe sur un immense SUV blanc. Dès que j'appuie sur le bip de la télécommande, les phares de la voiture s'allument. Il n'y a pas plus ridicule que ça, me dis-je, en m'asseyant dans le fauteuil de cuir clair. J'appuie sur le bouton « start », la voiture démarre.

Je connais bien Varsovie. J'aime bien y conduire. Je roule au hasard, sans réfléchir. Après une heure de balade, je m'arrête en bas de chez ma meilleure amie. Je ne lui ai pas parlé depuis des semaines. Je tape le code de son immeuble et, quelques instants plus tard, je sonne à sa porte.

On se connaît depuis nos cinq ans, on est comme des sœurs. Parfois une sœur aînée, parfois une petite sœur, tout dépend du contexte. Elle a des cheveux noirs et des formes féminines. Les hommes l'adorent. Je ne sais pas si c'est dû à son aisance ou à son côté allumeuse. Olga est une très belle fille au physique exotique. De ses origines arméniennes, elle a hérité, ce qui est très injuste, une belle peau mate.

Olga ne travaille jamais. Elle exploite les hommes à qui elle plaît. Elle aime briser les stéréotypes, comme de prétendre qu'une femme qui a beaucoup de partenaires est systématiquement une pute. Son arrangement avec les mecs est simple : elle leur donne ce qu'ils veulent, eux lui donnent de l'argent. Ce n'est pas une pute, elle amuse les hommes lassés par des femmes ennuyeuses. Beaucoup d'entre eux sont vraiment amoureux d'elle. Elle ne connaît pas le mot « amour », elle ne compte pas le découvrir non plus. Elle voit de manière régulière un type qui est propriétaire d'un empire cosmétique. Il n'a aucune envie de tisser des liens. Elle passe du temps avec lui après des fêtes ou des cérémonies officielles, elle dîne avec lui, lui masse les tempes quand il est fatigué. En échange de quoi, il lui garantit un confort illimité. En les observant, on pourrait penser qu'ils sont en couple, mais aucun des deux ne voit les choses comme ça.

— Laura, putain ! crie Olga en se jetant dans mes bras. Je vais te tuer, je pensais qu'on t'avait enlevée. Entre, ne reste pas plantée là !

Elle m'attrape le bras et me tire à l'intérieur.

— Je suis désolée… je devais…

Je ne sais pas quoi dire, mes yeux se remplissent de larmes.

Olga me regarde, terrifiée. Elle me prend dans ses bras, puis me conduit dans le salon.

— Je sens qu'il faut qu'on boive un coup.

Quelques minutes plus tard, nous sommes assises sur le tapis, une bouteille de vin entre nous. Elle commence :

— Martin est passé. Il a demandé de tes nouvelles, puis m'a raconté ce qui s'est passé. Tu as disparu, tu as laissé une lettre. Apparemment, tu es rentré avant lui et tu as déménagé. Mais Lari, bordel, qu'est-ce qui t'est arrivé ? Je voulais t'appeler, mais je savais que tu allais le faire toi, le moment venu.

Je la regarde en buvant une gorgée, convaincue que je ne peux pas lui dire la vérité.

— J'en avais marre de son comportement. Et en

plus, je suis tombée amoureuse. (Je lève les yeux vers elle.) Ça va te paraître ridicule, mais je ne veux pas en parler tout de suite, il faut que je me réorganise.

Je sais qu'elle sait que je mens. Mais c'est mon amie, elle comprend lorsque je ne veux pas parler de quelque chose.

— OK, répond-elle, un peu irritée. C'était comment ? C'était bien ? Tu as un endroit où habiter ? Tu as besoin de quelque chose ?

— Je loue un grand appartement à un ami. Il devait partir rapidement et voulait le laisser à quelqu'un de confiance.

Elle ne lâche pas le morceau.

— Top, c'est le plus important. Et le travail ?

— J'ai quelques propositions, mais pour l'instant je veux me concentrer sur moi-même, j'explique en jouant avec mon verre. Il faut que je mette mes idées au clair et tout ira bien. Je peux dormir ici ? Je ne veux pas conduire en ayant bu.

Elle explose de rire, puis me fait un câlin.

— Bien sûr ! Tu as une voiture ?

— Je l'ai récupérée avec l'appartement, dis-je en me servant un autre verre.

On reste assises comme ça jusque très tard dans la nuit. On se raconte ce qu'on a vécu ce dernier mois. Je lui parle de la Sicile, de la nourriture, de l'alcool et des chaussures.

Après avoir terminé une autre demi-bouteille, elle demande :

— OK, et lui ? Dis quelque chose, sinon je vais devenir folle.

Je revois des images des moments passés avec

Massimo. Quand je l'ai vu nu pour la première fois sous la douche, notre session de shopping, puis les moments sur le yacht, notre danse et cette dernière soirée avant qu'il ne disparaisse.

— Il est…, je commence en posant mon verre, unique, majestueux, hautain, affectueux, beau et très attentionné. Imagine un homme qui déteste être contredit et sait toujours ce qu'il veut. Il est aussi protecteur et me défend, je me sens comme une petite fille près de lui. Ajoute à ça la réalisation de tous tes fantasmes sexuels. Il fait un mètre quatre-vingt-dix, zéro pour cent de graisse et ressemble à une sculpture créée par Dieu lui-même. De belles fesses, des épaules carrées, un torse solide… C'est ça, Massimo, je termine en haussant des épaules.

— Putain, dit Olga. Tu décris l'homme idéal. Et il devient quoi ?

Je ne sais pas quoi répondre. Je n'arrive pas à penser à quelque chose de crédible.

— Bah, on a besoin de temps pour réfléchir à tout ça, ce n'est pas si simple. Il vient d'une famille sicilienne très aisée. Normalement, ils n'acceptent pas les étrangères, j'ajoute en grimaçant.

— Qu'est-ce qui t'a pris ? dit-elle en buvant une gorgée. Quand tu parles de lui, tu t'illumines.

Je ne veux plus parler de l'homme en noir. Chaque fois que je pense à lui, ça me fait mal, car je ne sais pas si je le reverrai un jour.

— Allons nous coucher, demain, je vais voir mes parents.

— D'accord, mais à condition que samedi tu viennes avec moi.

Je la regarde, étonnée.

— Allez, ce sera sympa. On passera la journée au spa et, le soir, on ira en ville faire la fête ! s'exclame-t-elle en sautillant.

En la voyant si heureuse, je me sens horriblement mal de l'avoir laissée sans nouvelles aussi longtemps.

— On n'est que lundi aujourd'hui mais, d'accord, je te réserve mon week-end.

12

Malgré les cent cinquante kilomètres à parcourir, le trajet jusque chez mes parents est passé vite. Je n'ai même pas eu le temps de réfléchir à ce que j'allais leur raconter. Je décide de ne pas inquiéter maman. Je vais continuer le mensonge que l'homme en noir a initié.

Au moment où je me gare dans l'allée, j'entends la voix de mon père :

— Tu disparais un mois et tu reviens avec cet engin ? On te paie bien en Sicile ! Bonjour, ma fille, dit-il en me prenant dans ses bras.

— Salut, papa ! C'est une voiture de fonction, je réponds en le serrant contre moi. Tu m'as tellement manqué.

Je sens la chaleur de son corps. J'entends sa voix inquiète. Je retrouve la petite fille que je suis, quelque part au fond de moi. Je me réfugie toujours chez mes parents quand j'ai un problème.

— Je ne sais pas ce qui se passe, tu nous raconteras quand tu le voudras.

Papa ne me pose jamais de questions, il attend que je déverse ce qui me pèse sur le cœur.

— Mon Dieu, que tu es maigre !

Je quitte les bras de mon père, puis je me tourne vers la véranda.

Je vois ma magnifique maman sortir de la maison. Elle est, comme d'habitude, parfaitement habillée et maquillée. Je ne lui ressemble pas du tout. Elle a des cheveux longs, blonds, et des yeux bleu-gris. L'âge n'a pas de prise sur elle, on dirait qu'elle a toujours trente ans. Beaucoup de filles de vingt ans seraient heureuses d'avoir son corps.

— Maman !

Je me jette dans ses bras.

Elle est pour moi comme un refuge, je sais qu'elle me protégera toujours, peu importe la situation. Elle me surprotège, mais c'est aussi ma meilleure amie. Personne ne me connaît aussi bien qu'elle.

— Tu vois, je t'avais dit que ce voyage n'était pas une bonne idée, déclare-t-elle en me caressant la tête. Tu peux me dire pourquoi tu pleures ?

— Vous m'avez juste manqué.

— Si tu continues, tes yeux vont gonfler et tu vas te plaindre de ne pas être jolie. Tu as pris tes médicaments pour le cœur ? Pour qu'on évite un drame, ajoute-t-elle en dégageant mes cheveux de mon visage.

— Oui, ils sont dans mon sac.

Elle se tourne vers papa.

— Thomas, tu veux bien apporter des mouchoirs et faire du thé ?

Papa sourit et disparaît à l'intérieur de la maison. Nous nous installons dans le jardin.

— Alors ? m'interroge-t-elle en allumant une cigarette. Tu vas me dire ce qui s'est passé et pourquoi tu as mis tant de temps pour venir ?

J'inspire profondément. Je sais que la conversation ne va pas être facile, mais je ne vais pas pouvoir l'éviter.

— Maman, je t'ai écrit et je t'ai dit que j'avais des voyages d'affaires avec mon nouveau boulot. Il fallait que je retourne en Italie et ça m'a pris plus de temps que prévu. Je reste en Pologne pour le moment, au moins jusqu'à la fin du mois. L'hôtel a des filiales en Pologne, donc je peux travailler d'ici aussi. En plus, j'ai un prof d'italien à Varsovie, donc ne t'inquiète pas, je ne vais pas m'enfuir demain. Comme tu peux voir, ma boîte s'occupe bien de moi. (Je montre du doigt la BMW garée à l'entrée.) Ils m'ont aussi loué un appartement et m'ont donné une carte de crédit professionnelle.

Elle me regarde, suspicieuse, mais je ne laisse rien transparaître, donc elle se détend et écrase sa cigarette.

— Maintenant que tu t'es calmée, raconte comment ça s'est passé.

Papa apporte le thé. Sans entrer dans trop de détails, je leur raconte la Sicile. La moitié de l'histoire, je l'ai lue dans des guides car, en réalité, je n'ai pas vraiment eu le temps de visiter ! J'invente que le siège de ma nouvelle boîte est à Venise, ce qui me permet de parler du Lido et du festival. On reste longtemps dans le jardin, jusqu'à ce que je me sente fatiguée.

Quand je suis couchée, maman vient m'apporter une couverture et s'assied près de moi.

— Rappelle-toi que, peu importe ce qui se passe, ton père et moi sommes toujours là pour toi.

Elle m'embrasse, puis sort de la chambre.

Les jours qui suivent, maman se donne pour mission de m'engraisser. Quand le vendredi arrive, je suis heureuse de repartir, j'ai l'impression que je vais exploser. Heureusement, mes parents habitent à côté d'une forêt, je suis allée courir tous les jours pour brûler quelques graisses. Chaque fois, j'ai eu l'impression que quelqu'un m'observait. Mais, quand je regardais autour de moi, je ne voyais rien. Je me demandais si Massimo était vivant et s'il pensait à moi.

Vendredi après-midi, je retourne à Varsovie. J'appelle Olga.

— Ça tombe bien que tu sois là, il faut qu'on aille faire du shopping. J'ai un besoin pressant d'une nouvelle paire de chaussures. Donne-moi ton adresse, j'arrive dans une heure.

— Non, je vais venir chez toi, il faut que je règle quelque chose avant.

Quand j'arrive devant chez elle, elle sort juste de son immeuble. Elle s'arrête net en désignant la voiture du doigt. Elle s'installe sur le siège passager.

— Qui t'a donné cette voiture ?

— Je te l'ai dit, elle va avec l'appartement, je réponds en haussant des épaules.

— Alors, je suis curieuse de voir à quoi ressemble ton appartement !

— Putain, c'est juste un appartement. Et la voiture est juste une voiture !

Elle m'énerve. Ou peut-être est-ce le fait que je ne peux pas lui dire la vérité qui m'énerve ? Elle sait que je mens et que je la prends pour une conne.

— Qu'est-ce que ça change ? Tu te rappelles quand on habitait dans le studio à Brodno ?

Olga explose de rire et attache sa ceinture.

— Oui, avec ces voisins du bas qui pensaient qu'on organisait des orgies !

Je la regarde en riant.

— Bah, ce n'était pas totalement faux.

— Tu abuses, il m'est juste arrivé de crier un peu trop fort.

— Oui, je me rappelle bien quand je suis rentrée plus tôt que prévu et que j'ai pensé que quelqu'un était en train de te tuer.

— Oh, cet enculé ! Quand il me sautait, il était vraiment brutal. Quand je pense que son père a une clinique dentaire, en plus.

— Du coup, tu te faisais soigner gratuitement.

— Il me baisait tellement fort que je griffais les murs.

Bon, j'ai réussi à changer de sujet de conversation. Olga a oublié l'appartement et la voiture. Le reste du trajet, on discute de la vie tumultueuse d'Olga.

Le shopping me remonte toujours le moral. On court d'une boutique à l'autre en achetant de plus en plus de chaussures dont on n'a pas besoin. Après quelques heures de marathon, on est épuisées. Nous retournons dans le parking du centre commercial à la recherche la voiture. Ça nous prend un peu de temps, mais on finit par la retrouver. Je suis en train de ranger nos courses dans le coffre quand j'entends une voix que je connais.

Je me retourne. Devant moi se tient le meilleur ami de Martin.

— Salut, Michel, comment ça va ? je demande en l'embrassant.

— C'est à toi de me le dire. Qu'est-ce qui t'a pris de nous laisser comme ça ? Martin a failli mourir d'inquiétude.

— En sautant une Sicilienne ! je réplique en me tournant pour mettre le dernier sac dans la voiture. Il était si inquiet qu'il avait besoin de se défouler ?

Michel ne dit rien. Il reste planté là et me regarde, étonné. Je m'approche de lui.

— Quoi, tu pensais que je ne savais pas ? Il l'a baisée le jour de mon anniversaire, cet enfoiré !

— Il était bourré, l'excuse-t-il en haussant les épaules.

Je monte dans la voiture et claque la portière.

— Il ne va pas tarder à savoir que tu es rentrée, affirme Olga en mettant sa ceinture. Super, j'adore ce genre d'histoires.

— Moi moins, surtout quand elle me concerne. On va chez moi et tu restes, d'accord ? Je n'ai pas envie d'être seule.

Olga acquiesce.

Quand ma meilleure amie découvre mon appartement, elle ne peut s'empêcher de jurer.

— Putain. Ton ami t'a loué cet endroit, juste comme ça ? Avec la voiture en prime ? Je le connais ?

— Allez, arrête, c'est un service qu'il me rend. Et tu ne le connais pas, c'est quelqu'un avec qui j'ai travaillé il y a quelque temps. La chambre d'ami est à l'étage, mais je préfère que tu dormes avec moi.

Olga furète partout dans la maison, elle entre dans chaque pièce en poussant des jurons chaque fois. Je la regarde en rigolant et je me demande ce qu'elle dirait si elle voyait *Le Titan* ou la villa de Sicile. Je sors une bouteille de vin portugais du frigo et prends deux verres. Je la rejoins à l'étage.

— Viens, je vais te montrer quelque chose.

Quand j'ouvre la porte, elle s'arrête, bouche bée. Nous sommes sur une magnifique terrasse sur le toit, de plus de cent mètres carrés. Avec des fauteuils, un gril, des transats et un jacuzzi à quatre places. Je pose la bouteille sur la table et nous sers deux verres.

— Tu as des questions ? je demande en lui tendant son verre.

— Tu lui as fait quoi pour avoir ça ? Avoue. Je sais que ce n'est pas ton genre, mais je n'ai jamais eu droit à un appartement avec une terrasse sur le toit, rien qu'en baisant.

Elle rit, puis s'écroule dans un des fauteuils blancs. On se glisse sous une couverture pour admirer les lumières de la ville au loin. Être avec ma meilleure amie ne m'empêche pas de penser à Massimo. J'ai appelé Domenico plusieurs fois. Il n'a répondu à aucune de mes questions, il voulait juste savoir si je me portais bien. Mais j'aime entendre sa voix, ça me rapproche un peu de l'homme en noir.

13

Quand on se réveille le lendemain, je me sens particulièrement en forme. Devant le miroir, j'essaie de me raisonner, de me dire qu'il faut que je continue à vivre. Il faut que je réorganise ma vie, que j'oublie ces dernières semaines passées en Italie.

On prend le petit déjeuner, puis on fouille dans mon dressing à la recherche d'une belle tenue pour le soir. Vers quinze heures, nous partons au spa.

— Tu sais quoi, Olga, j'ai envie de faire une folie, dis-je en sortant de la maison. On a rendez-vous chez le coiffeur aujourd'hui ?

Elle me regarde en plissant les yeux.

— Tu penses vraiment que je suis capable de me coiffer seule ? Bien sûr qu'on a rendez-vous.

Nos sessions au spa sont un rituel. Gommage, massage, soins du visage, coiffeur et, à la fin, maquillage. Quand l'heure de l'avant-dernière étape arrive, je m'assieds dans le fauteuil. La styliste, Magda, prend une mèche de mes cheveux dans la main et me demande :

— Alors, Laura, qu'est-ce qu'on fait ?

— Du blond. (Olga sursaute sur le siège à côté.) Avec un carré, court derrière, long devant.

— Quoi ? (Olga hurle, toutes les femmes du salon se retournent.) Tu es folle ? Laura, tu as perdu la tête.

Magda rigole en caressant mes cheveux.

— Ils sont très beaux. Tu es sûre de ton choix ?

Je hoche la tête. Olga s'enfonce dans son fauteuil, sous le choc, elle n'y croit pas encore vraiment.

En attendant, pour rattraper le retard que je cause avec mes caprices, les maquilleurs arrivent et commencent le travail.

— Voilà, dit Magda après plus de deux heures.

Elle regarde mon reflet, ravie de ce qu'elle voit.

Le résultat est surprenant. Cette couleur s'accorde parfaitement avec ma peau bronzée et mes yeux foncés. Derrière moi, Olga me regarde en relevant un sourcil.

— Bon, d'accord, j'avais tort, tu es sublime. Allez viens, on y va, l'heure de la fête approche.

Elle m'attrape par le bras et me tire vers la sortie.

On se gare dans mon garage. On prend l'ascenseur jusqu'à l'étage de l'appartement. J'insère la clé dans la porte, puis je la tourne.

— C'est bizarre, je pensais n'avoir donné qu'un seul tour de clé.

Après une bouteille de vin et moult essayages, nous sommes fin prêtes.

J'ai choisi une tenue originale pour ce soir. Une jupe crayon taille haute avec un haut court à manches longues, qui laisse entrevoir quelques centimètres de ma peau nue. Avec ça, je porte des talons aiguilles noirs ornés de clous de la même couleur, parfaitement assortis avec le reste de ma tenue. Olga a fait ressortir ses atouts, une poitrine généreuse et des hanches magnifiques, dans une robe moulante de couleur nude, avec des talons aiguilles et un sac à main dans les mêmes tons. Elle a ajouté des bijoux en or pour compléter son look parfait.

— La nuit est à nous, glousse-t-elle, mais surveille-moi, j'aimerais bien rentrer avec toi à la maison.

Je rigole et nous quittons l'appartement.

L'avantage de la vie que mène Olga est qu'elle connaît les videurs de toutes les boîtes de nuit, souvent les managers aussi.

On monte dans un taxi qui nous emmène vers un de nos lieux favoris dans le centre-ville. Le Rituel, au 12 de la rue Mazowiecka. C'est un endroit où nous adorons dîner et boire, et, en ce qui concerne Olga, draguer.

Quand on sort de la voiture, il y a une queue d'environ cent personnes devant le club. Olga passe ostensiblement devant tout le monde, s'approche de la fille qui se trouve à l'entrée et l'embrasse. En quelques secondes, on se retrouve à l'intérieur de la boîte de nuit. La femme du manager, Monica, nous salue et nous attache des bracelets VIP autour des poignets.

— Tu es radieuse, comme d'habitude, lui dit Olga.

La belle brune sourit et secoue la tête.

— Tu dis toujours ça ! Ça ne t'empêchera pas de prendre un verre avec moi.

Elle nous fait un clin d'œil, puis nous fait signe de la suivre.

Nous prenons une table à l'étage. Monica disparaît après avoir donné des ordres à une serveuse.

— C'est moi qui offre aujourd'hui ! je crie pour me faire entendre, en sortant de mon sac la carte de crédit que Domenico m'a donnée.

J'estime qu'il est temps de l'utiliser. Je voulais le faire pour une occasion unique.

Je fais signe à la serveuse et passe la commande. Quelques instants plus tard, elle traverse la salle avec un seau à glace contenant une bouteille de Moët. En voyant ça, Olga sautille sur son siège.

— Pas mal ! s'écrie-t-elle en prenant une coupe. À quoi buvons-nous ?

Je sais exactement pourquoi je veux boire ce champagne.

— À nous, je réplique en prenant une gorgée.

Je ne bois ni pour moi ni pour Olga. Je bois à Massimo, pour les trois cent soixante-cinq jours qui n'ont jamais eu lieu. Je me sens triste et calme, mais j'accepte la situation. Après avoir bu la moitié de la bouteille, on va danser. Nous nous amusons comme deux folles, mais au bout de trois morceaux j'ai tellement mal aux pieds que je dois retourner m'asseoir. J'ai à peine quitté la piste de danse que je sens quelqu'un m'attraper le bras.

— Salut !

Je me retourne. Martin est devant moi.

J'arrache mon bras de son emprise. Je le regarde d'un air glacial.

— Tu étais où, tout ce temps ? demande-t-il. On peut discuter ?

Je revois les photos que Massimo m'avait données. À ce moment-là, j'avais eu envie de le tuer. Maintenant, il m'est complètement indifférent.

— Je n'ai rien à te dire.

Mais Martin n'abandonne pas, il me suit.

— Laura, s'il te plaît, accorde-moi un moment.

Je m'assieds et l'observe en buvant mon champagne qui me donne de la force.

— Tu ne vas rien me dire que je ne sais pas ou que je n'ai pas vu.

— J'ai parlé à Michel, laisse-moi t'expliquer, s'il te plaît, après je te laisserai tranquille.

Malgré tout le dégoût que je ressens, je décide de lui laisser une chance de s'expliquer.

— D'accord, mais pas ici, attends.

Je cherche Olga pour lui expliquer la situation. Elle est très occupée avec un beau blond.

— Vas-y, crie-t-elle. Je ne pense pas rentrer ce soir, ne m'attends pas.

Je retourne voir Martin et lui fais signe de me suivre vers la sortie.

Il me conduit jusqu'à sa voiture.

— Tu n'es pas venu ici pour faire la fête n'est-ce pas ? je demande en entrant dans la Jaguar blanche XKR.

Il ferme la porte.

— Je suis venu te chercher.

Pendant que nous traversons la ville, Martin me complimente sur mon nouveau look.

— Laura, cette coupe te va à merveille, tu es sublime.

Je l'ignore, me contentant de regarder défiler la ville par la vitre.

Martin se gare dans son parking et nous montons à l'appartement. Quand je me retrouve devant la porte, j'ai un léger malaise. Même si l'homme en noir n'est jamais venu ici, tout me fait penser à lui.

— Tu veux boire quelque chose ? demande Martin.

Je m'assieds sur le canapé, mal à l'aise. Je

ressens quelque chose d'étrange, comme si je trahissais Massimo. S'il savait où je suis, il le tuerait.

— De l'eau, c'est le mieux, dit-il en posant un verre devant moi. Je vais tout te raconter, tu en feras ce que tu voudras.

Je bois une gorgée en lui faisant signe de commencer.

— Quand tu t'es enfuie, j'ai compris que tu avais raison. Je t'ai suivie. Un homme à la réception m'a arrêté pour me dire qu'il y avait un souci dans notre chambre et qu'il fallait que je m'y rende tout de suite. Une fois là-bas, on m'a informé que c'était une fausse alerte. Je suis reparti et je t'ai cherchée jusqu'à la nuit tombée. J'étais persuadée que j'allais te retrouver. Je sentais que tu n'étais pas loin, c'est pour ça que je ne suis pas retourné chercher mon téléphone. Quand je suis finalement rentré pour t'appeler, il y avait une lettre dans la chambre dans laquelle tu vidais ton sac. Tu avais raison. Je sais que je me suis comporté comme un con. (Il baisse la tête et commence à se ronger les ongles.) J'étais furieux, j'ai commandé à boire, puis j'ai appelé Michel. Je ne sais pas si c'est parce que j'étais énervé ou à cause de ma gueule de bois, mais j'étais bourré après le premier verre. (Il relève la tête pour me regarder dans les yeux.) Que tu me croies ou non, je ne me souviens plus de rien. Quand on s'est réveillés le lendemain, Caroline m'a raconté ce que j'avais fait, j'ai eu honte. (Il inspire, puis baisse la tête à nouveau.) Je pensais que ça ne pouvait pas être pire, mais la réception nous a appelés pour nous dire que nos cartes de crédit ne passaient plus. On a donc quitté l'île. Ces vacances avaient mal commencé, et tout a mal tourné.

Quand il se tait, je prends ma tête dans mes mains et soupire. Tout ce que Martin raconte semble absurde, mais une simple intervention de Massimo, et tout devient plausible. Je ne sais plus contre qui je suis le plus furieuse. Contre l'homme en noir qui a planifié tout ça ou contre Martin qui est tombé droit dans le piège.

— Qu'est-ce que ça change que tu ne te rappelles pas avoir couché avec cette fille ? De toute façon, on est trop différents tous les deux. J'ai besoin de plus d'attention que ce que tu es capable de me donner.

Martin glisse du canapé pour s'agenouiller devant moi.

— Laura, tu as raison. Tu as raison sur toute la ligne. Mais, ces dernières semaines, j'ai compris à quel point je t'aimais, je ne veux pas te perdre. Je veux te prouver que j'ai changé.

Je le regarde, confuse. Le champagne que j'ai bu tout à l'heure ne passe pas. Je me lève et titube vers la salle de bains.

— Je ne me sens pas bien.

Je vomis jusqu'à ce que mon estomac soit vide. J'en ai marre de cette journée et de cette conversation. Je sors de la salle de bains et récupère mes chaussures que j'avais laissées dans le couloir.

— Je rentre à la maison.

— Tu ne vas nulle part, je ne te laisse pas partir dans cet état.

— Martin, s'il te plaît ! Je veux rentrer chez moi.

— D'accord, mais laisse-moi te raccompagner, dit-il en attrapant ses clés de voiture.

Quand on sort du garage, il se tourne vers moi, l'air

de vouloir me demander quelque chose. J'ai oublié qu'il ne connaît pas ma nouvelle adresse.

— À gauche, j'indique de la main. Après, à droite, puis tout droit.

En dix minutes, nous sommes arrivés devant chez moi.

— Merci, dis-je en attrapant la poignée de porte, mais je ne peux pas l'ouvrir.

— Je vais te raccompagner jusque chez toi, je veux être certain que tu es en sécurité.

On arrive à mon étage. J'ai vraiment envie d'être seule.

— C'est ici. Merci pour ton aide, mais je peux me débrouiller maintenant.

Martin ne l'entend pas de cette façon. Lorsque j'ouvre, il essaie d'entrer derrière moi.

— Qu'est-ce que tu fais, putain ? Tu ne comprends pas que je ne veux pas que tu sois là ? je grogne en lui bloquant l'entrée. Tu as dit ce que tu avais à dire, maintenant laisse-moi tranquille. Salut.

J'essaie de fermer la porte. Martin m'en empêche.

— Tu m'as manqué, laisse-moi entrer.

Il ne veut pas abandonner.

Je lâche la porte et recule pour allumer la lumière en hurlant.

— Martin, bordel, je vais devoir appeler la sécurité !

Mon ex est toujours devant la porte, mais il n'entre pas. Il regarde d'un air furieux quelque chose derrière moi. Je me retourne. Et là, mon cœur bondit dans ma poitrine. Très calmement, Massimo se lève du canapé et se dirige vers nous.

— Il me semble que Laura te demande de partir,

dit l'homme en noir, à quelques centimètres de Martin. Est-ce qu'il faut que je te le dise, moi, pour que tu comprennes ? En anglais, ce sera plus clair pour toi ?

Tout le corps de Martin est tendu. Il ne quitte pas Massimo du regard. Puis il me dit d'un ton très doux :

— Au revoir, Laura. On reste en contact.

Il se retourne et se dirige vers l'ascenseur.

Il a à peine disparu que l'homme en noir ferme la porte et s'arrête devant moi. Je ne suis pas certaine que tout cela soit bien réel. Je suis en colère, mais si soulagée de le voir. Il est là, entier, en bonne santé. On ne bouge pas pendant un moment, on ne fait que se regarder. La tension entre nous est insoutenable. Je finis par exploser.

— Tu étais où, putain ? je hurle en le giflant. Espèce d'égoïste, tu te rends compte de ce que j'ai vécu ? Tu crois que j'aime m'évanouir de peur ? Comment tu as pu m'abandonner comme ça ? Mon Dieu !

Désespérée et épuisée, je me laisse glisser le long du mur.

— Tu es resplendissante, bébé, dit Massimo en essayant de me relever. Ces cheveux…

— Ne me touche pas, bordel ! Tu ne me toucheras pas tant que tu ne m'auras pas expliqué ce qui s'est passé !

L'homme en noir se redresse. Il est encore plus beau qu'avant. Il porte un pantalon sombre et une chemise à manches longues de la même couleur, qui sculptent parfaitement sa silhouette. Même là, énervée comme je suis, je n'arrive pas à ignorer à quel point il est attirant. Je sais qu'il se prépare à l'attaque, comme un animal sauvage.

Et je ne me trompe pas. Il se penche pour m'attraper

par les bras et me redresser. Quand je suis debout, il me renverse sur son épaule, la tête en bas, mon buste le long de son dos.

Je sais que me débattre ne servira à rien. Il entre dans la chambre, me jette sur le lit et s'allonge sur moi pour m'immobiliser.

— Tu l'as vu, malgré mon interdiction. Tu sais que je peux le tuer pour l'empêcher de te voir ?

Je ne dis rien. Je sais que si je commence, je vais dépasser les limites. Il est tard, je suis fatiguée et j'ai faim. Toute cette situation me contrarie.

— Laura, je te parle.

— J'entends, mais je n'ai pas envie de te parler, je réponds tout bas.

— Tant mieux, car une conversation difficile est la dernière chose dont j'aie envie, avoue-t-il en glissant brutalement sa langue dans ma bouche.

Je veux le repousser, mais, dès que je sens son goût et son odeur, je vois défiler tous ces moments que j'ai dû passer sans lui. J'étais si triste, si mal.

— Seize, je chuchote sans arrêter de l'embrasser.

Massimo me regarde, confus.

— Seize, je répète. Tous ces jours que tu me dois, Don Massimo.

Il sourit, puis enlève sa chemise d'un geste. Les quelques rayons de lumière venant du salon éclairent son torse. J'aperçois des blessures récentes, certaines sont encore bandées.

— Mon Dieu, Massimo, je murmure en me décalant. Qu'est-ce qu'il s'est passé ?

Je touche délicatement son corps, comme si je voulais effacer les endroits douloureux.

— Je te promets de tout te dire, mais pas aujourd'hui, d'accord ? Je veux que tu sois reposée, que tu aies bien mangé, mais surtout que tu sois sobre. Laura, tu es très maigre, remarque-t-il en caressant mon corps. Il me semble, en plus, que ta tenue n'est pas très confortable.

Très lentement, il descend la fermeture Éclair de ma jupe, qu'il fait glisser le long de mes hanches jusqu'à ce qu'elle se retrouve par terre. Il fait de même avec mon haut et je me retrouve vêtue de ma seule lingerie.

Il m'observe tout en enlevant sa ceinture. Je le regarde faire, ça me rappelle notre épisode un peu dramatique dans l'avion.

— Je ne connais pas cet ensemble, remarque-t-il en enlevant son pantalon et son boxer. Il ne me plaît pas, je pense qu'il faut que tu l'enlèves.

Je détache mon soutien-gorge. C'est la première fois que j'ai l'occasion de voir son sexe qui n'est pas en érection. Même lorsqu'il n'est pas dur, il est magnifique. La seule chose dont j'ai envie, c'est de le sentir en moi.

Allongée nue sur le lit, je place les bras au-dessus de ma tête, prête pour lui.

— Viens, dis-je en écartant les jambes.

Massimo attrape mon pied qu'il embrasse, puis il glisse doucement sur le matelas. Il lèche l'intérieur de ma cuisse jusqu'à ma hanche. Il relève la tête. Je sais qu'il voit dans mes yeux que je le désire. Son regard me fait comprendre que la nuit ne va pas être romantique.

— Tu es à moi, gémit-il, puis il me pénètre avec sa langue.

Il me lèche intensément. Je me tords dans tous les sens, l'orgasme va déferler trop vite. Je l'attrape par les cheveux.

— Arrête. Prends-moi, j'ai besoin de te sentir.

Sans hésiter, Massimo fait ce que je demande. Il me pénètre violemment. Son corps bouge au rythme affolé des battements de mon cœur. Les bras enroulés autour de mon corps, il m'embrasse si profondément que je peux à peine respirer. Je sens une vague de plaisir envahir mon corps, je plante mes ongles dans son dos, puis j'attrape ses fesses. La douleur que je lui cause est comme une libération, il se déverse en moi. Des larmes incontrôlées coulent le long de mon visage, je suis soulagée. Tout est réel, enfin.

— Bébé, qu'est-ce qu'il y a ?

Je ne veux pas lui parler, pas maintenant. Je me tourne face à lui et me love dans ses bras, j'en ai besoin. Il me caresse la tête et essuie mes larmes avec ses lèvres, jusqu'à ce que je m'endorme.

Je me réveille aux premiers rayons du soleil. Somnolente, je tends le bras jusqu'à l'autre côté du lit. Il est là. J'ouvre les yeux. Les draps sont rouges de sang, lui ne bouge pas. Je le secoue en hurlant :

— Massimo !

Je le retourne sur le dos. Désorienté, il ouvre les yeux. Je m'affale sur le matelas, soulagée. Il regarde autour de lui, puis passe la main sur sa poitrine. Il me réconforte en souriant :

— Ce n'est rien, chérie, juste les fils qui ont lâché. Je ne l'ai même pas senti. Mais il faut qu'on aille se doucher, on dirait qu'on a commis un meurtre.

Il rit en se recoiffant avec sa main propre.

— Ça ne me fait pas rire, j'affirme en allant dans la salle de bains.

Il me rejoint. Cette fois-ci, c'est moi qui le lave en enlevant délicatement les compresses imbibées de sang. Lorsque j'ai terminé, je cherche la boîte à pharmacie pour lui refaire ses pansements.

— Il va falloir aller chez le médecin.

Il me regarde, attendri. Je sens qu'il est soulagé.

— On fera ce que tu voudras, mais il faut d'abord que tu petit-déjeunes. Ton jeûne s'est terminé hier, dit-il en m'embrassant sur le front.

J'ouvre le frigo. Il est vide. Je ne vois que du vin, de l'eau et du jus. L'homme en noir s'approche, place son menton sur mon épaule et regarde à l'intérieur du réfrigérateur.

— Je vois que le menu sera élaboré !

— Je n'ai pas trop d'appétit en ce moment. Il y a un supermarché en bas. Je vais te faire une liste et, comme une personne normale, tu vas descendre faire les courses. Je préparerai le petit déjeuner après.

Il recule, puis s'adosse à la table de la cuisine.

— Les courses ? demande-t-il en fronçant les sourcils.

— Oui, Don Massimo, les courses. Du beurre, du pain, du bacon et des œufs pour faire un petit déjeuner.

Amusé, l'homme en noir sort de la cuisine en disant :

— Fais-moi une liste.

Après lui avoir indiqué comment arriver au magasin qui se trouve à cinq mètres de la sortie de l'immeuble, je le regarde monter dans l'ascenseur.

Je suis persuadée que ça va lui prendre plus de temps que ça ne devrait, mais moins que ce dont j'ai besoin pour me préparer. Je me précipite dans la salle de bains, où j'arrange mes cheveux, je me maquille en mode « je ne suis pas maquillée, je ressemble à ça le matin », puis je saute dans une tenue de sport rose et m'installe sur le canapé.

Massimo revient plus vite que prévu, sans même avoir sonné à l'interphone.

— Tu es en Pologne depuis quand ?

Il hésite.

— D'abord le petit déjeuner, après on discute, Laura. Je ne vais nulle part et sûrement pas sans toi.

Il pose les courses sur le bar de la cuisine, puis revient vers moi.

— Tu peux faire le petit déjeuner, bébé, je n'y connais rien en cuisine. Pendant ce temps, je vais utiliser ton ordinateur.

Je me lève pour aller dans la cuisine.

— Tu as de la chance que j'aime cuisiner et que je sois plutôt douée.

Une demi-heure plus tard, nous sommes installés au salon, assis sur la moquette moelleuse, devant un petit déjeuner à l'américaine.

— Bon, Massimo, là, je n'en peux plus. Raconte ! je grogne en posant mes couverts.

L'homme en noir s'appuie contre le canapé.

— Pose-moi des questions !

— Tu es Pologne depuis quand ?

— Depuis hier matin.

— Tu es venu ici quand je n'y étais pas ?

— Oui, lorsque vous êtes partis avec Olga vers quinze heures.

— Comment tu connais le code d'entrée et il y a combien de clés ?

— C'est moi qui l'ai choisi, c'est mon année de naissance. Et il n'y a que deux clés : la tienne et la mienne.

1986. Il n'a que trente-deux ans.

Mais je retourne à mon interrogatoire qui m'intéresse plus que son âge.

— Est-ce que tes hommes m'ont suivie jusqu'en Pologne ?

Massimo croise les bras sur sa poitrine en rigolant.

— Bien sûr, tu penses vraiment que je t'aurais laissée seule ?

Inconsciemment, je connaissais déjà la réponse à cette question. La sensation d'être constamment observée ne venait pas de nulle part.

— Et hier ? Tes hommes m'ont suivie aussi ?

— Non, c'est moi qui m'en suis chargé. Y compris jusqu'à l'appartement de ton ex, si c'est ce à quoi tu penses. Et je te jure que lorsque tu es montée dans sa voiture à la sortie de la boîte de nuit, il a failli se prendre une balle dans la tête.

Son regard devient sérieux et glacial.

— On va mettre les choses au clair sur ce sujet, bébé. Ou tu coupes tout contact avec ce type, ou je m'en débarrasse moi-même.

Je sais que négocier avec lui ne me mènera à rien. Mais j'ai eu des dizaines d'heures de formation sur la manipulation, je sais comment en jouer.

— Ça me surprend que tu le voies comme un rival. Je ne pensais pas que tu étais le genre à avoir peur de la concurrence. Surtout depuis que tu m'as montré ces photos. La jalousie est une faiblesse. Tu ne peux la ressentir que si la personne en question représente réellement un danger. Ça sous-entend que tu penses qu'il est aussi bon, voire meilleur que toi. (Je m'approche pour l'embrasser délicatement.) Je ne pensais pas que tu avais ces faiblesses.

L'homme en noir ne dit rien, il joue avec sa tasse de thé.

— Tu sais quoi, Laura, tu as raison. Je sais reconnaître de vrais arguments. Qu'est-ce que tu proposes, alors ?

— Qu'est-ce que je propose ? Rien. J'estime que cet épisode de ma vie est bouclé. Si Martin voit les choses autrement, ce n'est pas mon problème. Il peut souffrir, ça ne me concerne pas. En plus, tu devrais savoir que, comme toi, je ne pardonne pas la trahison. En parlant de ça, qu'est-ce que vous avez mis dans son verre le jour de mon anniversaire ?

Massimo pose sa tasse et me regarde, ébahi.

— Tu pensais que je n'allais pas le découvrir ? C'est pour ça que tu m'as interdit de lui parler ? Pour que je n'apprenne jamais la vérité ?

— Ce sont les faits qui comptent. Il t'a trompée. Tout le monde ne réagit pas comme lui. Ce n'était pas la pilule du viol, bébé, ni de la MDMA. C'était un produit qui accentue les effets de l'alcool. Nous voulions juste qu'il soit bourré plus vite que d'habitude, c'est tout. Je ne vais pas dire que je n'ai pas fait en sorte qu'il ne te courre pas après aussi vite qu'il le souhaitait. Bien sûr que je l'ai empêché ! Imagine tout ce qui aurait été différent. Est-ce que tu aurais vraiment voulu que les choses se passent d'une autre façon ?

Il se lève pour s'asseoir sur le canapé.

— Parfois, j'ai l'impression que tu oublies qui je suis. Je peux changer quand je suis avec toi, mais je ne changerai pour personne d'autre. Si je veux quelque chose, je l'obtiens. Je t'aurais enlevée ce jour-là ou un autre, ce n'était qu'une question de temps et de méthode.

Ces paroles m'énervent. Quelque part, je sais qu'il aurait fait ce qu'il veut de toute manière. Mais savoir que je n'ai aucun contrôle me rend dingue.

Il se penche vers moi.

— Tu veux vraiment revenir sur le passé ? Rien ne va changer à présent.

— Tu as raison. Et Naples ? j'ajoute. (Je ferme les yeux en me rappelant les commentaires que j'ai entendus.) À la télé, ils ont dit que tu étais mort.

Massimo s'étire contre les coussins du canapé. Il me regarde comme s'il se demandait combien de vérités je suis prête à supporter. Il finit par se lancer.

— Lorsque je suis sorti de la chambre d'hôtel pour te laisser réfléchir, je suis descendu à la réception. En traversant le hall, j'ai vu Anna monter dans la voiture de son demi-frère. Je savais que si Don Emilio était là, c'est qu'il s'était passé quelque chose.

Je l'interromps.

— Comment ça ?

— Emilio est à la tête d'une famille napolitaine qui règne sur la partie ouest de l'Italie. Après ce qu'Anna avait dit en nous croisant et connaissant son caractère, je sentais qu'elle préparait quelque chose. Il fallait que je te quitte, car elle ne s'y attendait pas. Si elle voulait t'atteindre en me suivant, il fallait que je déjoue son plan. Je suis retourné sur le bateau et je suis reparti en Sicile. Pour rendre la situation plus crédible, une fille de l'équipage m'a rejoint. Celle qui te ressemble le plus. Habillée avec des vêtements à toi. On est allés à la maison, puis à Naples. Mon rendez-vous avec Emilio était planifié depuis des semaines. Nous avons beaucoup d'intérêts communs.

— Attends, je le coupe. Tu étais avec la sœur d'un autre don ? C'est possible, ça ?

Massimo rigole et boit une gorgée de thé.

— Et pourquoi pas ? En plus, à ce moment-là, je pensais que c'était une super idée. C'était la possibilité que deux familles puissantes s'unissent, ce qui nous aurait garanti un monopole sur une grande partie de l'Italie. Tu vois, Laura, tu ne comprends pas vraiment la mafia. On fonctionne comme une société, une entreprise dans laquelle il y a des fusions et des acquisitions. La seule différence, c'est qu'on a une façon de faire du business un peu plus brutale que les autres. J'ai été bien préparé à la reprise de cette affaire. On m'a enseigné la diplomatie, je n'utilise la force que lorsque c'est nécessaire. C'est pour cette raison que ma famille est l'une des plus riches et des plus puissantes du monde.

— Du monde ? je demande, confuse.

— Oui, j'ai aussi des intérêts en Russie, au Royaume-Uni, aux États-Unis… En vérité, il serait plus court de te dire où nous ne faisons pas de business.

— Bon, d'accord, et ce qui s'est passé à Naples, alors…

— Anna savait que j'avais rendez-vous avec son frère ; au printemps, elle avait insisté elle-même pour que je le voie. Je ne pouvais pas l'annuler juste parce qu'on n'était plus en couple, ça aurait été une humiliation pour Emilio. Je ne peux pas me permettre ce genre de choses. Je me suis rendu au rendez-vous. Mario, mon *consigliere*, était avec moi. Quelques autres personnes aussi, qui sont restées dans la voiture. Les conversations ne se déroulaient pas comme je le voulais, et puis je sentais qu'il y avait quelque chose qu'il ne me disait pas. Lorsqu'on a compris tous les deux qu'on ne se mettrait jamais d'accord, j'ai quitté l'immeuble. Emilio m'a suivi en me menaçant. Il parlait de la façon dont j'avais traité sa sœur, il disait que je l'avais trahie et obligée à avorter. Puis il a prononcé le mot qu'on déteste tous et qui ne mène jamais à de bonnes choses : la vendetta, des représailles sanglantes, si tu préfères.

— Quoi ? je m'écrie, choquée. C'est que dans les films, ça !

— Malheureusement, pas seulement, aussi à la Cosa Nostra. Si tu tues un membre de la famille ou si tu le trahis, tu deviens une cible pour la famille entière. Je savais que je n'arriverais pas à lui faire comprendre que c'était un mensonge. Poursuivre cette conversation n'aurait mené à rien. Si ce n'était l'endroit dans lequel on était, je pense qu'on aurait réglé ça tout de suite. Emilio n'était pas idiot. Il voulait en finir le plus vite possible. Alors que nous roulions vers l'aéroport, deux Range Rover nous ont barré la route, d'où sont sortis les hommes d'Emilio. Lui était là aussi. Une fusillade a éclaté dans laquelle il est mort, je crois que c'est une de mes balles qui l'a touché. Puis les *carabinieri* sont arrivés. Mario et moi avons dû nous cacher pendant un moment. Attendre que tout se calme. Les voitures que nous avons laissées étaient enregistrées au nom d'une de mes sociétés. Les *carabinieri* n'ont lâché que peu d'informations sur l'affaire, ce qui n'a pas empêché la presse de s'en mêler. Et d'annoncer ma mort au lieu de celle d'Emilio.

J'ai le souffle coupé. J'ai l'impression d'être dans un film de gangsters. Je ne sais pas si moi et mon cœur malade allons pouvoir survivre dans ce monde, mais je suis certaine d'une chose. Je suis follement amoureuse de la personne qui se trouve en face de moi.

Massimo continue :

— Juste pour que tu saches, Laura. Elle n'a jamais été enceinte, je fais très attention avec ce genre de chose.

J'avais complètement oublié ce que Domenico m'a dit le jour de mon départ de Sicile.

— Tu as un traceur implanté sous la peau ? je demande, le plus calmement possible.

Massimo se redresse. Son expression a changé, comme s'il savait ce que j'allais demander après.

— Oui, répond-il simplement, en se mordant les lèvres.

— Tu peux me le montrer ?

Massimo retire son haut, puis s'approche de moi. Il tend son bras gauche, puis attrape ma main de son bras libre. Il me fait palper un petit tube sous sa peau. Je retire ma main comme si je m'étais brûlée. Puis je touche le même endroit sur mon corps.

— Laura, avant que tu deviennes hystérique, ajoute-t-il en remettant son tee-shirt. L'autre nuit, j'ai…

Je ne le laisse pas finir.

— Je vais te tuer, Massimo, vraiment, je grogne entre les dents. Comment tu as pu me mentir sur un sujet aussi important que celui-ci ?

J'attends qu'il dise quelque chose d'intelligent, je pense à ce qui va se passer si…

— Désolé. À ce moment-là, je pensais que le

meilleur moyen de te garder, c'était de te faire un enfant.

Je sais qu'il est sincère. Habituellement, ce sont les femmes qui coincent les hommes riches comme ça, pas l'inverse.

Je me lève et prends mon sac pour sortir. L'homme en noir me suit. D'un geste, je lui intime de rester où il est. Je sors. Je descends au garage en essayant de me calmer. Je monte dans la voiture, puis je pars au centre commercial le plus proche de la maison. J'y trouve une pharmacie, j'achète un test et je rentre. L'homme en noir n'a pas bougé, il est à la même place que tout à l'heure. Je pose mes affaires et déclare d'un ton décidé :

— Tu as interféré dans ma vie. Tu m'as enlevée, tu me forces à passer une année avec toi en menaçant ceux à qui je tiens le plus. Ça ne te suffit pas. Tu es obligé de tout foutre en l'air en décidant tout seul de me mettre enceinte. Alors, Don Massimo, je vais te dire comment ça va se passer, je continue, énervée. S'il s'avère que je suis enceinte, tu partiras et je ne serai jamais à toi.

L'homme en noir se lève.

— Je n'ai pas fini. Tu verras l'enfant, mais pas moi. Il ne prendra jamais le pouvoir après toi et n'habitera pas en Sicile, c'est clair ? Je vais le garder et je l'élèverai, même si je ne le veux pas. Pour moi, une famille est composée de trois personnes. Je ne vais pas laisser tes caprices gâcher la vie d'un être qui n'a pas demandé à être là. Tu comprends ?

L'homme en noir s'approche et se place en face de moi.

— Et si tu ne l'es pas ?

— Une longue pénitence t'attend, dis-je en me retournant.

J'attrape le test pour aller dans la salle de bains. Je sens à peine mes jambes. Je lis les instructions, puis je pose l'indicateur en plastique sur le lavabo. Assise par terre, adossée au mur, j'attends le résultat. Mon cœur bat si vite que je le vois quasiment sortir de ma poitrine. Je sens mon sang pulser. J'ai peur, j'ai envie de vomir.

Massimo frappe à la porte.

— Laura, tout va bien ?

— Attends, je crie en regardant le lavabo. Mon Dieu…

14

Quand je finis par ressortir de la salle de bains, l'homme en noir est assis sur le lit, avec une expression sur le visage que je ne lui avais encore jamais vue. Il est inquiet, il a peur, mais il est surtout très tendu. Dès qu'il me voit, il se lève. Je lui tends le test. Négatif. Je le jette par terre, puis je pars dans la cuisine. Je sors une bouteille de vin du frigo, je me sers un verre, le bois cul sec. Je me retourne, Massimo est appuyé contre le mur.

— Ne fais plus jamais ça. Si un jour on décide de devenir parents, on le deviendra, mais parce qu'on le veut tous les deux. Tu comprends ?

Il s'approche, pose sa tête sur mon épaule, le visage dans mes cheveux.

— Je suis désolé, bébé, chuchote-t-il. En réalité, je suis un peu triste, on aurait eu un très bel enfant.

Il se décale en rigolant comme s'il savait que j'allais lui foutre une gifle. Il attrape mon bras en plein vol et continue à me taquiner :

— Si c'est un garçon, avec ton caractère, à l'âge de trente ans il sera *capo di tutti capi*. Même moi, je n'ai pas réussi !

— Tu saignes à nouveau, je remarque en ouvrant

sa chemise. On va chez le médecin, cette conversation à la con est terminée, notre fils ne fera pas partie de la mafia.

Il se colle à moi, malgré le sang qui macule ma robe. Il m'embrasse délicatement et murmure :

— Donc, on va avoir un fils ?

— Allez, arrête. J'ai dit ça à titre d'exemple. Je m'habille et on file à la clinique.

Je lui refais ses bandages, puis je vais me changer. J'enfile un jean slim troué, une chemise blanche et mes baskets préférés Isabel Marant. Je suis prête quand l'homme en noir entre et ouvre une des quatre grandes armoires. Je découvre qu'elle est remplie de ses affaires.

— Quand est-ce que tu as eu le temps de t'installer ?

— Hier dans la journée, mais j'ai eu de l'aide.

Il enfile un jean délavé, un haut noir et des mocassins. Il a la classe. Je ne l'ai jamais vu comme ça, on dirait un jeune type normal. Il se met à fouiller dans ses valises et en sort une petite boîte.

— Tu as oublié quelque chose.

Il attache à mon poignet la montre qu'il m'avait offerte sur le trajet de l'aéroport.

— C'est aussi un traqueur ? je demande en rigolant.

— Non, Laura, c'est une montre. Un traqueur suffit, ne revenons pas sur ce sujet, termine-t-il, menaçant.

— On y va, sinon ça va s'ouvrir à nouveau, je décide en prenant les clés de la BMW.

— Tu as bu, donc tu ne conduiras pas, me dit-il en reposant les clés sur la table.

— Bon, d'accord, mais toi tu peux, sauf si tu ne sais pas conduire ?

Massimo me regarde d'un air coquin en relevant les sourcils.

— J'ai fait des courses de rallye à une période de ma vie, je crois qu'on peut considérer que je sais conduire. Mais on ne prendra pas ta voiture, je n'aime pas conduire les chars.

— J'appelle un taxi, alors.

Je sors mon téléphone et cherche le numéro. L'homme en noir me retire délicatement l'appareil des mains. Il ouvre le tiroir de la commode à côté de la porte d'entrée et en sort deux enveloppes.

— Tu n'as pas regardé, ici ? On a d'autres moyens de transport dans le garage qui me correspondent davantage. Allez, viens.

On descend au parking, Massimo appuie sur le bouton de la clé qu'il tient en main. Je vois des lumières clignoter. On s'en approche. C'est une Ferrari noire Italia. Je m'arrête pour admirer cette superbe voiture de sport.

— Il y en a d'autres qui t'appartiennent ? je demande en le regardant monter à bord.

— Celles que tu désires, bébé, allez, monte.

L'intérieur de la voiture ressemble à un vaisseau spatial. Comment conduire ce genre d'engin sans avoir lu le manuel d'utilisation en entier ?

— Il n'y avait pas plus ostentatoire ?

L'homme en noir appuie sur le bouton « start ». La voiture rugit. Il hausse les sourcils en rigolant.

— Nous avions d'autres options, mais la Pagani Zonda attire trop l'attention. Et puis, les routes ici ne sont pas adaptées à une voiture aussi basse.

À peine sortis du garage, je me rends compte que c'est un pilote chevronné. Je lui indique la route vers une clinique privée à Wilanow. J'ai choisi cet endroit, car j'y connais quelques médecins qui sont des amis. Je les ai rencontrés lors de conférences médicales que j'ai organisées, on s'est bien entendus. Ils aiment s'amuser, manger et boire et apprécient ma discrétion. J'appelle l'un d'eux, qui est chirurgien. Je lui explique que j'ai besoin de son aide.

Je me présente à la réception pour demander où je dois aller pour voir le Dr Ome. Les hôtesses m'ignorent, complètement obnubilées par l'homme qui m'accompagne. C'est la première fois que je vois des femmes réagir comme ça devant lui. Dans son pays, une peau mate et des yeux noirs sont monnaie courante. Ici, c'est rare et exotique. Je réitère ma demande, une des jeunes filles, gênée, nous indique l'étage et le numéro du cabinet.

— Le docteur vous attend, marmonne-t-elle.

Dans l'ascenseur, Massimo me murmure à l'oreille :

— J'aime t'entendre parler polonais. Même si ça m'énerve de ne rien comprendre. Au moins, notre fils saura parler trois langues.

Je ne réponds pas, car la porte de l'ascenseur s'ouvre.

Le Dr Ome n'est pas très beau, d'un âge moyen, ce qui semble rassurer l'homme en noir.

— Laura, bonjour. Comment tu vas ?

Je le salue, puis je présente Massimo tout en le prévenant qu'il faut parler anglais.

— C'est mon…

— Fiancé, intervient l'homme en noir. Massimo Torricelli, merci de nous accueillir.

— Dr Ome, mais appelez-moi Pawel. Qu'est-ce qui vous amène ?

Torricelli. Je connais enfin son nom de famille.

L'homme en noir se met torse nu, Pawel ouvre de grands yeux étonnés.

— Un accident de chasse, dit-il en voyant sa réaction. Un peu trop de chianti, voilà le résultat, ajoute-t-il en rigolant.

— Je comprends parfaitement, croyez-moi. Il m'est arrivé d'essayer d'attraper un train en marche, et je parle littéralement, après une soirée très arrosée.

Tout en racontant son histoire, le Dr Ome lui fait une anesthésie locale, puis recoud les blessures. Il rédige une ordonnance, avec de la pommade et des antibiotiques, et incite Massimo à faire attention.

Nous sortons de la clinique et remontons dans la voiture.

— On va déjeuner ? me demande-t-il en m'ôtant les mots de la bouche. Je n'arrive pas à m'habituer à cette couleur. Ça me plaît, ça te va très bien, mais tu es si… (Il réfléchit un instant.) différente.

— J'aime bien pour l'instant. Ce n'est qu'une couleur, je changerai quand j'en aurai marre. Allons-y, je connais un super resto italien.

Massimo sourit, puis tape une adresse dans le GPS.

— La nourriture italienne, on la mange en Italie. Ici, je voudrais bien tester des spécialités polonaises.

Nous traversons la ville en passant par des rues très étroites. Je suis contente que les vitres soient teintées, car les gens s'arrêtent sur notre passage et essaient de regarder à l'intérieur. Cette voiture est exactement comme Massimo : compliquée, dangereuse, difficile à gérer, mais ultra-sexy.

On s'arrête dans le centre, à côté d'un des meilleurs restaurants de Varsovie.

Lorsqu'on rentre, le manager nous accueille. L'homme en noir lui dit quelque chose discrètement. Après nous avoir indiqué notre table, l'homme disparaît. Peu de temps après, un homme chauve, assez âgé et élégant, apparaît. Il porte un costume graphite avec une doublure violette. Certainement du sur-mesure. Sa chemise est entrouverte et il a de superbes chaussures.

— Massimo, mon ami ! s'écrie-t-il en prenant l'homme en noir dans ses bras, qui a à peine eu le temps de se lever.

— Attention à ses points de suture, je murmure.

— Quel plaisir de te voir dans mon pays !

Les deux hommes discutent un moment, en oubliant que je suis là.

— Carlo, voici Laura, ma fiancée.

L'homme me fait un baisemain et ajoute :

— Carol, enchanté, mais tu peux m'appeler Carlo.

Je suis un peu étonné que Massimo connaisse le propriétaire d'un restaurant dans le centre de Varsovie alors qu'il n'est jamais venu ici.

— Ma question ne va sûrement pas vous surprendre, mais où est-ce que vous vous êtes rencontrés ?

Carlo regarde Massimo, qui me transperce de son regard glacial.

— Par le travail. On a des intérêts communs. Ce sont les hommes de Carlo qui sont venus te chercher à l'aéroport et t'ont protégée pendant mon absence.

Carlo s'assied avec nous et demande :

— Vous avez déjà commandé ? Si ce n'est pas le cas, permettez-moi de choisir pour vous.

Au bout d'un certain nombre de plats et de bouteilles de vin, je n'ai vraiment plus faim et je me demande ce que je fais là. Ils ne parlent que business. D'après ce que je comprends, Carlo est moitié polonais, moitié russe. Il a investi dans des restaurants et possède une entreprise de logistique qui s'occupe de transport international.

La sonnerie du téléphone de Carlo les interrompt. L'homme s'excuse et quitte la table. Massimo me prend la main et me regarde.

— Je sais que tu t'ennuies, mais, malheureusement, cela va dorénavant faire partie de ta vie. Parfois tu participeras à certains rendez-vous, parfois tu n'auras pas le droit d'y assister. Je dois régler quelques affaires avec Carlo. (Il baisse d'un ton et s'approche de mon oreille.) Mais quand on va rentrer à la maison, je vais te baiser dans chaque pièce de la maison.

J'ai chaud tout à coup. J'adore le sexe intense. Sa menace est comme une promesse. Ça vaut le coup d'attendre.

Je retire ma main de la sienne pour boire une gorgée de mon verre. Je m'adosse à mon siège.

— Je vais réfléchir.

— Laura, je ne te demande pas l'autorisation, je t'informe juste de ce qui va se passer.

Vu son regard, je sais qu'il ne rigole pas. C'est un de ces jeux auxquels j'adore jouer. Il se contrôle, mais bouillonne à l'intérieur. Je sais que plus je l'énerve, mieux on baisera.

— Je n'ai pas très envie aujourd'hui, j'ajoute en haussant les épaules.

Le regard de l'homme en noir s'allume, je sens qu'il me brûle. Il ne dit rien, il sourit juste ironiquement, comme s'il me demandait si je sais ce que je fais.

Carlo revient et brise le lourd silence qui pèse entre nous.

— Massimo, tu te souviens de Monica ?

— Comment aurais-je pu oublier ta charmante femme ?

L'homme en noir se lève pour embrasser la femme. Ensuite, il tend le bras vers moi.

— Monica, voici Laura, ma fiancée.

On se serre la main.

— Bonjour, ça fait plaisir de voir Massimo avec une femme plutôt qu'avec Mario. Je l'aime beaucoup, mais je me vois mal lui dire qu'il a de magnifiques chaussures, n'est-ce pas ? dit-elle en souriant.

Malgré notre différence d'âge, je sens qu'on va bien s'entendre. Monica est grande, brune, elle a des traits fins. J'ai du mal à lui donner un âge, elle a soit des gènes d'un autre monde, soit un chirurgien esthétique très doué.

— Enchantée, je m'appelle Laura. J'allais dire la même chose au sujet de tes chaussures, il me semble que c'est la dernière collection de Givenchy, non ? dis-je en montrant ses bottes.

Monica sourit.

— Je vois qu'on a des goûts en commun. Je ne sais pas si leur conversation t'intéresse vraiment, mais je te propose d'aller au bar. Je te garantis que tu vas bien t'amuser.

Elle rit en montrant ses belles dents blanches.

— Ça fait une heure que j'attends qu'on me sauve, merci, dis-je en me levant.

Massimo n'a rien compris de ce qu'on a dit car la langue polonaise lui est étrangère, heureusement. Il me regarde lorsque je repousse ma chaise.

— Tu vas quelque part ?

— Oui, je vais discuter avec Monica de choses plus intéressantes que les finances, de chaussures par exemple, je blague.

— Alors, amuse-toi, mais pas trop longtemps, on va bientôt partir. Rappelle-toi qu'on a des affaires à régler tout à l'heure.

Je le regarde droit dans les yeux, comme si j'avais oublié de quoi il s'agit. Des affaires ? Je réfléchis. Ses yeux sont devenus complètement noirs, la pupille s'est dilatée dans l'iris. Ah ! ces affaires-là !

— Comme je te l'ai déjà dit, Don Massimo, je vais y songer.

Alors que je commence à m'éloigner de la table, il m'attrape le poignet. Il se lève brusquement et m'attire à lui, puis il m'embrasse langoureusement, comme s'il n'y avait personne autour de nous ou plutôt comme si leur présence ne le dérangeait pas du tout.

— Réfléchis vite, bébé, dit-il en se détachant de moi.

Pendant quelques secondes, je ne bouge pas, je l'observe. Il est si différent quand nous ne sommes pas seuls ; en public, il porte un masque qu'il ne retire que lorsque nous sommes tous les deux.

Massimo se rassied et reprend sa discussion avec Carlo. Je rejoins Monica au bar.

Le restaurant, bien que ne servant que de la cuisine polonaise, n'est pas un de ces lieux rustiques au décor folklorique. Il occupe tout le premier étage d'un ancien immeuble d'habitation. Les hauts plafonds et les larges colonnes donnent à la pièce un air d'avant-guerre. Au milieu, un vieil homme élégant joue sur un piano à queue noir.

Tout est blanc, à part l'instrument lui-même : les nappes, les murs et le bar. Tout cela forme un ensemble cohérent et très élégant.

— Long Island, dit Monica en s'asseyant au bar. Tu veux la même chose ?

— Oh, non, le Long Island, c'est le diable, surtout que la nuit passée n'a pas été soft. Un verre de prosecco, s'il vous plaît.

On parle mode un bon moment. Elle me raconte sa semaine à New York cette année, le soutien qu'elle apporte aux jeunes créateurs polonais, puis à quel point il est difficile de bien s'habiller dans ce pays. Je comprends vite que ce n'est pas de cela qu'elle veut me parler. Elle change de sujet :

— Tu es donc bien réelle.

Je ne comprends pas de quoi elle parle jusqu'à ce que je me souvienne de tous ces portraits accrochés aux murs dans la maison de l'homme en noir.

— Même moi, j'ai du mal à y croire, mais il semblerait que oui. À la différence que, depuis quelques jours, j'ai les cheveux clairs.

— Il t'a trouvée quand ? Et où, surtout ? Raconte, on meurt de curiosité. Enfin, Carlo peut-être pas, mais moi je veux tout savoir.

Ça me prend un moment de lui raconter toute l'histoire, sans entrer dans les détails, bien sûr. Je ne sais pas ce que je peux dire à une femme que je viens de rencontrer. J'ai l'impression que je la connais depuis des années, mais je décide tout de même de rester vigilante.

— Tu as une tâche difficile devant toi, Laura. Être la femme d'un tel homme peut représenter un vrai défi.

Je sais de quoi s'occupent ton homme et le mien, c'est pour ça que je te dis: moins tu en sais, mieux c'est.

— J'ai remarqué que les questions n'étaient pas conseillées.

— Ne demande rien. S'il veut te dire quelque chose, il le fera lui-même. Et s'il ne te dit rien, ça veut dire que l'affaire ne te concerne pas. Et ce qui est très important, c'est de ne jamais douter de ses décisions en termes de sécurité. (Elle plonge son regard dans le mien.) Rappelle-toi que tout ce qu'il fait est pour te protéger. Je ne l'ai pas écouté un jour, admet-elle en retroussant les manches de sa chemise blanche. Et je me suis fait kidnapper.

Je regarde ses poignets, sur lesquels je vois des cicatrices qui ont l'air anciennes.

— C'était un câble. Carol m'a retrouvée en un jour à peine. Je ne lui ai plus jamais désobéi depuis sur ces sujets-là. Avec Massimo, c'est pire, il t'a cherchée longtemps et croit réellement en la signification de ses visions. Il va te traiter comme un trésor rare, qu'il pense que tout le monde veut lui voler. Donc, sois patiente, je pense qu'il le mérite.

J'essaie de digérer ce qu'elle me dit. Je commence à prendre conscience de la réalité de la situation, je sors du cocon dans lequel je me retrouve avec Massimo. Tout cela n'est vraiment pas un rêve. L'homme en noir me tire de mes pensées.

— Mesdames, il est temps pour nous de partir, on a une affaire pressante à régler. Monica, ce fut un plaisir de vous voir. J'espère vous revoir avec Carol rapidement en Sicile.

On prend congé. Avant que je sorte, Monica m'attrape le bras et chuchote:

— N'oublie pas ce que je t'ai dit.

Son ton me terrifie. Pourquoi est-ce que quelqu'un voudrait m'enlever ? Et pourquoi quelqu'un l'a-t-il enlevée, elle ?

— Monte, bébé, dit Massimo en ouvrant la porte de la voiture.

Je secoue la tête comme si je pouvais en faire sortir ces idées bêtes. Je fais ce qu'il demande.

— Tu vas conduire ? Mais tu as bu !

L'homme en noir se tourne sur son siège pour me caresser la joue.

— Toi, tu as bu, moi, j'ai pris un seul verre. Mets ta ceinture, je suis pressé de rentrer.

La Ferrari noire traverse Varsovie à toute vitesse. Je me demande ce qu'il planifie. Je m'imagine différents scénarios, ce qui accentue mon excitation. On rentre dans le garage. On ne s'est pas dit un mot du voyage. Je me sens exactement comme la fois où on faisait du shopping ensemble à Taormine. Mais, cette fois-ci, je sais qu'il ne m'ignore pas, il est juste concentré. Quand on sort de la voiture, un homme de la sécurité s'approche.

— Madame Laura, vous avez reçu des colis. Ils vous attendent à la réception, au rez-de-chaussée.

Surprise, je regarde l'homme en noir. Il me regarde attentivement, les yeux légèrement plissés. Il lève les bras pour montrer son innocence.

— Ce n'est pas de ma part. Toutes tes affaires de Sicile sont arrivées ici avec toi.

On prend l'ascenseur jusqu'au hall. Je découvre une mer de tulipes blanches.

— Laura Biel, dis-je en m'approchant de la réception. Apparemment, j'ai reçu quelque chose.

— C'est exact, toutes ces fleurs sont pour vous. Avez-vous besoin d'aide pour les monter ?

J'ouvre de grands yeux. Il y en a des centaines. Je m'approche de l'un des bouquets pour récupérer la petite carte qui y est accrochée.

« Est-ce qu'il sait quelles fleurs tu aimes ? » J'en prends une autre : « Est-ce qu'il sait combien de sucre tu mets dans ton thé ? » Une autre : « Est-ce qu'il connaît tes passions ? » J'en lis encore d'autres. Je les froisse au fur et à mesure et je les enfouis dans les poches de mon jean.

L'homme en noir a les bras croisés sur la poitrine, il ne bouge pas. Il m'observe, jusqu'à ce que j'aie lu toutes les cartes.

— Vous savez quoi ? je me tourne vers l'homme de la réception. Renvoyez-les ou jetez-les. Si vous avez une copine, offrez-les-lui, elle sera ravie.

Je tourne les talons pour rejoindre l'ascenseur.

Massimo me suit. On entre dans l'ascenseur sans rien dire. Quand j'arrive à la porte, j'arrache l'enveloppe qui y est accrochée. Je rentre, puis je m'assieds sur le canapé en faisant tourner le papier blanc dans mes mains. Je relève la tête. Massimo est resté à l'entrée. Ses yeux sont remplis de haine, sa mâchoire serrée. Le voir comme ça me fait peur. Je me lève pour le rejoindre.

— Il ne me respecte pas, dit-il entre les dents.

— Oublie, ce ne sont que des fleurs.

— Que des fleurs ? Il y a quoi dans l'enveloppe ?

— Je ne sais pas et, en réalité, je n'en ai rien à foutre !

Je jette l'enveloppe dans la cheminée. Je prends la

télécommande et allume le feu. En quelques secondes, il n'y a plus de problème.

— Tu te sens mieux, Don Massimo ? (Il ne réagit pas.) Putain, Massimo, tu ne t'es jamais battu pour une femme ? Il a le droit de faire ça. Il a le droit d'essayer s'il ressent encore quelque chose pour moi. Et moi, j'ai le droit de prendre une décision. (Je baisse d'un ton et j'attrape son visage dans mes mains.) J'ai choisi, je suis là, à côté de toi. Alors, il peut faire toutes les folies qu'il veut, rien ne changera. Il est mort pour moi, comme cet homme qui est mort dans l'allée de ton domaine.

Massimo ne bouge toujours pas. J'ai juste droit à son regard glacial. Je sais que ce que je dis ne l'atteint pas. Il tourne la tête pour échapper à mes mains et part dans la chambre, furieux. Je l'entends ouvrir un placard. Il ressort de la chambre et passe à côté de moi en rechargeant son arme.

— Je vais le tuer, grogne-t-il en sortant son téléphone.

Je suis pétrifiée. Je ne sais pas quoi faire, je ne sais pas comment l'arrêter.

15

D'un geste très calme, je prends son téléphone et le pose sur la commode. Puis je tourne la clé dans la serrure et, sans quitter l'homme en noir du regard, je la glisse dans ma culotte. Je sens qu'il est sur les nerfs, il m'attrape à la gorge et me plaque contre le mur. Ses yeux sont remplis de haine. Mais, malgré son geste violent, je n'ai pas peur de lui. Je sais qu'il ne me fera pas de mal. Je le regarde en me mordant la lèvre, provocante.

— Donne-moi la clé, Laura.

Je déboutonne le premier bouton de mon jean :

— Viens la prendre toi-même si tu la veux.

Massimo glisse brutalement sa main dans ma culotte, sans enlever l'autre de mon cou. Je gémis en sentant ses doigts sur ma peau, dans ses yeux, la haine cède la place au désir.

Je ferme les yeux et murmure :

— Je pense qu'elle est plus bas.

— Bébé, si tu veux la jouer comme ça, il faut que tu aies conscience que je ne vais pas être délicat, me prévient-il en caressant mon clitoris. Toute ma colère va rejaillir sur toi, j'ai peur que la façon dont je vais te traiter ne te plaise pas. Laisse-moi sortir.

J'ouvre les yeux et le fixe.

— Baise-moi, Don Massimo… s'il te plaît.

Massimo resserre sa main autour de mon cou et se colle contre moi tout en me fusillant du regard.

— Je vais te traiter comme une pute. Tu comprends ça, Laura ? Et quand tu changeras d'avis, ce sera trop tard.

Je suis tellement excitée. La peur, le désir et le fait que je suis peut-être en train de sauver une vie.

Je ressens une pulsion qui ne fait qu'alimenter ma passion. Je le désire encore plus. Et imaginer sa brutalité me coupe le souffle.

— Alors, fais-le, je lui dis en collant mes lèvres aux siennes.

L'homme en noir me pousse à travers le salon et me jette sur le canapé aussi facilement que si j'étais une poupée gonflable. Il appuie sur le bouton d'une télécommande pour fermer les stores. Enfin, il éteint la lumière. Il fait complètement noir dans la pièce. Je ne sais plus où il est, mes yeux s'habituent lentement à l'obscurité. Soudain, sa main est sur mon cou et il insère son pouce dans ma bouche.

— Suce, ordonne-t-il en remplaçant son pouce par son sexe. Tu veux subir la punition à la place de ton ex, alors vas-y, suce !

Il m'attrape par les cheveux. Son sexe me force la bouche. Il bouge vite et fort, j'ai du mal à respirer. Il le sort pour me laisser prendre un peu d'air. Puis l'insère à nouveau. Ses mouvements sont plus lents, mais plus profonds.

— Ouvre ta bouche plus grand, je veux la mettre en entier, dit-il en posant ma tête contre le canapé et en s'agenouillant au-dessus de moi.

Je saisis ses fesses pour le rapprocher de moi. Je sens son pénis toucher ma gorge, y descendre. Je gémis, j'aime ça, j'aime avoir son goût dans ma bouche. Je le repousse délicatement et je prends ses couilles dans mes mains. Je joue avec, puis remets sa bite dans ma bouche. Massimo se tient au dossier du canapé, il respire fort. Je sais que la nuit passée ne l'a pas entièrement satisfait. Si je me débrouille bien, je vais bientôt le faire jouir. Je le suce de plus en plus vite. L'homme en noir m'attrape les cheveux et sort de ma bouche.

— Tu ne penses quand même pas que ce sera si facile ? Allonge-toi et ne bouge pas.

Je ne l'écoute pas. Je relève la tête et essaie de le sucer à nouveau. Furieux, il serre mon cou. Il me coince dans le coin du canapé, me retourne sur le ventre. En me maintenant toujours immobile, il me retire mon pantalon et ma culotte.

— Tu veux vérifier ce que tu peux supporter, Laura ? On va bientôt voir à quel point tu aimes la douleur.

Maintenant, j'ai peur, je commence à me débattre, mais il est bien plus fort que moi. Il me soulève par la taille, je suis à genoux, les fesses en l'air et le buste contre les coussins du canapé. Il commence à me fesser, fort. Je hurle, mais il n'arrête pas pour autant. Il frappe et frappe encore. Il écrase mon visage contre les coussins pour atténuer mes hurlements. Puis, délicatement, il insère son majeur dans ma chatte et murmure de plaisir.

— Je vois que ce que je fais te plaît, dit-il en léchant son doigt. J'adore ton odeur, Laura, ajoute-t-il en l'insérant à nouveau.

Soudain gênée, je tente de me soulever, mais il ne l'entend pas de cette façon. De plus en plus embarrassée, je crie :

— Massimo, lâche-moi tout de suite, tu entends ?

Il ne réagit pas, donc j'essaie autre chose.

— Don Massimo, putain !

Ça ne fait qu'empirer la situation. En plus de son majeur qui continue à entrer et sortir de moi, il ajoute son pouce qui pénètre mon anus.

— Ton cul est si étroit, j'ai hâte de le remplir, chuchote-t-il en me tournant la tête sur le côté.

Quand ses doigts prennent une allure démesurée, je suis au paradis. Je ne résiste plus, je ne veux plus bouger, j'adore ce qu'il me fait. L'homme en noir remarque que je ne me débats plus, alors il lâche mes cheveux. Il décale le coussin sur lequel je suis allongée pour se trouver au même niveau que moi. Je sens son buste contre mon dos. Son sexe touche mes cuisses. Sans arrêter le mouvement de sa main, il m'embrasse puis me mord le cou.

— Je vais bientôt te pénétrer Laura, détends-toi.

J'ai hâte. D'impatience, j'écarte les jambes. Je suis si excitée que s'il ne le fait pas, je vais m'empaler sur lui moi-même.

Massimo m'attrape à nouveau par les cheveux, comme s'il pensait que j'allais essayer de m'échapper.

— Je crois que tu n'as pas compris, bébé.

Je sens qu'il entre progressivement dans mes fesses. Je me raidis. Je ne respire plus. Il pousse un peu plus fort.

— Détends-toi, chérie, je ne veux pas te faire mal.

Malgré toute la violence de la situation, j'entends

qu'il est inquiet. Il est aussi délicat avec moi que possible. Je lui fais confiance, je sais qu'il veut me procurer du plaisir, pas me faire mal. Je recommence à respirer, ses doigts se posent sur mon clitoris.

— Très bien, bébé, maintenant, cambre-toi pour moi, chuchote-t-il, et je sens qu'il est entré tout entier.

Il sort, puis rentre de nouveau lentement, sans arrêter le mouvement de ses doigts. Ça me rend dingue. Il accélère. Il insère ses doigts libres dans ma chatte. Il est présent dans tous les endroits de mon corps. Je gesticule sous lui, je hurle de plaisir. Lorsque je sens que je suis proche de l'orgasme, je crie :

— Plus fort !

Massimo obéit. Il me saute si fort qu'une série d'orgasmes prennent possession de moi. Je serre les dents, je n'arrive pas à contrôler cette sensation de plaisir. Je sens qu'il explose à son tour, ses mouvements ralentissent. Tout son corps tremble. Il émet lui aussi un profond râle. Et il s'effondre sur mon dos et ne bouge plus un bon moment. Je sens que son cœur bat vite, lui essaie de reprendre son souffle.

Il se retire et se laisse tomber sur la moquette. Les jambes tremblantes, je vais prendre une douche.

Quand je reviens, Massimo n'est plus là. Affolée, je me jette sur la porte. Elle est toujours fermée. J'allume la lumière. La clé est par terre, à côté de ma culotte. Don Massimo descend l'escalier, enroulé dans une serviette.

— Je ne voulais pas te déranger, donc je me suis douché là-haut, me dit-il en enlevant la serviette de sa taille.

Mes genoux sont à nouveau tout mous. Il est si beau.

Il s'approche, sans me quitter du regard. Son torse blessé n'a pas perdu de son charme, c'est même attirant. Il est parfait et il le sait très bien. Une fois en bas, il m'embrasse sur le front.

— Tout va bien, bébé ?

J'acquiesce, l'attrape par la main et l'entraîne dans la chambre.

— J'en veux plus, dis-je en m'allongeant sur le lit.

Massimo rigole, puis me couvre avec la couette.

— Tu es insatiable. J'aime ça. Mais la vérité, c'est qu'on a oublié d'acheter des capotes. Donc, ou je baise à nouveau tes belles fesses, ou rien, car je n'arrive pas à m'arrêter une fois en route et, apparemment, ce n'est pas le moment pour faire un enfant.

Je le regarde, amusée, en m'installant confortablement.

— Donc, on fait quoi ?

— Que font les Polonais le dimanche soir ?

— Ils vont se coucher, car ils travaillent le lendemain, je réponds en souriant.

Massimo me fait un câlin. Il attrape la télécommande.

— Alors, on va faire comme eux, on va dormir. On a une grosse journée demain.

Je me relève sur les coudes, inquiète.

— Comment ça, grosse ?

— J'ai quelques affaires à régler avec Carlo. J'aimerais bien que tu m'accompagnes. On doit aller à Szczecin. Nous pourrions prendre l'avion, mais je sais que tu détestes ça, alors nous le retrouverons là-bas. Sauf si tu préfères rester ici, mais mes hommes devront te surveiller.

Je me rappelle ce que Monica m'a dit.

— Les hommes de Carlo vont me protéger ?

— Non, les miens. J'ai acheté l'appartement de l'autre côté de la rue. De cette façon, ils sont proches sans te déranger. Toutes les pièces sont équipées de caméras, ce qui me permet de voir ce qui se passe pendant mes absences.

— Pardon ? Don Massimo, tu n'exagères pas un peu ?

L'homme en noir roule sur le lit en riant et place ses jambes sur moi.

— Don Massimo, ou carrément Don Torricelli, si tu veux être plus officielle ? Comment va ton petit trou ? me demande-t-il en me caressant les fesses. Laura, qu'on soit clair : j'ai toujours envie de le tuer et je le ferai s'il me manque de respect encore une fois.

Je deviens pensive tout en le regardant.

— C'est si facile de tuer quelqu'un ?

— Ce n'est jamais facile, mais, si on a une bonne raison, ça devient supportable.

— Laisse-moi lui parler.

L'homme en noir soupire, puis se tourne sur le dos.

— Massimo, je t'aime, donc…

Je m'interromps en me rendant compte de ce que je viens de dire.

Il se relève et me scrute. Je me relève également. Nous sommes face à face. Je baisse la tête et ferme les yeux. Je n'étais pas prête à lui faire cet aveu, mais je l'ai dit et c'est la vérité.

Il relève mon menton avec un doigt et dit d'un ton très sérieux et calme :

— Répète.

Nerveuse, je cherche à trouver un peu d'air pendant quelques secondes.

— Je t'aime, Massimo. Je m'en suis rendu compte lorsque tu m'as abandonnée au Lido. Et j'en ai été certaine quand j'ai cru que tu étais mort. J'ai essayé de refouler ce sentiment car tu m'as enlevée, tu m'as retenue prisonnière, tu m'as fait du chantage… mais quand tu m'as laissée partir, je ne pensais qu'à une seule chose, te revenir.

Je suis tellement soulagée de lui avoir avoué mon amour que je sens mes yeux se remplir de larmes.

L'homme en noir se lève et disparaît dans le dressing.

Super, je me dis. Il va faire ses valises et partir. Je m'assieds au bord du lit et me couvre avec une serviette qui traînait par terre. Lorsqu'il revient, il porte un pantalon de jogging. Il tient quelque chose dans sa main.

— Ça ne devait pas se passer comme ça, dit-il en s'agenouillant devant moi. Laura, je veux que tu sois ma femme.

Il ouvre une petite boîte noire.

Mes yeux se posent sur le plus gros diamant que j'aie jamais vu. Je suis sous le choc, je ne peux pas prononcer le moindre mot. Je le regarde en essayant de respirer. Je sens les battements de mon cœur accélérer, j'ai la nausée. L'homme en noir le remarque. Il ouvre la table de nuit, prend mes médicaments et glisse un comprimé dans ma bouche.

— Je ne vais pas te laisser mourir avant d'avoir entendu ta réponse, chuchote-t-il en souriant et en me passant la bague au doigt.

La tension quitte mon corps, je me sens de mieux en mieux. Toujours agenouillé, Massimo attend ma décision.

— Mais..., je commence en n'ayant aucune idée de ce que je dois dire. Ça va trop vite. On se connaît à peine, en plus tout ça a commencé un peu... je marmonne.

— Je t'aime, bébé, je vais te protéger et je ne laisserai personne nous séparer. Je vais tout faire pour que tu sois heureuse et que tu aies tout ce dont tu as besoin. Si je ne suis pas avec toi, Laura, je ne serai avec personne d'autre.

Je le crois. Je sens que chaque mot qu'il prononce est sincère. Je sais combien cette déclaration a dû lui coûter. Quant à moi, qu'est-ce que j'ai à perdre ? Toute ma vie, j'ai fait ce qui était le plus raisonnable ou ce que les autres attendaient de moi. Je n'ai pris aucun risque, j'avais peur du changement, j'avais peur de décevoir. Et puis, entre une demande en mariage et un mariage, il peut se passer beaucoup de choses... Alors, je m'agenouille face à lui.

— Oui. Je vais t'épouser, Massimo.

L'homme en noir expire enfin, soulagé.

— Mon Dieu, dans quoi est-ce que je m'embarque ? je marmonne en m'adossant au lit. On se complique beaucoup la vie, tu sais ?

Il ne bouge pas.

— Écoute-moi maintenant, Massimo. Martin et sa vie ne comptent plus pour moi, mais je ne veux pas que tu commettes un geste irréparable à cause de moi. Je suis à toi, rien qu'à toi. Je suis la seule à pouvoir le lui faire comprendre. Le mariage repose sur la sincérité et la confiance. Si tu me fais confiance, tu me laisseras lui parler.

L'homme en noir a le regard vide.

— Même maintenant, même en ce moment, ce putain de con est là, entre nous. Je t'autorise ce rendez-vous pour qu'il dégage une bonne fois pour toutes. Si ça ne marche pas, on le fera à ma manière.

Je sais qu'il est sérieux. Je n'ai qu'une seule chance pour sauver la vie de mon ex.

— Merci, chéri, dis-je en l'embrassant tendrement. Maintenant, viens ici, en tant que fiancé, tu as de nouvelles obligations.

Nous n'avons pas fait l'amour cette nuit-là, nous n'en avions pas besoin. Nous étions ensemble et nous nous aimions, ça nous suffisait amplement.

16

Je n'aime pas me lever tôt, mais je sais que l'homme en noir ne va pas me laisser rester au lit. Aussi, je me précipite dans la salle de bains et j'en ressors vingt minutes plus tard, prête. Massimo est assis dans le salon, ordinateur sur les genoux, téléphone en main. Il est concentré, sérieux. Habillé comme à son habitude : chemise noire et pantalon foncé, élégant et chic. Je l'observe de loin tout en jouant avec ma bague. Je pense qu'il va devenir mon mari et que je vais passer le reste de mes jours avec lui. Une chose est sûre, ce ne sera pas une vie ennuyeuse ou ordinaire : elle risque de ressembler à un film de gangsters, mélangé de porno. Après l'avoir observé un moment, je vais dans mon dressing choisir une tenue assortie à la sienne. Je fais aussi ma valise. Lorsque j'entre dans le salon, Massimo lève la tête et pose son regard sur moi. Mon pantalon graphite taille haute et mes talons aiguilles allongent ma silhouette. En haut, j'ai opté pour un pull en cachemire d'une teinte de gris légèrement plus claire. Je suis élégante et parfaitement coordonnée avec mon fiancé.

— Madame Torricelli, vous êtes superbe, dit-il en posant son ordinateur et en s'approchant de moi.

J'espère que ton pantalon se retire facilement et qu'il ne se froisse pas trop, sinon tu risques d'être un peu plus négligée en arrivant.

Je lui souris, amusée.

— Premièrement, Don Massimo, ta belle Ferrari n'est pas adaptée pour ce genre d'activité, pas assez confortable. Deuxièmement, je ne suis pas à l'aise avec tous ces hommes de la sécurité, donc oublie.

— Qui a dit qu'on prenait la Ferrari ?

Massimo relève les sourcils et sort une deuxième paire de clés du tiroir.

— Je t'en prie, dit-il en ouvrant la porte.

Dans l'ascenseur qui mène au parking, nous sommes accompagnés de quatre gardes du corps. Du coup, moi, la petite blonde, je suis coincée entre cinq mastodontes. L'homme en noir discute avec eux en italien. On dirait qu'il leur donne des instructions.

Lorsque la porte s'ouvre à l'étage moins un, tous les agents de sécurité se répartissent dans deux BMX. Nous nous dirigeons vers le fond du garage. Don Massimo appuie sur le bouton de la clé. Je suis curieuse de voir quelle voiture va clignoter cette fois-ci. Une Porsche Panamera, bien sûr. Toute noire avec des vitres teintées. Je suis soulagée car, honnêtement, faire des acrobaties dans une Ferrari ne me tentait pas trop. Massimo m'ouvre la portière. Quand je suis installée, il se penche vers moi et murmure :

— Je vais te sauter tous les cent kilomètres. J'espère que la voiture te convient.

Il n'est jamais aussi excitant que quand il est dominateur. J'aime quand il me met face à ses décisions. J'aime aussi le mettre en boîte.

— On a presque six cents kilomètres à faire, tu penses que tu y arriveras ?

— Ne me provoque pas, sinon je le ferai tous les cinquante.

La route jusqu'à Szczecin passe vite. On discute et on baise sur des parkings dans les bois. On se comporte comme un couple d'adolescents qui a volé la voiture des parents et décidé de partir à l'aventure. Chaque fois que l'on arrive sur un parking, les agents de sécurité disparaissent discrètement, nous laissant toute notre intimité.

Nous restons quelques jours sur place. Je vais au spa et Massimo travaille. Malgré tout, nous prenons tous nos repas ensemble. Je m'endors à ses côtés chaque soir et me réveille dans ses bras.

Le mercredi, sur le chemin du retour, ma mère m'appelle :

— Salut, chérie, comment tu vas ?

— Oh, super, maman, j'ai beaucoup de travail, mais tout roule.

— Tant mieux. Tu te rappelles que c'est le mariage de ta cousine samedi ?

— Oh, putain !

— Laura Biel, comment tu parles !

Le mot « putain » étant un des rares que Massimo connaisse en polonais, il comprend que je ne suis pas très contente.

— Visiblement tu as oublié, donc je te rappelle que le mariage est à seize heures, essaie de venir plus tôt.

— Mais non, maman, c'était une exclamation de joie ! Bien sûr que je m'en souviens. On sera deux.

— Comment ça, deux ? Tu viens avec qui ?

— J'ai rencontré quelqu'un en Sicile. On travaille ensemble et j'aimerais bien venir avec lui, car il est à Varsovie quelques jours pour une formation. Tu as assez d'informations ou tu veux son certificat de naissance ?

— On se voit samedi, alors.

Elle raccroche, vexée.

Je regarde par la vitre. Comment annoncer à l'homme en noir qu'il va rencontrer mes parents ? Comment va-t-il réagir ? Il sent que je l'observe et que quelque chose m'inquiète. À la sortie suivante, il gare la voiture et se tourne vers moi.

— Dis-moi.

Il y a deux BMW derrière nous. Un homme en sort et vient vers nous. Massimo descend sa vitre, fait un geste de la main et dit quelque chose en italien. Le type repart, reste à côté de sa voiture et allume une cigarette.

— Samedi, on doit aller voir mes parents. J'avais complètement oublié le mariage de ma cousine, j'explique en grimaçant.

Je cache mon visage dans mes mains. L'homme en noir me regarde, amusé.

— C'est tout ? Je pensais qu'il y avait quelque chose de grave. Il va falloir que j'apprenne le polonais. Je ne comprends que les insultes, du coup j'interprète mal.

— Ça va être une catastrophe. Tu ne connais pas ma mère, elle va te noyer de questions. En plus, je vais devoir y participer en traduisant. La seule langue étrangère qu'elle connaisse est le russe.

— Laura, dit-il tranquillement en prenant mes mains, je t'ai dit que mes parents m'ont donné une éducation complète. En plus de l'italien et de l'anglais, je parle aussi russe, allemand et français.

Je suis surprise, moi qui ne parle qu'une seule langue étrangère.

— Ça ne me rassure pas du tout.

Lorsqu'on arrive à la maison, il fait nuit. Massimo se gare dans le parking, puis sort ma valise du coffre.

— Monte, il faut que je discute avec Paulo, me dit-il.

Je prends ma valise, puis marche vers l'ascenseur. J'appuie sur le bouton, apparemment il ne fonctionne pas. Je prends donc l'escalier et, quand j'arrive au rez-de-chaussée, je découvre des centaines de roses blanches. Oh, mon Dieu, surtout pas ça !

— Madame Laura ! s'écrie le réceptionniste. Je suis heureux de vous voir, vous avez à nouveau reçu des fleurs.

Je panique.

— L'ascenseur ne marche pas, il va passer par là, je marmonne.

— Excusez-moi, je n'ai pas compris…

Il y a beaucoup de fleurs, trop pour les cacher en si peu de temps. J'arrache une petite carte d'un bouquet : « Je n'abandonne pas. »

— Putain de sa race ! je hurle en écrasant la carte.

À ce moment-là, la porte s'ouvre et Massimo apparaît. Devant l'océan de fleurs, il serre les poings. Et, avant que j'aie pu dire le moindre mot, il repart. J'entends une porte claquer. Je suis déboussolée. Les pires scénarios défilent dans ma tête. Le bruit de moteur d'une Porsche me sort de mon état. Je monte à toute vitesse l'escalier qui mène à l'appartement, j'ouvre la porte et attrape les clés de la BM avant de repartir en courant au garage. Je m'installe au volant et appelle Martin en priant pour qu'il réponde.

Il décroche rapidement.

— Je vois que cette livraison a eu plus de succès que l'autre.

— Tu es où ? je crie.

— Pardon ?

— Tu es où, putain ? Là, maintenant !

— Pourquoi tu cries ? Je suis à la maison. Tu veux venir ?

Mon Dieu, pas ça. J'accélère.

— Martin, sors de chez toi tout de suite. Tu entends ? On se retrouve près du McDo. J'y serai dans cinq minutes.

— Les fleurs ont vraiment dû te plaire. Pourquoi tu ne veux pas venir ici ? J'ai commandé des sushis. Viens, on les mangera ensemble.

Irritée et terrifiée, j'accélère encore. Je roule en transgressant toutes les règles de conduite.

— Martin, putain, fais ce que je te dis.

J'entends sonner chez lui. Mon cœur bat à peine.

— Quelqu'un a sonné, ça doit être les sushis. Je serai devant le McDo dans cinq minutes, à toute.

Il raccroche. Je rappelle, mais il ne répond pas. Je rappelle encore et encore et encore. J'ai peur comme jamais je n'ai eu peur de ma vie.

Lorsque j'arrive sur place, je me gare à l'arrache, cours jusqu'à l'immeuble, tape le code et grimpe l'escalier à toute vitesse. J'attrape la poignée, la porte s'ouvre sur les gardes de l'homme en noir. À bout de forces, je rentre et m'écroule le long du mur.

Massimo se lève du canapé sur lequel il était assis, Martin tente de l'imiter, mais il est maintenu assis par un des gardes.

— Où sont tes médicaments ?

J'entends la voix de l'homme en noir de plus en plus loin, il m'attrape les épaules.

— Laura !

— J'en ai, dit Martin.

Quand j'ouvre les yeux, je suis allongée sur le lit, Massimo à mes côtés.

— Tu me donnes encore plus de raisons de le tuer. S'il n'avait pas eu tes médicaments..., s'interrompt-il en serrant la mâchoire.

— Laisse-moi lui parler. Tu me l'as promis, je t'ai fait confiance.

L'homme en noir ne me répond pas, mais il dit quelque chose en italien à ses hommes qui disparaissent derrière la porte.

— D'accord, mais je reste ici. Vous allez parler en polonais, donc je ne vais pas comprendre, mais au moins je veillerai à ce qu'il ne t'approche pas.

Je me lève pour aller dans le salon. Martin est assis sur le canapé d'angle gris, furieux. Son regard s'adoucit en me voyant. Je m'assieds à côté de lui, Massimo dans le fauteuil devant l'aquarium.

Martin prend la parole :

— Comment tu te sens ?

— Tu veux la vérité ? Je suis furieuse, j'ai envie de vous tuer tous les deux. Martin, à quoi tu joues ? Pourquoi tu fais ça ?

— Comment ça, quoi ? Je me bats, ce n'est pas ce que tu voulais ? Mais c'est plutôt toi qui me dois des explications. Qui sont ces types armés et qu'est-ce que fout cet Italien chez moi ?

Je laisse tomber ma tête en signe d'abandon.

— Je t'ai clairement dit que c'était fini. Tu m'as trompée, je ne te pardonnerai pas. L'homme qui est assis dans le fauteuil est mon futur mari.

Je sais que mes mots vont le blesser, mais c'est la seule façon que j'ai pour qu'il arrête et que je puisse le sauver. Martin me fixe, furieux.

— Je comprends maintenant. Tu voulais te marier et, comme je ne te l'ai pas demandé, tu as trouvé un gangster italien et tu vas devenir sa femme ? Tu es partie en vacances avec un type pour en trouver un autre, magnifique !

Massimo interprète mal le ton moqueur et dédaigneux de Martin, il sort son arme et la pose sur ses genoux. J'en ai marre de cette situation. J'en ai marre de tout ça.

Je passe à l'anglais pour que tout le monde comprenne :

— Je suis amoureuse, tu comprends ? Je ne veux pas être avec toi. Tu m'as trompée, tu m'as blessée. Tu t'es comporté comme un con le jour de mon anniversaire. Je ne veux plus jamais entendre parler de toi. Mais là, j'en ai marre de vous deux, si vous voulez vous entre-tuer, faites-le ! (Je me tourne vers Massimo.) Mais ça ne changera rien. C'est moi qui décide de ma vie, pas vous. Allez vous faire foutre !

Et je sors en courant de l'appartement.

Massimo crie quelque chose aux hommes qui attendent dans le couloir. Ils me suivent. Mais je suis bien plus rapide qu'eux et je connais mieux les lieux.

Je monte dans ma voiture et démarre en faisant crisser les pneus. J'imagine qu'en temps normal ils auraient tiré, mais, cette fois-ci, ils ne peuvent pas.

Mon téléphone n'arrête pas de sonner. Numéro inconnu. Je sais que c'est Massimo, mais je n'ai pas envie de lui parler, donc je l'éteins. J'arrive chez Olga en espérant qu'elle soit là. Je sonne, la porte s'ouvre. Mon amie n'a pas l'air très en forme.

— Tu es en vie ! dit-elle en me faisant entrer. Viens, ma tête va exploser, j'ai trop bu hier soir.

Je ferme la porte et la suis dans le salon. Elle se rassied et s'enroule dans une couverture.

— Je fais la fête depuis samedi avec le blond du Ritual, je crois qu'il est tombé amoureux, il ne me lâche pas.

Je ne réponds pas. Je viens de réaliser que j'ai laissé deux hommes prêts à s'entre-tuer, dont l'un est armé.

— Laura, tu es pâle comme un linge. On dirait Dominika, tu te souviens, elle était avec nous en primaire. Qu'est-ce qui se passe ?

Je secoue la tête. Je dois lui dire la vérité, tous ces secrets m'étouffent.

— Je t'ai menti.

Olga grimace et se tourne vers moi.

— Je n'habite pas chez un ami. Et le type que j'ai rencontré n'est pas un Italien lambda.

Il me faut deux heures pour lui raconter toute l'histoire. Quand j'ai fini, je sors la bague de ma poche et la glisse à mon doigt.

— Voilà la preuve, je soupire en posant ma tête sur le canapé. Maintenant, tu sais tout.

Olga regarde ma main, la bouche grande ouverte.

— Putain. J'ai l'impression que tu viens de me raconter un thriller, érotique en plus. Tu penses qu'il est arrivé quoi à Martin ?

Elle est totalement électrisée par l'histoire.

— Mon Dieu, Olga, je ne veux même pas penser à ce genre de choses. Pourquoi tu me demandes ça ?

Après avoir réfléchi un moment, elle prend son téléphone, tape un numéro, puis met le haut-parleur.

— On va vérifier.

Les secondes qui s'écoulent paraissent très longues. Mais, après cinq sonneries, j'entends la voix sourde de Martin.

— Tu veux quoi, la nympho ?

— Moi aussi, je suis contente de t'entendre. Je cherche Laura, tu sais où elle est ?

— Tu n'es pas la seule à la chercher. Je ne sais pas où elle est. Et je ne veux plus jamais la voir, plus jamais. Salut.

Il raccroche et nous explosons de rire.

— Il est en vie, Dieu merci.

— Même la Cosa Nostra sicilienne ne l'a pas achevé, ajoute Olga en se levant. Puisque tout le monde est en vie et que je suis au courant de la situation, tu veux rester à la maison ce soir ? Ça ne fera pas de mal à ton amoureux de s'inquiéter un peu.

Je soupire de soulagement. Des coups frappés à la porte interrompent notre conversation.

— À cette heure-ci ? (Olga, surprise, se lève pour aller ouvrir.) C'est sûrement le blond, je vais m'en débarrasser.

Elle ouvre et je la vois reculer sans dire un mot. Massimo entre dans l'appartement et me fixe de son regard glacial. Planté dans le couloir, on dirait qu'il attend quelque chose.

— Sacré bordel ! remarque Olga en polonais, sachant qu'il ne comprend pas un mot. Tu vas rester assise ? Il va rester comme ça ? Je dois vous laisser ? Je ne sais pas trop…

Je prends la parole :

— Qu'est-ce que tu fais ici ? Et comment tu m'as trouvée ?

— La voiture est équipée d'un GPS en cas de vol et je sais où habite ta meilleure amie. Tu ne m'as pas présenté, ajoute-t-il en se tournant vers Olga. Massimo Torricelli.

— Je sais qui tu es, répond-elle en lui serrant la main. Laura m'a tout raconté. Vous allez continuer à vous regarder en chiens de faïence ou vous allez discuter ?

Massimo se détend, moi, j'ai envie de rire. La situation est absurde. À l'image de tout ce qui se passe dans ma vie ces dernières semaines. Je me lève et prends mes clés de voiture. J'embrasse Olga sur le front.

— J'y vais, on déjeune ensemble demain, d'accord ?

— Allez régler vos histoires au pieu. Il est encore plus sexy que ce que tu m'as dit, répond Olga en me donnant une claque sur les fesses. Demande-lui s'il n'a pas un ami à me présenter !

— Fais-moi confiance, tu ne voudrais pas d'un mec dans son genre !

Nous quittons l'appartement sans nous adresser la parole. J'ouvre la voiture et m'y installe. L'homme en noir s'assied sur le siège passager.

— Où est la Porsche ?

— Paulo l'a déposée à la maison.

Nous n'échangeons pas un mot pendant tout le trajet vers la maison.

Arrivé à l'appartement, Massimo s'assied sur le canapé et passe nerveusement les mains dans ses cheveux.

— Ton amie sait qui je suis ? Tu lui as tout raconté ?

— Oui, j'en avais marre de mentir, Massimo. Je ne peux pas vivre comme ça. En Italie, c'est plus facile, tout le monde sait qui je suis. Ici, c'est un autre monde, d'autres gens, mes proches. Chaque fois que je dois leur mentir, je me sens mal.

Il reste assis, le regard vide.

— On rentre en Sicile après le week-end.

— Tu rentres si tu veux, moi, je ne vais nulle part. En plus, tu me dois des excuses.

L'homme en noir s'approche de moi, tremblant de colère, les yeux de nouveau complètement noirs, la mâchoire serrée.

— Je ne l'ai pas tué, donc tu ne peux pas m'en vouloir. Je suis allé là-bas pour lui faire comprendre à qui il avait affaire. J'ai posé des limites entre toi et lui.

— Je sais qu'il est en vie, je sais aussi qu'il va me laisser tranquille. Il a dit à Olga que je ne l'intéressais plus.

Massimo, amusé, met les mains dans ses poches.

— Ce serait vraiment bizarre qu'après ce que tu lui as dit, il veuille encore revenir.

Je fronce les sourcils et le regarde, confuse.

— Je ne l'ai pas tué, apprécie le geste, dit-il en m'embrassant sur le front.

Puis il disparaît dans la chambre.

Je me demande bien de quoi ils ont pu parler, je n'en ai pas la moindre idée. Je décide de le rejoindre dans la chambre. Je passe devant lui pour rejoindre la salle de bains, où je prends une douche en espérant qu'il me rejoigne. Lorsque je reviens, il est sur le lit, devant la télé, très détendu, pas l'allure de quelqu'un qui pointait une arme il y a quelques heures. Il me fascine.

Pour moi, c'est l'homme parfait, un vrai mâle. Il protège, il défend. Mais, pour le reste du monde, c'est un mafieux extrêmement dangereux. C'est étrange et excitant, mais est-ce que je serais capable de supporter ça à long terme ? Depuis hier soir, depuis qu'il s'est agenouillé devant moi, je me demande si passer le reste de mes jours à ses côtés est une bonne idée.

Sans quitter l'écran des yeux, Massimo prend la parole :

— Laura, il faut qu'on parle. Aujourd'hui, tu n'as pas répondu à mes appels et tu as éteint ton téléphone. Je ne veux pas que ça se reproduise. Il s'agit de ta sécurité. Si tu ne veux pas me parler, réponds et dis-le-moi, mais ne provoque pas des situations qui m'obligent à utiliser des moyens drastiques pour te retrouver.

Je me tiens dans l'embrasure de la porte avec une furieuse envie de me disputer, mais je me souviens de ce que Monica m'a dit. Je réalise qu'il a raison. Je m'approche du lit, jette ma serviette au sol. Je suis nue, mais il ne me regarde pas. Frustrée par son indifférence, je m'allonge dans le lit, lui tourne le dos et m'endors presque instantanément.

Je sens que quelqu'un caresse mon clitoris. Je sens

deux doigts me pénétrer. Dans un demi-sommeil, je suis un peu désorientée. Je ne sais pas ce qui se passe, si je suis dans la réalité ou si je rêve.

— Massimo ?

— Oui ?

— Qu'est-ce que tu fais ?

— Il faut que je te pénètre, sinon je vais devenir fou, dit-il en se collant contre moi de sorte que je sens sa superbe érection contre mes fesses.

— Je n'ai pas envie.

— Je sais, répond-il en me pénétrant.

Je gémis en penchant la tête en arrière. On est allongés sur le côté, son bras puissant enroulé autour de moi. L'homme en noir ne bouge pas, il me caresse délicatement les seins. Je suis complètement réveillée à présent, excitée par ses gestes.

— Je veux te sentir, Laura, murmure-t-il quand je commence à balancer doucement mes hanches. Ne bouge pas.

Il m'énerve ! Il me réveille, me chauffe et, ensuite, me demande de rester aussi immobile qu'une statue.

Je change de position et grimpe sur lui.

— Tu me sens bien, là ? dis-je en mettant mes mains autour de son cou.

Massimo ne se défend pas, il attrape mes hanches pour les faire bouger délicatement. Même sous moi, il faut qu'il garde un rapport de domination. Je resserre mes mains et m'allonge sur lui.

— Cette fois, c'est moi qui vais te baiser.

Mon clitoris frotte contre son ventre, j'en veux plus. Mes mouvements deviennent de plus en plus intenses et naturels. L'homme en noir resserre ses mains sur mes fesses, ça me fait mal et ça le fait gémir. Je ne peux pas me retenir et je lui envoie une gifle, ce qui me fait jouir intensément. Sous le coup de l'orgasme, tous mes muscles se raidissent, je ne bouge plus. Massimo s'agrippe à mes hanches pour me faire bouger sur lui. Il me pénètre les fesses d'un doigt, ce qui me déclenche immédiatement un second orgasme. Il bouge de plus en plus vite.

— Encore, bébé, chuchote-t-il.

Je me redresse et le frappe à nouveau. Je n'ai jamais eu d'orgasmes aussi intenses. Je n'ai jamais joui autant de fois d'affilée. L'homme en noir me retourne sur le dos. Il est agenouillé sur moi. Je suis épuisée, mais j'en veux plus.

— Je n'ai pas intention de continuer, dit-il en s'allongeant à côté de moi. Les capotes sont restées dans la voiture, et je déteste me retirer avant la fin.

Je le regarde, étonnée. Il n'y a pas assez de lumière pour que je voie l'expression de son visage. J'ai toujours considéré le fait de le faire jouir comme un défi personnel, presque plus satisfaisant que mes propres orgasmes.

— Très bien, je vais m'occuper de toi alors.

Je le prends dans ma bouche.

L'homme en noir respire fort. Son corps m'indique qu'il est prêt à venir.

Je prends sa main et la pose sur ma tête. Je veux qu'il impose le rythme qui lui convient. Massimo s'accroche à mes cheveux et pousse ma tête pour me forcer à l'avaler en entier.

Il se met à jouir. Je n'arrive pas à avaler, le liquide coule de ma bouche. Il n'y prête même pas attention, tout à son plaisir. La pression de sa main se détend. Elle glisse le long de mon visage jusqu'à tomber sur le matelas. Je lève les yeux et lèche vulgairement son ventre.

— Tu es sucré, je murmure en m'allongeant à côté de lui.

J'appuie sur le bouton de la télécommande sur la table de nuit. Les leds sous le lit s'allument. Il y a suffisamment de lumière pour que je puisse voir son visage. Il est immobile et me regarde fixement, tout en essayant de reprendre son souffle.

— Tu es une perverse, Laura.

Je continue à le provoquer en léchant les restes de son sperme sur mes lèvres.

— Tes visions n'avaient jamais rien de sexuel ?

— Je me suis souvent demandé comment tu serais au lit, mais c'est toujours moi qui te baisais, pas l'inverse.

Je m'approche et lui embrasse le menton.

— Je suis comme ça, parfois j'ai envie de prendre le contrôle. Mais ne t'inquiète pas, c'est assez rare. En général, je préfère être esclave plutôt que bourreau. Je ne suis pas cruelle, juste perverse, il y a une différence.

— Si ça n'arrive pas trop souvent, je vais pouvoir le supporter. Et fais-moi confiance, bébé, dit-il en passant sa main dans mes cheveux, tu es cruelle, perverse, sans pitié et, Dieu merci, tu es à moi.

17

Les deux jours suivants sont assez calmes. Je vois Olga, Massimo voit Carlo. Nous prenons nos petits déjeuners ensemble et nous regardons la télé avant de dormir.

Le samedi, je me réveille à six heures. Je vais présenter l'homme en noir à mes parents et ça m'angoisse. Il y a encore quelques jours, j'avais peur qu'il les tue, aujourd'hui, il va les rencontrer.

Lorsqu'il a enfin émergé, je commence à me préparer, en ayant l'air le plus naturelle possible. Je vais dans le dressing, à la recherche de la tenue parfaite, en oubliant complètement que mes plus belles pièces sont restées en Sicile. Désespérée, je m'assieds sur le tapis en fixant les cintres d'un air désespéré.

— Tout va bien ? me demande-t-il, adossé à l'embrasure de la porte, une tasse de café à la main.

Je ne peux m'empêcher de bouder.

— Souci standard de la majorité des femmes sur cette planète : je ne sais pas quoi mettre.

Massimo boit une gorgée en m'observant, comme s'il avait deviné que ce n'est pas la tenue qui m'inquiète.

— J'ai quelque chose pour toi, dit-il en approchant de son côté du dressing. Elle est arrivée vendredi. C'est Domenico qui l'a choisie, j'espère qu'elle va te plaire.

Il sort de son armoire un cintre recouvert d'une housse au logo Chanel. Émerveillée, je me relève d'un bond. Je descends la fermeture Éclair et saute de bonheur en découvrant une magnifique robe en soie couleur nude, avec des manches longues et un très grand décolleté. Elle est idéale, simple, modeste et sexy.

Je l'embrasse sur la joue.

— Merci ! Comment je peux te remercier ? je demande en me mettant à genoux, ma bouche pile face à sa braguette. J'aimerais beaucoup te montrer à quel point elle me plaît.

Massimo s'appuie sur l'armoire, puis m'attrape les cheveux. Je descends son pantalon jusqu'aux chevilles. J'ouvre la bouche pour qu'il décide lui-même de la suite du jeu. L'homme en noir me regarde, ses yeux brillent de désir, mais il ne bouge pas. Impatiente, j'essaie de l'attraper avec mes lèvres, mais il m'en empêche.

— Enlève ton pull, ordonne-t-il. Maintenant, ouvre grand la bouche !

Il s'introduit très lentement. Je sens chaque centimètre sur ma langue. Je gémis de plaisir et commence à le sucer. J'adore ça, j'adore son goût et la manière dont il réagit.

— Ça suffit, dit-il après quelques secondes en se retirant et en remontant sa braguette. Tu ne peux pas toujours avoir ce que tu veux, tu vas être en retard chez le coiffeur.

Je suis déçue, je suis excitée et j'ai envie de lui. Je l'observe sortir du dressing. Je sais qu'il ne s'enlèverait pas ce plaisir pour rien, il a forcément un plan. Je regarde l'heure et découvre que je suis effectivement en retard. Je me lève rapidement, cours dans la cuisine, bois une gorgée de thé et attrape une brioche sucrée. Dès que j'avale le premier morceau, je me sens nauséeuse. J'atteins la salle de bains juste à temps. J'ai failli renverser l'homme en noir au passage. Quelques minutes plus tard, j'entends frapper à la porte. Je me relève, me nettoie la bouche et ressors.

— Tout va bien ?

Je m'approche de lui, pose mon front sur son torse.

— C'est le stress. L'idée que tu rencontres mes parents m'effraie. Je ne sais pas pourquoi j'ai dit qu'on allait venir. Je suis tendue, énervée, je préférerais rester à la maison.

L'homme en noir rigole.

— Est-ce que tu te sentirais mieux si je te baisais tellement fort que tu ne pourrais plus t'asseoir de la journée ? demande-t-il, amusé.

Je réfléchis un moment. Ma nausée est en train de disparaître. Je me dis que le sexe peut effectivement me détendre et améliorer mon humeur. La simple idée qu'il me baise me ferait déjà me sentir mieux.

Il regarde sa montre, puis m'attrape la main. Il m'emmène au salon et retire mon pantalon.

— Penche-toi, dit-il en mettant une capote. Maintenant, cambre-toi, je vais le faire vite, mais fort.

Il fait ce qu'il a dit et, effectivement, quand je pars chez le coiffeur, je suis détendue et bien plus calme.

Une bonne heure plus tard, je suis de retour à la

maison. Massimo n'est pas là. Je l'appelle, mais il ne répond pas. Il ne m'a pas prévenue qu'il avait un rendez-vous. Je suis un peu inquiète, mais je me raisonne en me disant que c'est un grand garçon. Je pars me maquiller. Après avoir essayé de le joindre pendant deux heures et demie, je suis officiellement énervée. Je me rends dans l'appartement d'en face pour demander à ses hommes s'ils savent quelque chose. Personne ne m'ouvre. Ma montre indique qu'il est tard, on devrait déjà être partis. Je m'assieds sur le canapé, prête dans ma robe courte et mes talons aiguilles, me demandant quoi faire. Je n'ai pas envie d'y aller seule, mais ma mère ne me pardonnera jamais si je ne viens pas. Je prends mon sac et les clés de la BMW, et je descends au garage.

Sur la route, je cherche quelle excuse je vais pouvoir trouver pour justifier l'absence de mon compagnon. Je me décide pour une histoire de maladie de dernière minute. Lorsque je suis à une vingtaine de kilomètres de ma destination, je vois, dans mon rétro, une voiture se rapprocher à toute vitesse. Elle me double et me bloque la route. Massimo sort avec grâce de sa Ferrari. Il porte un costume gris qui fait ressortir sa belle silhouette. Il ouvre ma porte et me tend la main.

— Des affaires, m'explique-t-il en haussant les épaules. Allez, viens.

Je garde les mains sur le volant en regardant droit devant moi. Je déteste ce sentiment de faiblesse que je ressens si souvent à cause de ses affaires. Je sais que je n'ai pas le droit de demander. Même si je le fais, il ne répondra pas et ça m'énervera d'autant plus.

Au bout d'un moment, un SUV noir se gare derrière nous. Massimo répète, irrité cette fois :

— Laura, si tu ne sors pas tout de suite de la voiture, je vais devoir t'en sortir moi-même et je risque d'abîmer ta tenue.

En l'ignorant, je lui tends la main et monte dans la Ferrari. Massimo s'installe et pose une main sur ma cuisse comme si de rien n'était.

— Tu es sublime, mais il te manque quelque chose.

Il sort de la boîte à gants un paquet de chez Tiffany & Co. Mes yeux s'illuminent, mais je fais de mon mieux pour ne pas lui montrer mon excitation.

— Tu ne peux pas m'acheter avec une breloque, dis-je quand il ouvre l'écrin qui contient un collier en diamants étincelant de mille feux.

Il l'attache autour de mon cou, puis m'embrasse délicatement sur la joue.

— Maintenant, c'est parfait, juge-t-il en démarrant. Et cette breloque, comme tu dis, est en platine et diamants. Je suis désolé qu'elle ne soit pas à la hauteur de tes attentes.

J'aime bien son sourire malicieux quand il pense prouver sa supériorité. Ça m'excite et ça m'énerve tout autant.

— Où est ta bague, Laura ? demande-t-il en doublant une voiture. Tu sais que, tôt ou tard, tu vas devoir leur dire que tu te maries ?

— Mais je peux ne pas le faire aujourd'hui ! je crie, irritée. En plus, Massimo, qu'est-ce que je suis censée leur dire ? Peut-être : Maman, papa, j'ai rencontré un type qui m'a enlevée parce qu'il a eu des visions de moi. Ensuite, il m'a enfermée en me menaçant de vous tuer, mais finalement je suis tombée amoureuse de lui et je veux l'épouser. Qu'est-ce que tu en penses ?

L'homme en noir fixe la route. La mâchoire serrée, il ne dit pas un mot.

— Laisse-moi faire cette fois. Dans quelques semaines, je dirai à ma mère que je suis tombée amoureuse. Dans quelques mois, je lui dirai qu'on est fiancés. Elle pensera que les choses se sont faites naturellement, ce sera bien moins louche.

Massimo continue à fixer la route, je sens qu'il est furieux.

— Tu m'épouseras le week-end prochain, Laura. Pas dans quelques mois. Dans sept jours.

Je le regarde, sous le choc. J'entends mon cœur battre. Je ne pensais pas qu'il était si pressé. J'imaginais un mariage au début de l'été, pas dans une semaine. Des dizaines de pensées me traversent l'esprit, dont une question essentielle : dans quoi je me suis encore fourrée ?

L'homme en noir s'arrête devant le portail de mes parents. Il se tourne vers moi.

— Écoute, bébé, je vais te dire comment ça va se passer. Samedi prochain, tu deviendras ma femme et, dans quelques mois, tu m'épouseras à nouveau pour rassurer tes parents. (Il approche ses lèvres des miennes et m'embrasse délicatement.) Je t'aime. Et t'épouser est l'avant-dernière chose que je veux faire dans ma vie.

Il se gare dans l'allée de la maison.

— Avant-dernière ?

— La dernière est d'avoir un fils, répond-il en ouvrant la portière.

Je reste assise en essayant de reprendre mon souffle. J'ai du mal à croire tout ce qui arrive, et à quel point ma vie a changé ces deux derniers mois. Prends-toi en main, me dis-je en sortant de la voiture. Je remets ma robe en place, puis respire un bon coup. La porte d'entrée s'ouvre sur mon père.

— En piste, dis-je, chancelante. J'espère que tu te souviens de ma version des faits ?

Massimo rigole en tendant la main à mon père qui s'approche.

— Chérie, tu es resplendissante, cette couleur de cheveux te va très bien. Je ne sais pas si c'est grâce à ce jeune homme ou à ta coiffure, mais tu rayonnes.

— Sûrement les deux, je réponds en l'embrassant et en le prenant dans mes bras.

Nous nous installons sur la terrasse. Massimo fait comme j'ai demandé, il garde une certaine distance. Mais, soudain, son expression change. Il fixe quelque chose derrière moi. Curieuse, je tourne la tête, c'est ma mère qui arrive dans une extraordinaire robe longue couleur crème. Elle accueille l'homme en noir d'un magnifique sourire. Je me lève et l'embrasse.

— Massimo, voici ma mère, Klara Biel.

L'homme en noir se lève, visiblement abasourdi. Il se reprend vite et la salue en russe en lui faisant un baisemain. Elle minaude en souriant jusqu'au moment où son regard se pose sur moi.

— Chérie, tu viens m'aider dans la cuisine ? demande-t-elle avec un sourire déconcertant qui cache un problème.

Elle se retourne et disparaît dans la maison. Laissant les hommes discuter, je la suis.

Lorsque j'arrive dans la cuisine, elle m'attend à côté de la table, les bras croisés sur la poitrine.

— Laura, qu'est-ce qui t'arrive ? Tu changes de travail, tu changes d'appartement, tu changes radicalement d'apparence et, maintenant, tu ramènes un Italien à la maison. Dis-moi, car je sens que tu me caches des choses.

Son radar est toujours aussi efficace. Je sais que lui mentir ne sera pas facile, mais je ne pensais pas qu'elle allait capter si vite.

— Maman, j'avais envie de changer de look. On a déjà parlé de mon voyage, et Massimo, c'est un ami du travail. Il m'apprend beaucoup et je l'apprécie énormément. Je ne sais pas quoi te dire à son sujet, car je ne le connais que depuis quelques semaines.

Moins j'en dis, mieux ce sera.

Elle ne bouge toujours pas et plisse les yeux en me regardant.

— Je ne sais pas pourquoi tu me mens, mais si c'est ce que tu décides, alors d'accord. Souviens-toi, Laura, que je ne suis pas née de la dernière pluie et que je connais les gens. Je sais très bien ce que vaut la voiture garée dans l'allée. Je doute qu'un simple employé d'hôtel puisse se le permettre.

Dans ma tête, je peste contre Massimo. Parce qu'il a disparu au dernier moment, on a changé de voiture. Le projet initial était de venir avec celle qu'ils ont déjà vue.

— Je sais aussi reconnaître des diamants, continue-t-elle en jouant avec mon collier. Ainsi que les dernières créations de Chanel. Rappelle-toi, chérie, que je t'ai tout appris en matière de mode.

Elle s'assied sur une chaise, attendant mes

explications. Je suis incapable d'inventer quelque chose d'intelligent. Résignée, je m'affale sur la chaise à côté d'elle.

— Tu t'attendais à ce que je te dise que c'est le riche propriétaire de l'hôtel ? Qu'il vient d'une famille aisée, qu'il investit beaucoup ? On se voit et j'aimerais bien que ça devienne sérieux. Je n'ai aucune influence sur les cadeaux qu'il me fait ni sur leur prix.

Elle continue à me fixer, mais son regard s'attendrit.

— Il parle très bien le russe. Il est bien élevé. En plus, il a un bon goût pour les femmes et les bijoux, lâche-t-elle en se relevant. Bon, allez, viens, on y retourne avant que Thomas le fasse mourir d'ennui.

J'ai du mal à croire à ce retournement de situation. Je sais que mes parents ont toujours souhaité que j'épouse quelqu'un de riche, mais son brusque changement d'attitude me laisse songeuse. Je prends un moment pour me remettre, puis, encore un peu sonnée, je la suis.

Une grande discussion se tient sur la terrasse. Comme je ne parle pas l'allemand, je ne comprends pas de quoi ils parlent. Je sais juste qu'il faut que je prévienne l'homme en noir de la nouvelle version des faits. Papa ne parle pas très bien l'anglais, mais il le comprend suffisamment pour que je souhaite parler à Massimo en privé.

Je m'approche de lui.

— Massimo, je vais te montrer ta chambre. En plus, papa, on part bientôt, il faut que tu te prépares.

Mon père se lève de son fauteuil.

— Tu as raison, il est déjà tard.

Nous montons dans la chambre de mon frère.

— Tu vas dormir ici, mais on en reparlera, je chuchote.

Puis je lui raconte la nouvelle version de l'histoire.

Quand j'ai fini, il rigole.

— Je me sens comme un adolescent, avoue-t-il en souriant. Où est ta chambre, bébé ? Tu ne penses pas vraiment que je vais dormir ici ?

— De l'autre côté du couloir, et si, ce sera le cas. Mes parents pensent que notre relation est platonique pour le moment, donc je ne veux pas prendre de risques.

— Montre-moi ta chambre, bébé, insiste-t-il en essayant de garder son sérieux.

Je l'emmène dans ma chambre. Elle est bien plus petite que celle dans laquelle il m'a accueillie en Sicile. Mais j'en garde de très bons souvenirs.

— Quand tu habitais avec tes parents, tu avais un copain ? demande-t-il en regardant les photos.

— Bien sûr.

— Tu le suçais dans cette chambre ?

Interloquée, je le regarde en fronçant les sourcils.

— Pardon ?

— Il n'y a pas de serrure à ta porte, donc je me demande comment tu faisais avec tes parents qui pouvaient entrer à n'importe quel moment.

— Je l'adossais à la porte et m'agenouillais devant lui, dis-je en posant ma main sur sa poitrine et en le poussant contre la porte.

Massimo se tient précisément à l'endroit où était mon copain il y a dix ans. Il ouvre sa braguette lentement. Je m'agenouille devant lui en collant ses fesses contre la porte.

— Ne bouge pas, Don Massimo, et ne fais pas de bruit. On entend tout dans cette maison.

Je le suce vite et brutalement. Je veux qu'il jouisse rapidement. Au bout de quelques minutes à peine, je sens sa semence remplir ma gorge. J'avale tout, puis je me relève. Massimo a les yeux fermés, il tient à peine debout.

— J'aime quand tu te comportes comme une pute, chuchote-t-il en refermant sa braguette.

— Sérieux ? je demande, ironique.

On se rafraîchit rapidement et on redescend. Lublin est une ville bien plus petite que Varsovie. Il y a aussi bien moins de voitures comparables à la nôtre. Lorsqu'on arrive à l'église, tous les invités regardent notre Ferrari noire.

— Génial, je marmonne, ravie d'être le clou du spectacle.

Massimo sort élégamment de la voiture. Il replace sa veste, puis vient m'ouvrir la portière. Je me cache derrière mes lunettes de soleil. Les invités n'en reviennent pas. Je passe mon bras sous celui de l'homme en noir. C'est juste ta famille, je me répète comme un mantra, souriant faussement à tout le monde.

La voix de mon frère me sort de mon hébétude.

— Salut, sœurette, je vois que maman ne raconte pas de bêtises au sujet de ton nouveau boulot de rêve, dit-il en me prenant dans ses bras. Tu es sublime, j'adore ton nouveau look.

Je le serre contre moi. On se voit très rarement à cause de la distance qui nous sépare. C'est mon ami, le meilleur des hommes et mon idéal. C'est aussi l'homme le plus intelligent que je connaisse. Un génie des maths.

En plus de ça, il est beau. Lorsqu'on habitait à la maison, il s'est fait toutes mes copines, et elles en étaient toutes ravies. On a des caractères et des physiques très différents. Moi, je suis une petite brune avec des yeux quasiment noirs. Lui, c'est un grand blond aux yeux émeraude. Petit, il ressemblait à un ange avec ses boucles blondes.

— Kuba, mon frère adoré, je suis si heureuse de te voir. J'avais complètement oublié que tu serais là. Laisse-moi te présenter, dis-je en passant à l'anglais. Mon… Massimo Torricelli, on travaille ensemble.

Ils échangent un regard et se serrent la main. On dirait qu'ils se jaugent avant un combat.

— Ferrari Italia, une quatre litres et demi puissante, cinq cent quatre-vingts chevaux. Un monstre, dit Kuba en hochant la tête, admiratif.

— Oh, tu sais, les clés étaient dans mon tiroir, répond Massimo en mettant ses lunettes.

Sa nonchalance est désarmante, mais ça ne marche pas sur mon frère. Il le pénètre du regard comme s'il voulait lire dans ses pensées.

La messe est ennuyeuse et bien trop longue. Ma famille a les yeux rivés sur le bel Italien qui m'accompagne. J'ai hâte que la cérémonie prenne fin pour que les invités commencent à boire et à manger et nous oublient.

Pendant l'échange des vœux, je me rappelle ce que m'a dit l'homme en noir dans la voiture : dans une semaine, tu seras ma femme. Est-ce que j'en ai vraiment envie ? Est-ce que je veux vraiment épouser un homme que je connais à peine ? Qui m'effraie et m'énerve quotidiennement ? Et puis, est-ce que je veux être avec quelqu'un qui ne me laisse pas avoir mes propres opinions ? Quelqu'un de si autoritaire ? Quelqu'un qui doit toujours avoir raison, qui fait ce qu'il veut et qui m'interdit de faire les choses que j'aime sous prétexte de me protéger ? La triste vérité est que je suis amoureuse de lui et que je ne suis plus capable de réfléchir rationnellement. Je n'imagine pas perdre Massimo à nouveau, le quitter n'est donc pas une option.

— Est-ce que ça va ? chuchote-t-il à la fin de la cérémonie. Tu es très pâle.

Effectivement, je ne me sens pas très bien depuis quelques jours. Je suis fatiguée et je n'ai pas beaucoup d'appétit. Pas très étonnant avec toute cette tension.

— Je me sens un peu faible, c'est sûrement le stress. Ça va aller.

Après l'étape de l'église, les choses se font plus simples. Tout le monde entoure les mariés pour les félicitations d'usage.

Le mariage se déroule dans un superbe manoir, à trente kilomètres de la ville. Le domaine est composé de plusieurs bâtiments, d'un hôtel, d'écuries et d'une salle de fête. Comme je ne veux pas attirer l'attention plus que nous ne l'avons fait jusque-là, nous décidons d'arriver les derniers et, pour une fois, l'homme en noir m'a écoutée. Nous traversons discrètement la salle pour rejoindre notre table. Je suis soulagée de constater que Kuba est à la même table que nous. Mon frère vient toujours seul dans ce genre de soirée, avec pour but de repartir accompagné. Il aime que les femmes lui accordent toute leur attention, lui permettent de les courtiser et finissent par atterrir dans son lit. C'est un collectionneur. Pour moi, ça a toujours été plus compliqué. Il m'est arrivé que les hommes me fassent souffrir. La seule chose qui pourrait faire souffrir mon frère est un éventuel refus qui ferait baisser ses statistiques.

Quand nous nous asseyons, je remarque qu'il reste une place vide. Je regarde les visages que je connais pour essayer de deviner qui il manque. Je ne trouve pas. Les entrées arrivent enfin et je me jette sur la nourriture. Je n'ai rien avalé depuis hier.

J'entends soudain une voix que je connais me souhaiter un bon appétit. Je lève les yeux et manque recracher ce que j'ai dans la bouche. Un de mes ex s'installe à la table. Celui avec lequel je suivais des cours de danse de salon. Mais putain, est-ce que ça pourrait devenir pire ?

Mon frère me regarde, un petit sourire narquois aux lèvres, ravi de cette situation Il me semble que Massimo n'a rien remarqué. Heureusement, il ne comprend pas le polonais.

Piotr s'installe puis commence à manger, tout en m'observant. Mon appétit a disparu. Je repousse mon velouté de citrouille avec dégoût. Je pose ma main sur la cuisse de l'homme en noir. Il me caresse la main et me regarde intensément. Il lit en moi comme dans un livre ouvert. Tôt ou tard, il va falloir que je lui présente l'homme de mon passé.

Piotr fait partie d'un épisode de ma vie que j'aimerais oublier. On s'est rencontrés quand j'avais seize ans. Tout a commencé avec la danse, puis on s'est mis en couple, comme ça arrive souvent. Il a été mon prof, mon partenaire, puis mon bourreau.

Il avait vingt-cinq ans à l'époque. Toutes les femmes étaient amoureuses de lui. Il est charmant, beau, sportif, sûr de lui et il danse comme un dieu. Il avait aussi ses démons, la cocaïne en faisait partie. Au début, je n'y voyais pas d'inconvénient, du moins jusqu'à ce que sa dépendance commence à se faire sentir sur moi aussi. Quand il était sous l'emprise de la drogue, je n'existais plus. La seule chose qui comptait, c'était lui. À l'époque, j'avais dix-sept ans et je le vénérais de tout mon cœur. Je ne savais pas ce qu'était un couple, ni comment je devais être traitée. Bien sûr, je n'aurais pas tenu cinq années entières dans une relation aussi pathétique. Lorsqu'il était lucide, il faisait tout pour moi et passait son temps à s'excuser pour ce qu'il avait fait. C'est grâce à lui ou plutôt à cause de lui que je suis partie à Varsovie. C'était la seule façon de me libérer de son emprise. Sa voix me tire de ma rêverie :

— Rouge, si je me souviens bien ? demande Piotr en se penchant au-dessus de la table avec une bouteille de vin.

Ses yeux verts m'hypnotisent, ses lèvres pulpeuses me sourient. Il faut admettre qu'il n'a rien perdu de son magnétisme. Une mâchoire carrée et un crâne rasé ne correspondent pas vraiment à un prof de danse, mais c'est ce qui le rend si intrigant. Il doit continuer à s'entraîner, il a pris du muscle.

Je bois une gorgée, puis je plisse les yeux.

— Qu'est-ce que tu fais là, bordel ? je lui demande en souriant afin que les autres invités, surtout un en particulier, ne remarquent pas ce qui se passe.

— Maria m'a invité, en fait, c'est son mari. Ça fait

six mois que je leur apprends à danser pour ce soir et on est devenus amis. D'ailleurs, la première fois que je les ai rencontrés, c'était à l'anniversaire de mariage de tes parents, il y a plusieurs années. Tu t'en souviens ?

Je suis furieuse. Je me demande comment ma cousine a pu me faire ça. Soudain, je sens la main de l'homme en noir dans mon dos.

— Tu peux parler anglais ? me demande-t-il, irrité. C'est insupportable de ne rien comprendre.

Je grimace, ferme les yeux. Je rêve de mourir.

— Je ne me sens pas très bien, je réponds en me levant.

Massimo me suit.

Nous nous retrouvons dans le jardin et marchons vers les écuries.

— Tu montes à cheval ? je demande, histoire de détourner son attention.

— Qui est cet homme, Laura ? Lorsqu'il est arrivé, tu t'es tendue.

Il s'arrête, les mains dans les poches, et me regarde, attendant ma réponse.

— Mon ancien partenaire de danse. Tu ne m'as pas répondu, tu montes ? je continue sans m'arrêter.

— Juste ton partenaire de danse ?

— Mon Dieu, Massimo, qu'est-ce que ça change ? Non, pas seulement, mais je ne veux pas en parler. Je ne te pose pas de questions au sujet de tes ex.

— Alors, vous étiez ensemble ? Longtemps ?

Je respire profondément pour me calmer.

— Quelques années. Je tiens à te rappeler que je n'étais pas vierge quand tu m'as rencontrée. Et tu ne pourras rien changer à ça. Tu n'as pas de machine à remonter le temps, donc arrête d'y penser et ne me demande pas d'en parler.

Furieuse, je retourne dans la salle. La première danse est passée. Les invités ont commencé à faire la fête sur la piste. Lorsqu'elle me voit, ma cousine prend le micro.

— Notre première danse a été le fruit du travail de notre fabuleux prof qui est aujourd'hui parmi nous, Piotr. Il s'avère que sa partenaire de longue date est également là, ma cousine Laura.

Je suis sur le point de m'évanouir en l'entendant. Mais qu'est-ce qu'elle fout, putain !

— Faites-nous le plaisir de nous faire une démonstration.

Tout le monde applaudit. Piotr m'attrape le bras et m'entraîne sur la piste. Je vais vomir.

— Enrique Iglesias, « Bailamos », s'il vous plaît, crie-t-il au DJ. Salsa, chérie…, chuchote-t-il en relevant les sourcils.

Il jette sa veste sur la chaise la plus proche.

Je suis à côté de lui. Je remercie Dieu qu'il n'ait pas choisi un tango. Lorsqu'on était ensemble, après chaque tango, on se retrouvait au lit.

J'entends les premières notes de guitare. Je tourne mon regard vers la porte, Massimo est adossé au cadre, furax. Je vois mon frère lui parler. Je ne sais pas s'il lui explique pourquoi je me retrouve sur cette piste ou s'ils ne font que discuter. Ça ne change rien, le regard de Massimo est toujours noir de fureur. Je me dégage de l'emprise de Piotr et cours vers l'homme en noir, je l'embrasse fougueusement pour qu'il sache que je n'appartiens qu'à lui. Tout le monde applaudit, je lui souris et retourne sur la piste. Le DJ lance « Bailamos ». Je prends la pose. Ce sont les trois minutes les plus longues de ma vie. C'est aussi le plus gros effort que j'aie jamais dû faire pour une danse. Lorsque enfin, je me penche pour saluer, la salle se remplit d'applaudissements et de sifflements. Maria court vers moi et nous embrasse tous les deux. Ma mère reçoit les félicitations des invités. Je retourne voir Massimo.

Son expression est impassible, totalement dépourvue d'émotion.

— Chéri, je ne pouvais pas dire non. C'est ma famille, je bégaye, essayant de l'apaiser. C'est juste une danse, en plus.

L'homme en noir ne dit pas un mot. Il se retourne, puis sort. Je veux le suivre, mais j'entends la voix de ma mère derrière moi :

— Je vois que tous ces cours n'ont pas été vains, tu es toujours très douée.

Elle me prend dans ses bras, m'embrasse et me regarde de près.

— Je suis si fière de toi, ajoute-t-elle, les larmes aux yeux.

— Maman, c'est grâce à toi.

On reste dans les bras l'une de l'autre pendant un moment, jusqu'à ce que je me souvienne de la réaction de Massimo.

Ma mère me voit changer d'expression.

— Que se passe-t-il, ma chérie ?

— Massimo est un peu jaloux, je chuchote. Il n'a pas apprécié que je danse avec mon ex.

— Laura, tu ne peux pas le laisser agir comme si tu

lui appartenais. Il faut qu'il comprenne que tu n'es pas sa propriété.

Elle se trompe. Je suis à lui, tout entière et sans limites. La seule chose qui m'importe, c'est de savoir comment il se sent. Je sais que son comportement autoritaire est autant le résultat de son éducation que des apparences qu'il a dû conserver toute sa vie. Cela n'a rien à voir avec le fait de vouloir faire de moi sa propriété.

Je sors. Je le cherche partout, sans succès. La Ferrari noire est sur le parking, donc il n'est pas parti. J'entends une conversation en anglais venant d'une des fenêtres du bâtiment. Je reconnais la voix de mon frère. Je la suis.

— Bonsoir, dis-je à la femme de la réception. Je cherche mon copain, un bel et grand Italien.

La fille sourit, puis regarde son ordinateur et m'informe :

— L'appartement est au troisième étage, numéro onze.

J'arrive devant la porte. Je frappe. Mon frère ouvre, un sourire malicieux sur le visage. Il me charrie :

— Hé, sœurette, qu'est-ce que tu fais là ? Piotr en a marre de danser ?

Je l'ignore, entre dans l'appartement et traverse le couloir jusqu'au salon. Massimo est là, assis sur un canapé en cuir, faisant tourner une carte de crédit entre ses doigts.

— Tu t'amuses bien, bébé ? demande-t-il en se penchant au-dessus de la table basse.

Je vois de la poudre blanche. L'homme en noir prépare des lignes. Je me fige. Mon frère arrive avec une bouteille de chivas.

— Il est chouette, ton type, me dit-il en me donnant un coup d'épaule. (Il s'assied à côté de lui.) Il sait s'amuser.

Don Massimo se penche. En bouchant une de ses narines, il aspire une ligne.

— Massimo, on peut parler ?

— Si tu veux me demander si tu peux te joindre à nous : la réponse est non.

Mon frère explose de rire.

— Ma sœur et la coke, ce serait un mélange fatal.

Je n'ai jamais pris de drogue. J'en ai peur. J'ai vu comment deviennent les gens sous influence et à quel point ils sont incontrôlables. Et je crois que ça m'a dégoûtée à jamais.

— Kuba, tu peux nous laisser ?

En voyant mon expression, il se lève sans précipitation et enfile sa veste.

— J'allais partir de toute manière, la blonde de la table numéro trois ne me lâche pas.

En sortant, il interpelle l'homme en noir :

— Je reviendrai.

Je regarde Massimo prendre une autre ligne et boire du liquide ambré. Je m'approche et m'assieds près de lui.

— Tu comptes passer ta soirée comme ça ?

Il ignore ma question.

— Ton frère est un type super. Il est très intelligent. Il s'y connaît bien en finance. Un comptable créatif sera le bienvenu dans la famille.

L'idée que Kuba pourrait se retrouver dans la mafia me donne la nausée.

— Qu'est-ce que tu racontes, Massimo ? Il ne fera jamais partie de la famille.

L'homme en noir rigole, puis avale une autre gorgée.

— Ce n'est pas ta décision, bébé. S'il le souhaite, j'en ferai un homme riche et très heureux.

La seconde faiblesse de mon frère, après les femmes, c'est l'argent.

— Est-ce que j'aurai mon mot à dire un jour ? Est-ce que mon avis sera pris en compte parfois ? Si ce n'est pas le cas, j'emmerde cette vie ! je hurle en me levant. J'en ai marre. De n'avoir aucune influence sur ce qui se passe. De ne pas pouvoir décider de ma propre vie !

Furieuse, je quitte la pièce en claquant la porte. Je descends l'escalier et vais m'asseoir dans le jardin.

— Putain ! je marmonne.

— Des soucis au paradis ? demande Piotr en s'asseyant à côté de moi avec une bouteille de vin. Est-ce que ton ami t'a énervée ?

Il boit directement à la bouteille.

Je le regarde un moment. Je m'apprête à partir, mais je réalise que je n'ai pas envie de le fuir. Je lui prends la bouteille des mains et bois une longue gorgée au goulot.

— Doucement Laura, tu ne veux pas te bourrer la gueule si tôt ?

— Je ne sais même pas ce que je veux. Et en plus, toi ici. Qu'est-ce que tu fais là ?

— Je savais que tu serais là. Ça fait combien de temps, six ans ?

— Huit.

— Tu n'as pas donné signe de vie, tu ne réponds ni aux mails ni au téléphone. Tu ne m'as même pas laissé m'expliquer ou m'excuser.

Je me tourne et lui reprends la bouteille des mains. Je suis très énervée.

— Expliquer quoi ? Tu as essayé de te tuer devant mes yeux.

Il baisse la tête.

— J'étais un con. Mais j'ai suivi une thérapie et, depuis, je suis clean. J'ai essayé de refaire ma vie, mais, après un certain temps, j'ai réalisé que tu étais la seule femme avec qui je pourrais vivre, donc j'ai arrêté de chercher. Je ne sais pas exactement pourquoi je suis ici. Je pense que je comptais sur le fait que tu sois seule et…

Je lève le bras pour l'arrêter.

— Piotr, tu fais partie du passé. Cette ville est mon passé. Ma vie est complètement différente maintenant, et il n'y a pas de place pour toi.

Il s'enfonce dans le canapé.

— Je sais, mais ça ne change pas le fait que ça me fait plaisir de te voir. Tu es de plus en plus belle.

On reste comme ça un moment. On se raconte ce qui s'est passé ces dernières années, mes débuts à Varsovie et son école de danse. On boit une bouteille de vin, puis une autre, et une autre…

18

Je me réveille avec le soleil et un mal de tête terrible. J'essaie de me lever.

— Oh, mon Dieu !

Je regarde autour de moi. Je suis juste certaine de ne pas être dans la maison de mes parents. Je vais dans le salon. La table me rappelle ce que j'ai vu hier soir : Massimo penché sur la poudre blanche et ma discussion avec Piotr. Puis plus rien. Je prends mon téléphone pour appeler l'homme en noir. Il ne répond pas. Voilà le résultat ! Au fond de moi, je suis contente de ne pas lui parler avec la gueule de bois que j'ai.

Je vais dans la salle de bains prendre une longue douche. En sortant, je jette un coup d'œil par la fenêtre, je vois un SUV noir et, à côté, Paulo qui fume une cigarette. La place où était garée la Ferrari noire hier est vide. Je m'habille et descends.

— Où est Don Massimo ? je demande à Paulo, qui éteint sa cigarette.

Il ne me répond pas, mais m'ouvre la portière arrière de la voiture. Lorsque nous arrivons chez mes parents, il se gare devant l'entrée mais ne rentre pas dans la propriété. Il sort de la voiture, puis m'ouvre la porte.

— J'attends ici, dit-il.

Mes chaussures à la main, je remonte le chemin jusqu'à l'entrée. Je sonne. Maman ouvre, elle n'a pas l'air contente.

— Partir sans prévenir et rentrer le lendemain… Allez viens, j'ai fait le petit déjeuner.

— J'arrive.

Je monte me changer. Quand je m'assieds à table, maman me sert une assiette d'œufs au bacon.

— Bon appétit.

L'odeur de la nourriture me rend malade. Mon estomac remonte dans ma gorge. Je cours aux toilettes.

— Laura, tu te sens bien ? demande-t-elle en frappant à la porte.

— J'ai trop bu hier soir. Tu sais où est Massimo ?

Maman est surprise.

— Je pensais qu'il était avec toi.

Ça ne sert à rien de mentir, alors je décide de lui dire la vérité.

— C'est le chauffeur qui m'a ramenée. Je t'ai dit qu'il avait des affaires ici aussi, Paulo est un de ses employés. Qu'est-ce que j'ai mal à la tête ! dis-je en m'écrasant sur ma chaise.

— J'en déduis qu'après la danse, la fête s'est déroulée ailleurs ?

Immobile sur ma chaise, j'essaie de me rappeler ce qui s'est passé. Je n'y arrive pas. Après avoir bu un thé avec mes parents, je me prépare à partir.

— Tu reviens quand ? demande maman en m'embrassant.

— Je repars en Sicile la semaine prochaine, donc pas tout de suite, mais on s'appelle.

Maman me serre fort dans ses bras.

— Fais attention à toi, ma chérie.

Je dors presque tout le voyage jusqu'à Varsovie. J'émerge deux fois pour appeler l'homme en noir, qui ne répond toujours pas.

La voix de Paulo me réveille :

— Madame Laura, on est arrivés.

J'ouvre les yeux, je découvre qu'on est au terminal VIP des départs à Okecie.

— Où est Massimo ?

— En Sicile, l'avion vous attend.

En entendant le mot « avion », je cherche frénétiquement mes comprimés dans mon sac. J'en avale deux et me dirige vers le comptoir d'enregistrement. Trente minutes plus tard, je suis installée dans le jet privé. Fatiguée, j'attends le décollage. La gueule de bois n'est pas idéale pour les voyages, heureusement, les pilules m'endorment rapidement.

Après presque quatre heures de vol, on arrive en Sicile, à l'aéroport que je connais bien maintenant, où m'attend une voiture. Lorsqu'on arrive à la maison, Domenico m'accueille, l'air joyeux. Il me prend dans ses bras.

— Salut, Laura ! Je suis content de te voir.

— Domenico, tu m'as tellement manqué ! Où est Don Massimo ?

— Dans la bibliothèque, en rendez-vous. Il te verra à l'heure du dîner. D'ici là, tu as le temps de te rafraîchir.

— Je ne pensais pas qu'on allait rentrer si vite, est-ce que mes affaires sont arrivées de Pologne ?

— Elles arrivent demain, mais j'ai rempli ton dressing, tu as l'embarras du choix.

En traversant le couloir, je m'arrête devant la porte où se trouve l'homme en noir. J'entends des voix. Je ne rentre pas, même si j'en meurs d'envie.

Je prends une douche, puis je me prépare pour le dîner. Je ne sais toujours pas ce qui s'est passé hier, mais je décide de bien m'habiller, au cas où. Dans le dressing, je choisis de mettre le fameux ensemble rouge en dentelle, une robe longue noire assez ample et des sandales à talons compensés. Je me rends sur la terrasse. Massimo est assis devant une table décorée de bougies, en pleine discussion téléphonique.

Je m'approche, l'embrasse dans le cou et m'assieds à côté de lui. Sans s'interrompre, il me lance un regard glacial qui ne présage rien de bon.

Il finit par mettre un terme à sa conversation, pose son portable et boit une gorgée de vin.

— De quoi te souviens-tu d'hier soir, Laura ?

— Du plus important, toi devant une table remplie de coke, je balance ironiquement.

— Et après ?

Je réfléchis. Je n'ai aucune idée de ce qui a pu se passer après la deuxième bouteille de vin avec Piotr.

— J'ai bu du vin en discutant, je réponds en haussant les épaules.

— Donc, tu n'as aucun souvenir ?

— Juste que j'ai beaucoup bu. Putain, Massimo, qu'est-ce qu'il y a ? Tu vas me dire ce qui s'est passé ou pas ? J'ai un trou noir, c'est si grave que ça ? J'étais énervée contre toi et par ce que j'ai vu. Je suis allée dans le jardin, où j'ai croisé Piotr. Il voulait discuter, on a bu du vin, c'est tout. Tu m'as encore une fois laissée sans rien dire. D'ailleurs, j'en ai marre que tu disparaisses tout le temps.

L'homme en noir s'adosse à son siège. Sa respiration s'accélère.

— Ce n'est pas tout, bébé. Quand ton frère est revenu me voir, il m'a expliqué pourquoi tu avais réagi comme ça en voyant la coke. J'ai voulu te retrouver, et puis je vous ai vus.

Sa mâchoire se contracte, ses yeux deviennent noirs.

— Au début, vous discutiez, effectivement, mais ensuite ton ami a essayé d'abuser de l'état dans lequel il t'avait mise.

Il se lève de son siège et balance par terre son verre, qui explose en mille morceaux.

— Ce fils de pute a essayé de te violer, tu comprends ? hurle-t-il en serrant les poings. Tu étais si inconsciente que tu pensais que c'était moi, donc tu t'es laissé faire. J'ai dû intervenir.

Je suis terrorisée par ce que j'entends. J'essaie de me souvenir, mais le trou noir persiste.

— Maman ne m'a rien dit. Qu'est-ce qui s'est passé ? Tu l'as frappé ?

Massimo rigole froidement. Il se penche au-dessus de moi, les mains posées sur les accoudoirs du fauteuil.

— Je l'ai tué, Laura, grogne-t-il entre ses dents, mais pas avant qu'il ait avoué ce qu'il t'avait fait subir, il y a plusieurs années, quand il était sous l'emprise de la drogue. Si je l'avais su avant, il n'aurait jamais mis un pied dans la même pièce que toi.

Il a du mal à contrôler ses émotions.

— Comment tu as pu me cacher ça ? Comment tu as pu me laisser partager la table de cette ordure ?

Je suis à la fois choquée et pétrifiée. Je prie pour que tout cela ne soit qu'un mensonge.

— Je suis certain qu'il est venu au mariage avec, en tête, un but bien précis, mais que ma présence a gâché son plan. Il a attendu le bon moment. Il avait de la drogue sur lui et je suis sûr qu'il en a mis dans ton vin. Pour te prouver que je n'affabule pas, on va te faire un test sanguin.

Il recule et pose ses deux mains sur la table.

— Quand je pense à ce que ce fils de pute a fait quand il était avec toi, j'ai envie de le tuer une deuxième fois.

Je ne sais même pas ce que je ressens. De la peur mélangée à de l'énervement, mais aussi un sentiment d'impuissance. Un homme est mort à cause de moi. Peut-être que l'homme en noir bluffe, peut-être qu'il veut que ça me serve de leçon ? Je me lève lentement, Massimo s'approche. Je tends le bras pour le repousser et je retourne dans la maison. Je chancelle jusqu'à ma chambre. Je ferme la porte à clé. Je ne veux pas qu'il entre, je ne veux pas le voir. J'avale un cachet pour faire ralentir mon cœur qui s'est emballé. Je me déshabille et me couche. Je n'arrive pas à croire qu'il a pu faire ça. Le médicament fait son effet et je m'endors.

Le lendemain, je suis réveillée par quelqu'un qui frappe à la porte. J'entends la voix de Domenico.

— Laura, tu peux ouvrir ?

Je vais tourner la clé dans le verrou pour laisser

entrer le jeune Italien, qui me regarde avec gentillesse.

— Domenico, je peux te demander quelque chose, mais je ne veux pas que Don Massimo le sache…

Il est déconcerté et semble réfléchir à sa réponse.

— Ça dépend de quoi il s'agit.

— Je voudrais voir un médecin, je ne me sens pas très bien, mais je ne veux pas inquiéter Massimo.

— Mais tu as un médecin, il peut venir ici.

J'insiste :

— Je veux en voir un autre, tu peux faire ça pour moi ?

— Bien sûr, tu veux y aller à quelle heure ?

— Donne-moi un instant, dis-je en entrant dans la salle de bains.

Je sais que l'homme en noir sera au courant de toute façon, mais je veux vérifier s'il dit la vérité, si j'ai effectivement été droguée au mariage.

Avant treize heures, nous sommes dans la voiture pour aller dans une clinique privée à Catane. Le Dr Di Vaio me reçoit tout de suite. Ce n'est pas le cardiologue que j'ai déjà vu, mais un généraliste. Je lui explique ce que je veux vérifier et lui demande des examens. En attendant les résultats, Domenico m'emmène prendre un petit déjeuner tardif. À quinze heures, nous sommes de retour à la clinique. Le médecin me demande de le suivre et m'invite à m'asseoir dans son cabinet. Il passe en revue les documents qu'il a devant lui.

— Madame, vous avez effectivement des traces de substances narcotiques dans le sang, de la kétamine plus précisément. C'est une substance psychoactive qui provoque l'amnésie. Et c'est ce qui m'inquiète, il faut qu'on fasse des tests complémentaires et que vous alliez voir un gynécologue.

— Un gynécologue ? Pourquoi ?

— Vous êtes enceinte. Il faut qu'on vérifie que l'enfant va bien.

Je ferme les yeux. Abasourdie, j'essaie de digérer la nouvelle que je viens d'entendre.

— Pardon ?

Le médecin me regarde, surpris.

— Vous ne le saviez pas ? Vos tests sanguins sont formels. Vous attendez un bébé.

— Comment est-ce possible, j'ai fait un test il y a quelques semaines et, juste avant ça, j'ai eu mes règles ?

Le médecin sourit gentiment, puis pose les coudes sur son bureau.

— On peut avoir ses règles jusqu'au troisième mois. Nous allons faire d'autres analyses et une échographie, le gynécologue vous donnera les détails. On doit juste refaire une prise de sang.

J'ai l'impression que je vais m'évanouir.

— Est-ce que vous êtes certain à cent pour cent ?

— Que vous êtes enceinte ? Oui. Absolument.

J'essaie d'avaler ma salive, mais ma bouche est sèche.

— Vous êtes soumis au secret médical, n'est-ce pas ?

Il acquiesce.

— Alors, je veux que personne ne soit au courant.

— Bien entendu. La réceptionniste va vous indiquer où aller pour votre nouvelle prise de sang et vous verrez avec elle pour le rendez-vous avec le gynécologue.

Je lui serre la main. Et je sors du cabinet, les jambes tremblantes. Je vais faire ma prise de sang et retourne dans la salle d'attente où m'attend Domenico.

Je passe devant lui sans dire un mot. Lorsqu'il me rejoint à la voiture, il semble interloqué. Tous les événements de ces derniers jours, toute ma colère, tout ça n'a plus aucune importance. Je suis enceinte.

— Alors, Laura ? Tout va bien ?

Je fais un effort surhumain pour lui répondre en souriant :

— Oui, je suis anémiée, c'est pour ça que je me sens fatiguée tout le temps. Je dois prendre du fer, et ça va aller.

Je réalise ce qui se passe, mais en même temps je n'y comprends rien. Je sens des tambours dans ma tête, je transpire, j'ai la chair de poule. J'essaie de ne pas respirer trop fort, mais j'ai du mal.

Nous repartons vers la maison et je sors mon téléphone pour appeler Olga.

— Salut, ma biche.

Sa voix chaleureuse me fait du bien.

— Tu es très occupée la semaine prochaine ?

— Je ne sais pas trop… Si on fait abstraction du blond qui me baise comme un castor, non, pas vraiment. Mon régulier est parti conquérir d'autres marchés, donc je vais m'ennuyer. Pourquoi ? Qu'est-ce que tu proposes ?

Domenico m'observe. Il ne comprend pas un mot de ce que je dis et j'essaie de me comporter très naturellement.

— Tu peux venir me voir en Sicile ?

Elle reste silencieuse.

— Qu'est-ce qui se passe, Laura ? Pourquoi tu es déjà partie ? Tout va bien ?

— Olga, dis-moi que tu viens, je réponds, irritée. J'organise tout, mais viens, s'il te plaît.

— Bien sûr, chérie, dis-moi simplement quand. Est-ce que ton dieu italien s'est mal comporté ? Si c'est le cas, je vais le tuer, ce fils de pute, je m'en tape de sa mafia !

Elle me fait rire. Je m'appuie contre le dossier de mon siège.

— Non, tout va bien, j'ai juste besoin que tu sois là. Je te tiens au courant quand tout est organisé, fais tes bagages.

Je jette mon téléphone dans mon sac et m'adresse à Domenico.

— J'aimerais faire venir mon amie demain, est-ce que tu peux organiser son voyage ?

— Elle va rester jusqu'au mariage ?

Putain, le mariage ! Après tout ce qui vient de se passer, je l'avais complètement oublié.

— Est-ce que tout le monde était au courant, à part moi ?

Domenico hausse les épaules, tape un numéro sur son portable et m'informe qu'il va s'occuper de tout.

Dès que la voiture pénètre dans l'allée, je descends et marche d'un pas décidé vers la bibliothèque. Massimo et quelques hommes sont assis à la grande table. Ils se taisent tous en me voyant. L'homme en noir leur dit quelque chose, puis se lève.

— Il faut qu'on parle.

— Bébé, pas maintenant, je suis en rendez-vous. On peut voir ça ce soir ?

J'essaie de me calmer. Je sais que l'agitation n'est pas recommandée dans mon état.

— J'ai besoin d'une voiture, mais sans chauffeur, je veux aller faire un tour.

Il me regarde un instant et chuchote :

— Domenico va te donner une voiture, mais tu ne peux pas partir sans sécurité, chuchote-t-il. Laura, est-ce que tout va bien ?

— Oui, mais j'ai besoin de réfléchir loin de cet endroit.

Je tourne les talons, ferme la porte derrière moi et vais directement voir Domenico.

— J'ai besoin d'une voiture. Massimo m'a dit que tu allais me la donner, donc est-ce que je peux avoir les clés ?

Il se retourne sans dire un mot et part vers un escalier qui mène à l'allée. Il s'arrête à la porte.

— Attends là, je vais chercher ta voiture.

Un instant plus tard apparaît une Porsche Macan couleur cerise.

Domenico en sort et me tend la clé.

— C'est la version turbo avec un moteur très puissant, il monte à presque deux cent soixante-dix kilomètres-heure, mais il vaut mieux que tu n'ailles pas aussi vite, précise-t-il en rigolant. Pourquoi tu veux partir seule, Laura ? Tu ne veux pas rester avec moi ? On peut discuter. Don Massimo va travailler jusque tard, on pourrait boire un verre de vin.

— Je ne peux pas, dis-je en lui prenant les clés des mains.

Je monte pour découvrir un magnifique intérieur crème. Je suis paralysée : des boutons, des centaines de boutons et d'interrupteurs. Comme si on ne pouvait pas juste fournir le volant, les pédales et la boîte de vitesses ! Domenico frappe à la vitre.

— Le livret est dans la boîte à gants, mais, en résumé, ça, c'est la clim, c'est une boîte automatique, mais je pense que tu l'as remarqué.

Il énumère d'autres fonctionnalités de la voiture pendant que je sens les larmes envahir mes yeux.

Je l'interromps en démarrant :

— OK, j'ai compris, salut !

Lorsque je sors de la propriété, un SUV noir me suit. Je n'ai pas envie d'avoir de la compagnie, surtout du genre qui me surveille. Dès que je me retrouve sur l'autoroute, j'accélère. Je sens la puissance dont Domenico m'a parlé. Je fonce comme une tarée. Je double des voitures jusqu'à ce que le SUV disparaisse au loin. À la première sortie, je fais demi-tour vers Giardini-Naxos. Ils ne penseront pas que je retourne en ville.

Je me gare sur le parking de la promenade. Je mets mes lunettes de soleil et pars vers la plage. Je m'assieds sur le sable. Et je fonds en larmes. Qu'est-ce que j'ai foutu ? Je suis venue ici pour des vacances. Deux mois plus tard, me voilà la femme d'un chef de la mafia, et enceinte. Je ne pleure plus, je hurle sauvagement toute l'angoisse que je ressens. Je reste assise sans bouger, les heures passent comme des minutes. Des centaines de pensées me traversent l'esprit, comme me débarrasser du problème que je porte en moi. Qu'est-ce que je vais dire à ma mère ? Comment je vais le dire à Massimo ? Qu'est-ce qui va se passer maintenant ? Pourquoi ai-je été aussi bête ? Pourquoi est-ce que j'ai couché avec lui et pourquoi est-ce que je lui ai fait confiance ?

— Putain de sa mère ! je sanglote en cachant mon visage entre mes genoux.

— Je connais ce mot.

Je lève la tête. L'homme en noir s'assied à côté de moi.

— Bébé, tu ne peux pas semer la sécurité comme ça. Ils ne font pas ça pour t'embêter, mais pour te protéger.

Inquiet, il me regarde sans comprendre.

— Désolée, j'avais besoin d'être seule. J'ai oublié que la voiture est traquée aussi, n'est-ce pas ?

Massimo acquiesce.

— Ils vont avoir des soucis de t'avoir perdue. Si tu peux leur échapper, comment sont-ils capables de me protéger ?

— Tu vas les tuer ? je demande, pétrifiée.

L'homme en noir explose de rire et passe la main dans ses cheveux.

— Non, Laura, ce n'est pas une raison pour tuer quelqu'un.

— Je suis une adulte et je sais m'occuper de moi-même.

Il me prend dans ses bras.

— Je n'en doute pas. Maintenant, dis-moi pourquoi tu es allée chez le médecin.

Merci beaucoup, Domenico ! Je suis dégoûtée par son manque de discrétion.

Je me serre contre Massimo, ma tête dans son cou.

Je me demande si je lui dis la vérité ou si c'est mieux de lui mentir pour le moment.

— C'est trop, tout ça. Je suis allée à la clinique pour vérifier si tu disais la vérité. C'est le cas. J'avais de la kétamine dans le sang, c'est pour ça que je ne me souviens de rien.

J'enlève mes lunettes de soleil.

— Massimo, tu l'as vraiment tué ?

L'homme en noir prend mon visage entre ses mains.

— Je l'ai frappé, puis emmené à l'étang près des écuries. Je voulais juste lui faire peur, mais, quand j'ai commencé, je n'ai pas pu m'arrêter. Surtout lorsqu'il a tout avoué. Oui, Laura, je l'ai tué. Les hommes de Carlo se sont occupés du reste.

— Mon Dieu, je chuchote, le visage envahi de larmes. Comment tu as pu ? Pourquoi ?

Massimo se lève et m'aide à me mettre debout. Son regard est glacial.

— Parce que je le voulais. Maintenant, oublie ça. Comme tu l'as dit un jour : tu n'as pas de machine à remonter le temps, donc tu ne peux rien y faire.

— Laisse-moi, je veux rester encore un peu seule, je murmure en m'effondrant à nouveau sur le sable.

Je sais qu'il ne va pas lâcher l'affaire. Il faut que je dise quelque chose qui le convaincra de me laisser tranquille. Paradoxalement, ce n'est pas vraiment la mort de Piotr qui m'inquiète, mais le fait que je vais accoucher de l'enfant de l'homme qui est en face de moi.

— Tu as tué quelqu'un à cause de moi. Tu me couvres de remords que je ne peux pas supporter. J'ai envie de monter dans un avion et de disparaître, donc soit tu respectes mon choix et tu me laisses réfléchir seule, soit c'est la dernière fois que tu me vois.

Il reste un moment à me regarder sans bouger, puis il part en direction de la promenade en ajoutant :

— Olga arrive demain à midi.

Je le vois monter dans le SUV noir. Le soleil commence à se coucher. Je viens de me rappeler que je n'ai quasiment rien mangé de la journée. Je ne peux plus me permettre de mener ce genre de vie. Je me lève et traverse la plage, errant d'un restaurant coloré à l'autre, m'arrêtant finalement devant celui où j'ai rencontré Massimo pour la première fois. Un frisson descend le long de ma colonne vertébrale, mais en même temps ma peau perle de sueur. Cela ne fait pas si longtemps, mais tant de choses ont changé depuis – presque tout.

Je pénètre à l'intérieur et m'assieds à une table avec vue sur la mer. Un serveur m'accueille dans un anglais fluide. Il pose la carte sur la table, puis disparaît. Je la parcours en me demandant ce que j'ai le droit de manger et s'il y a des choses que je ne devrais pas avaler. Je me décide finalement pour une pizza, ce qui me semble être l'option la plus sûre.

Je sors mon téléphone. J'ai envie de parler à maman. Dans d'autres circonstances, elle aurait été la première personne que j'aurais appelée pour lui annoncer la bonne nouvelle. Mais pas cette fois-ci. La nouvelle est tout sauf heureuse et il faudrait que je lui avoue tous les mensonges que je lui ai racontés, ce qui lui briserait le cœur.

Après avoir mangé ma pizza et bu un verre de jus de fruits, je tends ma carte de crédit au serveur sans prendre la peine de le regarder. Mes yeux sont fixés sur la mer, qui est désormais presque noire.

— Mademoiselle Biel, désolé, j'entends derrière moi. Je ne vous ai pas reconnue avec cette couleur de cheveux.

Je me retourne et le regarde, surprise.

Le jeune serveur me rend la carte, les mains tremblantes.

— Je ne comprends pas bien, comment êtes-vous censé savoir à quoi je ressemble ?

— J'ai votre photo sur la liste des clients VIP transmise par le personnel de Don Massimo. Je vous prie de m'excuser, vous n'avez pas à payer.

Je me retourne vers la mer.

— OK, apportez-moi un jus de tomate, alors.

L'idée de revenir à la résidence et de voir l'homme en noir me tord le ventre.

L'heure suivante passe très vite. Puis je décide qu'il est temps de rentrer et de me coucher. Olga arrive demain, donc je vais pouvoir pleurer autant que je veux.

— Je vois que tu t'ennuies terriblement, alors permets-moi de te tenir compagnie, dit un jeune homme brun en s'asseyant à côté de moi. Je t'ai entendue discuter avec le serveur, d'où viens-tu ?

Je lui jette un regard irrité.

— Je n'ai pas envie de compagnie.

— Personne n'en a envie lorsqu'on veut être seul, mais parfois ça fait du bien de tout déballer à un parfait inconnu. Tu sais que tu ne seras pas jugée. Ça va te soulager, crois-moi.

Son petit discours lui vaut un sourire, mais ne dissipe pas ma colère pour autant.

— Je comprends. Tu me dragues, tu joues le mec sympa et compréhensif. Mais j'ai vraiment envie d'être seule. Et tu peux avoir des ennuis rien qu'en t'asseyant à côté de moi, alors fais-moi confiance : va embêter quelqu'un d'autre.

L'homme ne veut pas lâcher l'affaire. Il approche sa chaise.

— Tu sais ce que je me dis ?

Je m'en fous, mais je sais qu'il ne va pas se taire.

— Je me dis que l'homme auquel tu penses ne te mérite pas.

Je l'interromps en me tournant vers lui.

— Je pense au fait que je suis enceinte et que, samedi, je me marie, donc je vais te demander de te lever et de trouver quelqu'un d'autre à qui parler au bar.

Une autre voix s'élève derrière moi.

— Enceinte ?

L'homme se lève comme s'il avait le feu aux fesses. Massimo prend sa place.

Mon cœur bat la chamade, ses yeux noirs me transpercent. Je tourne la tête vers la mer, juste pour éviter son regard.

— Qu'est-ce que je devais lui dire ? Que tu allais le tuer ? C'est plus simple et plus sûr de mentir. Qu'est-ce que tu fais là d'ailleurs ?

— Je suis venu dîner.

— Il n'y a plus rien à manger à la maison ?

— Tu me manquais. En plus, je pars demain, je suis venu te dire au revoir.

— Comment ça, tu pars ?

— Il faut que je travaille, bébé, mais ne t'inquiète

pas, je rentre pour le mariage, ajoute-t-il avec un clin d'œil. Je voulais que tu viennes avec moi, mais, comme ton amie te rejoint, je vous laisse entre filles. La carte de crédit que je t'ai donnée avec l'appartement est à toi. Tu peux l'utiliser. Il me semble que tu n'as pas encore de robe de mariée.

Sa voix douce et tendre me calme. Paradoxalement, ça me conforte dans la décision de ne rien lui dire maintenant. Je suis perdue. Qui est-il ? Je veux dire, vraiment ? Et, pourtant, son côté imprévisible me fait l'aimer encore plus.

D'une voix apaisée, je lui demande :

— Tu rentres quand ?

— Quand j'aurai trouvé une entente avec la famille qui tient Palerme. La mort d'Emilio me donne quelques soucis, mais ne t'inquiète pas pour ça dans ta jolie tête, dit-il en se levant et en m'embrassant sur le front. Si tu as mangé et que tu es prête, alors on y va, j'aimerais te dire au revoir à la maison.

Quand nous arrivons devant la voiture, je lui tends les clés.

— Elle ne te plaît pas ? demande-t-il en m'ouvrant la portière.

Je m'installe et attends qu'il fasse de même.

— Elle est magnifique, mais trop compliquée. En plus, j'aime bien quand tu conduis.

J'hésite un moment à mettre ma ceinture. J'ai lu un jour que les femmes enceintes ne devaient pas le faire.

— Comment savais-tu où j'étais ?

L'homme en noir sourit, puis démarre en faisant crisser les pneus.

— N'oublie pas, bébé, je sais toujours ce que tu fais.

Quelque temps plus tard, nous arrivons à la maison. L'homme en noir descend et vient m'ouvrir la portière.

— Je vais dans ma chambre, je marmonne en me caressant le ventre.

— À propos, j'ai demandé qu'on te change de chambre, donc laisse-moi t'y accompagner, dit-il en me prenant la main.

— J'aimais bien l'autre…

19

Nous sommes devant une porte au dernier étage. Massimo attrape la poignée et ouvre. Je découvre une pièce qui occupe tout l'étage.

Les murs sont couverts de bois foncé, du sol au plafond. Au milieu, il y a un grand canapé clair en forme de C. Une télé est accrochée devant le canapé, au-dessus de la cheminée. Plus loin, un escalier mène à une mezzanine où se trouve la chambre avec un gigantesque lit noir entouré de quatre piliers. Plus loin encore, le dressing et la salle de bains, ainsi qu'une terrasse avec vue sur la mer.

— À partir d'aujourd'hui, c'est ta chambre, Laura. Notre chambre, ajoute-t-il en me plaquant contre la balustrade, alors que j'admire la vue. J'ai demandé qu'on apporte tes affaires, mais tu n'auras besoin de rien ce soir.

Je sens ses lèvres se balader sur mon cou. Ses hanches se frottent contre mon dos. Je me retourne et inspire profondément.

J'ai un imperceptible mouvement de recul.

— Massimo, pas ce soir.

L'homme en noir pose ses mains sur la balustrade, de chaque côté de moi. Il me regarde, déconcerté.

— Qu'est-ce qui se passe, bébé ?

— Je ne me sens pas bien, je pense que j'ai encore des séquelles de la fête de samedi.

Je sais que mon argument n'est pas vraiment convaincant, donc je change de stratégie.

— J'ai envie de prendre une douche, de me blottir dans tes bras, de regarder la télé et de dormir. En plus, on se marie dans quelques jours, essayons de respecter la bienséance et de nous retenir jusqu'à samedi.

Massimo est amusé. Il peine à croire ce qu'il entend.

— La bienséance ? Je viens d'une famille de mafieux, tu te rappelles ? D'accord, chérie, on fait comme tu veux. Je vois que quelque chose ne va pas, je vais donc me contenter de te savonner le dos.

Toujours avec le sourire, il m'accompagne de l'autre côté de l'appartement.

— Oh, non, je vais me laver toute seule. On sait tous les deux comment se terminent nos douches.

Une heure plus tard, nous sommes au lit devant la télévision.

— Tu sais que tu vas devoir apprendre l'italien, maintenant que tu vas habiter ici. On s'en occupe à partir de lundi, dit-il en zappant sur les infos.

— Tu vas apprendre le polonais ? Ou est-ce qu'il faudra que je parle anglais même quand nous serons en Pologne ?

— Qu'est-ce qui te dit que je n'ai pas déjà commencé ? demande-t-il en me prenant dans ses bras. Je suis content qu'Olga passe quelques jours avec toi. Je pense qu'un peu de liberté vous fera du bien. Mais n'essaie même pas de semer à nouveau les gardes du corps. Je ne veux pas avoir à m'inquiéter pendant mon absence. Si vous voulez faire de la plongée ou faire la fête, dis-le à Domenico, il organisera tout. Laura, continue-t-il d'un ton sérieux, rappelle-toi que beaucoup de personnes savent qui tu es maintenant. Ta sécurité est primordiale pour moi, mais, sans ta coopération, je ne m'en sortirai pas.

En regardant l'expression sur son visage, je commence à me poser des questions.

— Je suis en danger ?

— Bébé, ta vie est en danger depuis que je t'ai ramenée chez moi, donc laisse-moi faire en sorte que rien ne t'arrive.

Instinctivement, je pose les mains sur mon ventre. Je ne suis plus responsable que de ma seule personne maintenant, mais aussi du petit être qui grandit en moi.

— Je ferai tout ce que tu veux.

Massimo se relève sur un bras, étonné. Il me regarde en fronçant les sourcils.

— Laura, je ne te reconnais pas, d'où vient cette sagesse ?

Je sais qu'il devrait être au courant pour l'enfant, je ne vais pas pouvoir éviter cette discussion, mais je ne veux pas le faire juste avant son départ. Je sens que ce n'est pas le bon moment.

— J'ai compris que tu avais raison. Je suis une jeune fille intelligente, ne l'oublie pas.

Je l'embrasse et me remets dans ses bras.

Vers sept heures du matin, je suis réveillée par une douce incitation. Le sexe en érection de Massimo se presse contre mes fesses. Je tourne la tête vers lui pour découvrir avec amusement qu'il dort encore.

Lentement, je glisse ma main entre nous et je commence à le caresser. Massimo gémit doucement et se tourne sur le dos. Je me suis appuyée sur un coude pour observer sa réaction. Ma prise se resserre et mes mouvements s'accélèrent. Il ouvre soudain les yeux, quand il me voit, il les referme. Sa main se glisse sous les draps et frotte doucement ma culotte en dentelle.

— Plus fort, chuchote-t-il.

J'obéis. Sa main s'aventure plus loin vers mon sexe déjà mouillé. Il se tord de plaisir et devient de plus en plus dur.

— Baise-moi, dit-il en se débarrassant de la couette.

Je découvre son énorme érection matinale.

— Non, chéri, je réponds en lui embrassant le menton. Je veux te donner du plaisir de cette façon.

— Et moi, je veux être en toi.

Il se tourne et se colle contre moi. Il déplace ma culotte en dentelle, puis me pénètre brutalement. Je hurle lui plantant mes ongles dans son dos. Il me baise fort et intensément jusqu'à ce qu'il se rappelle qu'on n'a pas de capote. Il se retire et se place au-dessus de ma tête en posant ses deux mains sur la tête de lit.

— Fais-moi jouir, murmure-t-il en insérant son sexe entre mes lèvres.

Je le suce vite et fort. Mes doigts caressent ses couilles.

Après un moment, je sens son corps se raidir. Sa semence coule dans ma gorge. Il crie fort et agrippe la tête de lit, puis tombe à côté de moi en essayant de reprendre son souffle.

— Tu peux me réveiller comme ça tous les jours, dit-il en souriant.

J'essaie de tout avaler, mais je sens que mon estomac remonte à nouveau dans ma gorge.

Je saute du lit, cours dans la salle de bains en claquant la porte, me penche sur les toilettes et vomis. Je m'adosse au mur et me rappelle que je suis enceinte. Mon Dieu, quel drame ! Si, chaque fois que je le suce, ça se termine comme ça, je ne vais pas pouvoir le faire ces prochains mois.

Massimo arrive à la porte, les bras croisés sur la poitrine.

— C'est la pizza d'hier. J'ai senti déjà cette nuit que ça n'allait pas trop.

— Ah oui ?

— Oui, en plus, la drogue change le goût et l'odeur du sperme, donc tu ferais mieux de t'en souvenir la prochaine fois que l'envie te prendra de te faire une ligne, je réponds en me levant et en attrapant ma brosse à dents.

Massimo, appuyé contre le cadre de la porte, me regarde.

Je finis de me brosser les dents, puis je l'embrasse sur la joue en passant à côté de lui.

— Il est très tôt, je pense que je vais me recoucher.

Je me glisse sous la couette et allume la télé. Massimo n'a pas bougé. Je zappe fébrilement, sentant son regard sur moi.

— Avant mon départ, je veux qu'un médecin te voie, m'informe-t-il en marchant vers le dressing.

Mon cœur s'arrête presque. Je ne sais pas quel genre de médecin il veut faire venir, mais même un charlatan ne pourrait pas détecter une grossesse en prenant ma tension, du moins je l'espère.

Vingt minutes plus tard, Massimo revient, habillé comme le premier jour où je l'ai vu. Un costume noir et une chemise foncée qui vont parfaitement avec la couleur de ses yeux et son teint hâlé. Il semble autoritaire, inflexible, un véritable gangster en somme.

En essayant de rester calme, je lui dis :

— Je ne pense pas qu'une indigestion nécessite une visite médicale, mais fais ce que tu veux. Je peux faire moi-même le diagnostic, et même l'ordonnance. Un pansement pour l'estomac, du thé et des gâteaux secs. Tu veux que je te prescrive quelque chose pour calmer ton anxiété à mon sujet ?

Massimo s'approche en souriant.

— Mieux vaut prévenir que guérir, non ?

Je l'attrape par la ceinture.

— Est-ce que cette pipe matinale ne vous a pas satisfait, monsieur Torricelli ? Peut-être que ce n'était pas assez ?

Massimo me caresse le visage en rigolant.

— Ce n'est jamais assez avec toi, mais je n'ai malheureusement pas le temps pour plus. Prépare-toi à notre nuit de noces, bébé.

Il se penche et m'embrasse passionnément. Puis il se dirige vers l'escalier.

— N'oublie pas que tu m'as promis de ne pas essayer de t'échapper. J'ai une application sur mon téléphone qui m'indique où tu es. Tu as la même sur le tien, pour te rassurer. Domenico te montrera tout. Si tu ne veux pas conduire la Porsche, tu as un chauffeur à ta disposition, mais ne prends pas l'une des voitures de sport. J'ai peur que tu ne t'en sortes pas, chérie. Je vous ai préparé quelques surprises pour que vous ne vous ennuyiez pas. Cherche-les. Elles sont cachées dans nos premiers endroits. À samedi.

Lorsqu'il disparaît dans l'escalier, je sens les larmes arriver. Je me lève du lit, cours derrière lui et me jette dans ses bras.

— Je t'aime, Massimo.

Il gémit et m'embrasse à nouveau.

— J'adore que tu m'aimes, maintenant retourne au lit.

Il me repose par terre. Je reste là, les larmes aux yeux. Il ouvre la porte et se retourne en chuchotant :

— Je vais revenir.

Je ne bouge pas. Je me dis que chaque fois qu'il partira, je vais prier pour qu'il revienne sain et sauf. Il faut absolument que je pense à autre chose. Je vais sur la terrasse. Un autre beau jour se lève sur la Sicile. Je m'assieds dans le fauteuil pour regarder la mer.

Quelque temps plus tard, je sens qu'on me pose un châle sur les épaules.

— Je t'ai apporté du thé avec du lait, dit Domenico en s'asseyant à côté de moi. Et quelques médicaments pour ton anémie.

Il pose les boîtes de médicaments sur la table en énumérant :

— Acide folique, zinc, fer et tout ce qu'il te faut pour tes premiers mois de grossesse.

Je me fige.

— Tu sais que je suis enceinte ?

Domenico sourit. Il hoche la tête, puis s'installe confortablement dans le fauteuil.

— Ne t'inquiète pas, je suis le seul à le savoir. Et je ne compte pas le partager avec qui que ce soit, c'est votre affaire à vous.

— Tu ne l'as pas dit à Massimo ?

— Bien sûr que non, Laura. Il y a des choses dont même la famille n'a pas le droit de se mêler. C'est à toi de lui dire, à personne d'autre.

Je souffle, soulagée. Je bois une gorgée de thé.

— Je prie pour que ce soit une fille, dis-je avec un sourire triste.

Domenico se tourne vers moi en rigolant avec bienveillance.

— Même une fille peut être à la tête de la famille.

Je lui donne une petite tape sur l'épaule.

— Ne dis pas ça, ce n'est pas drôle.

— Tu as pensé à un prénom ?

Je le regarde, étonnée. J'ai appris hier que j'étais enceinte, penser à un prénom ne m'a pas traversé l'esprit.

— Pour l'instant, je dois aller chez le médecin pour avoir plus d'informations, après je réfléchirai à ce genre de détails.

— Je t'ai pris un rendez-vous pour demain, à quinze heures, même clinique que la dernière fois. Maintenant, habille-toi et viens petit-déjeuner. Ce secret m'oblige à prendre particulièrement soin de ton régime.

Lorsqu'on arrive dans la chambre, je vois un grand carton sur le lit.

— Qu'est-ce que c'est ? je demande en me tournant vers Domenico.

— Un cadeau de Don Massimo.

Il disparaît dans l'escalier en criant :

— Je t'attends dans le jardin.

Je déballe le carton. J'en découvre deux autres

avec le logo Givenchy. Je les sors, puis je les ouvre. Je reconnais les magnifiques bottes que portait la femme de Carlo le jour où on s'est rencontrées. J'adore ces bottes, mais personne de raisonnable ne dépense presque sept mille euros pour les acheter. Je sursaute de joie : les deux paires sont du même modèle, mais de couleurs différentes. Je les attrape et les serre contre moi. Je vais dans mon dressing et admire tous les magnifiques vêtements. Dans quelques mois, je ne rentrerai plus dans rien. Je ne pourrai pas boire au nouvel an ni avec Olga. Comment est-ce que je vais expliquer ça à mes parents ? Résignée, je m'assieds dans le fauteuil, toujours avec les bottes dans mes bras. Des millions de pensées me traversent l'esprit.

J'ai une révélation : il faut que j'aille voir ma mère avant de grossir. Après, je pourrai toujours inventer des excuses liées au travail pour ne pas me rendre en Pologne. Mon plan a tout de même une faille, l'enfant va naître et je vais bien devoir expliquer d'où il vient.

— Mon Dieu, quelle merde !

Tant que je n'ai pas pris de poids, je peux profiter de ma garde-robe. Pour l'arrivée d'Olga, je choisis de porter les bottes claires que m'a offertes Massimo. Avec un short blanc et une chemise grise, fluide, à manches longues retroussées. Je me maquille légèrement et me coiffe soigneusement. Il est dix heures passées, et je suis presque prête. Je prends un sac Prada gris, enfile mes lunettes de soleil aviateur dorées. Je me regarde devant le miroir à côté de la porte, je n'en reviens pas. Ma tenue coûte aussi cher que ma première voiture. Sans compter la montre, sinon on arrive vite au prix de mon appartement. Je me sens attirante et très très chic. Mais est-ce que je me reconnais encore ?

Je ne pensais pas que Domenico s'inquiéterait à ce point de mon état. Pendant le petit déjeuner, il me force à avaler des tonnes de nourriture, comme le fait ma mère.

— Domenico, putain, je n'ai pas faim à ce point-là ! je grogne, irritée, lorsqu'il me ressert des œufs. Je ne veux plus manger, je vais avoir la nausée à nouveau. Viens, on y va, je vais être en retard.

Le jeune Italien me regarde avec regret.

— Prends une pomme pour la route, non ?

— Mon Dieu, mais prends-la toi-même et arrête, espèce de psychopathe !

La route jusqu'à Catane est courte pour une fois, peut-être avais-je de quoi occuper mes pensées. Pour que Massimo soit rassuré, j'ai pris la voiture avec chauffeur.

On se gare devant le terminal des arrivées. Je suis contente d'être seule avec Olga. Domenico a senti que c'est ce dont j'avais besoin et est resté au domaine. Lorsque je vois mon amie sortir, je n'attends pas qu'on m'ouvre la porte, je me précipite vers elle.

— Ce sont les bottes Givenchy que je n'ai pas les moyens de m'acheter ? demande-t-elle au moment où je me jette dans ses bras et la serre contre moi. Je vais te les piquer, pas la peine d'essayer de m'en empêcher.

— Salut, ma chérie, je suis contente que tu sois là.

— Tu m'as conviée en urgence et avec une telle voix que j'ai su que je n'avais pas le choix.

Le chauffeur prend la valise et nous ouvre la porte.

— Ohhhh ! dit Olga en s'asseyant dans la voiture. On a un chauffeur ? Je suis curieuse de voir la suite…

— Des agents de sécurité, du personnel et une surveillance constante, j'explique en haussant les épaules. Des traqueurs, on est sûrement sur écoute et il y a des gangsters à chaque coin de rue. (J'ouvre les bras en souriant avec ironie.) Bienvenue en Sicile !

Olga grimace, puis me regarde, comme si elle essayait de lire dans mes pensées.

— Qu'est-ce qui se passe, Laura ? Ça fait longtemps que je ne t'ai pas vue dans cet état.

— Je voulais te raconter des mensonges, mais la vérité est que je me marie samedi et que je veux que tu sois ma demoiselle d'honneur.

Elle reste muette, la bouche ouverte de stupeur. Puis elle se met à hurler.

— Tu as perdu la tête ? Je peux comprendre que tu sois tombée amoureuse de ce gangster et que tu veuilles être avec lui, d'autant plus qu'il t'offre une vie tout droit sortie d'un conte de fées, qu'il a une énorme bite et qu'il ressemble à un dieu… mais un mariage ? Au bout de deux mois ? C'est moi qui crois en l'institution du divorce, pas toi. Tu as toujours voulu une vie romantique, un amour éternel, une maison, des enfants. Qu'est-ce qui t'arrive ? Est-ce qu'il te force à l'épouser ? Je vais le défoncer pour tout ce qu'il t'oblige à faire. Tu as quitté ton pays, il t'a transformée en poupée de *Vogue*, et maintenant le mariage !

Je me détourne, je ne peux plus supporter ses hurlements.

— Je suis enceinte.

Olga se tait. Ses yeux s'écarquillent, j'ai l'impression qu'ils vont tomber par terre.

— Tu es quoi ?

— Je l'ai appris hier, c'est pour ça que je voulais que tu viennes. Massimo ne le sait pas encore.

— On peut s'arrêter ? Il faut absolument que j'allume une cigarette.

Je demande au chauffeur de faire au plus vite. Olga sort de la voiture comme s'il y avait le feu. Elle allume sa cigarette avec des mains tremblantes. Après l'avoir terminée, elle en prend une autre, puis dit :

— Tu vis dans une cage, elle est dorée, mais c'est quand même une cage. Et maintenant ça. Tu te rends compte dans quoi tu t'embarques ?

— Qu'est-ce que tu veux que je fasse maintenant ? C'est fait, je ne veux pas me débarrasser de l'enfant. (Je suis toujours assise dans la voiture, mon ton monte.) Tu me hurles dessus comme si j'étais une idiote, comme si je ne me rendais pas compte de la situation. Oui, j'ai été stupide. Non, je n'ai pas fait attention et j'ai merdé, mais je n'ai pas une putain de machine à remonter le temps. Alors, à moins de m'en trouver une, ferme-la et commence à me soutenir ! Putain !

Olga reste immobile, et moi je fonds en larmes.

— Allez, viens là, dit-elle en éteignant sa cigarette. (Elle remonte dans la voiture et me prend dans ses bras.) Je t'aime, et l'enfant… (Elle s'arrête.) Au moins, il sera magnifique, avec des parents pareils, ce serait difficile autrement.

Le reste du voyage se passe dans le silence le plus total, comme si chacune de nous tentait d'organiser toutes ces informations dans sa tête. Je sais qu'elle a raison. Ses mots reflètent parfaitement ce que je pense, mais ça ne change rien au fait que j'ai totalement perdu le contrôle de la situation.

Quand nous nous approchons de la maison, je me tourne vers Olga.

— Essayons de nous amuser, je ne veux plus penser à tout ça.

— Je suis désolée, répond-elle, les yeux cachés derrière ses lunettes de soleil. Je n'étais pas préparée pour ce genre de nouvelle.

La voiture entre dans l'allée où nous attend Domenico. Olga regarde tout autour d'elle, émerveillée par ce qu'elle voit.

— Putain, c'est comme dans *Dynastie*, tu habites ici ou c'est un hôtel ?

Elle me fait rire. Je suis heureuse que son humeur s'améliore.

— Je sais, c'est un peu terrifiant, mais ça va te plaire.

Domenico ouvre ma portière. Je les présente et je vois tout de suite que le courant passe entre eux. Je m'y attendais, Olga adore la mode et les hommes beaux et charmants.

Pendant que nous longeons le couloir, Olga murmure :

— Je crois qu'il est gay. Heureusement qu'il ne nous comprend pas, ajoute-t-elle en rigolant.

Je lui réponds sur le même ton :

— Je vais te décevoir, mais le mot « gay » est le même dans beaucoup de langues, donc il est très probable qu'il t'ait compris.

En passant devant mon ancienne chambre, je me souviens de ce que Massimo a dit au sujet de surprises cachées dans nos premiers endroits.

— Attendez-moi un instant, dis-je en ouvrant la porte.

Je rentre, étrangement anxieuse. Rien n'a été touché, tout est comme avant, sauf les draps qui ont été changés et le dressing qui est vide. Il y a une enveloppe noire sur le lit. Je m'assieds pour l'ouvrir. À l'intérieur, je trouve un voucher pour une journée dans un spa luxueux avec une note : « Tout ce que tu veux. » Je serre le papier contre moi. L'homme en noir me manque déjà. Il arrive à me surprendre même quand il n'est pas là. Je sors mon téléphone et l'appelle.

— On t'attend au bout du couloir, me dit Domenico en entraînant Olga avec lui.

Après trois sonneries, j'entends sa voix familière.

— Je pense à toi, je chuchote.

— Moi aussi, bébé. Il s'est passé quelque chose ?

— Non, j'ai trouvé l'enveloppe. Je voulais te remercier.

— Juste une ?

— Il y en a d'autres ?

— Fais un effort, Laura. Nos premières fois ont été nombreuses. Olga est arrivée ?

— Oui, merci, on est à la maison.

— Amusez-vous bien. Et ne t'inquiète pas, chérie, tout se passe parfaitement bien.

Je raccroche et pars à la recherche des autres surprises.

Je pense à de nombreux endroits, je ne sais pas par

lequel commencer. Le plus logique est de partir sur les traces de notre passé.

— La bibliothèque, je chuchote.

Dans le fauteuil où j'étais assise la première nuit, je trouve une autre enveloppe noire. Je l'ouvre. J'y trouve une carte de crédit avec une autre note : « Dépense tout. » Mon Dieu, je ne préfère pas savoir combien il y a d'argent dessus. Je pars dans le jardin vers les transats sur lesquels j'ai embrassé Massimo.

Sur le matelas, je trouve un autre papier noir avec une invitation à notre mariage. Sur la note, je lis : « Je t'aime. » Je la plaque contre ma poitrine, puis je retourne dans la maison à la recherche du jeune Italien et de mon amie.

Je les trouve sur la terrasse d'une chambre au bout du couloir, pas loin de mon ancienne chambre. Ils semblent s'entendre à merveille.

— Du champagne pour un petit déjeuner tardif, dit Olga en me rejoignant à l'intérieur, une coupe de Moët rosé à la main. Ton mafieux prend soin de nous.

Elle pointe du doigt le grand seau à glace rempli de plusieurs bouteilles de mon alcool préféré. Domenico hausse les épaules, puis me tend un verre de jus de tomate.

— J'ai commandé du vin mousseux français sans alcool, mais il n'arrivera que demain.

— Faut pas exagérer, dis-je m'asseyant dans le fauteuil blanc. Je peux survivre quelques mois sans alcool.

Olga se colle à moi dans le fauteuil, pose son bras sur mes épaules.

— Mais pourquoi ? Tu te maries dans quelques

jours et Massimo n'est pas au courant. Il faut faire semblant au moins. De l'eau pétillante au goût de champagne ne te fera pas de mal.

L'idée que je dois réorganiser toute ma vie pour un être qui n'est même pas encore né m'effraie. Et ce n'est que le début. Je sais que le plus dur m'attend dans quelques mois.

— Domenico, j'aimerais bien déjeuner en ville, tu peux nous organiser quelque chose ?

Le jeune Italien sert une autre coupe à mon amie et disparaît.

— Pourquoi n'as-tu rien dit à Massimo pour l'enfant ?

— Pour avoir le choix. Olga, je ne voulais pas cet enfant, mais je sais aussi que je suis incapable de m'en débarrasser. En plus, Massimo partait au moment où je l'ai appris. Je ne voulais pas qu'il change son planning pour moi. Je lui dirai après le mariage.

— Tu penses qu'il sera heureux ?

Je ne réponds pas tout de suite, je regarde la mer.

— Je sais qu'il sera fou de joie car, en réalité, cette grossesse fait partie de son plan.

Olga me fixe, ébahie.

— Pardon ?

Je lui raconte toute l'histoire. Mon implant et notre première nuit sur le yacht, en lui expliquant pourquoi il m'avait menti. Je lui dis que tout cela s'est passé pendant que j'ovulais, et le test de grossesse qui n'avait rien montré.

— Je me rends compte à quel point c'est ridicule, mais je suis tombée enceinte la première fois qu'on a fait l'amour.

Olga reste silencieuse quelques secondes. Elle boit une gorgée, puis dit :

— Je ne veux pas être irrationnelle, mais tu sais que ces choses-là n'arrivent que rarement par hasard. Peut-être que c'est le destin ? Peut-être que ça devait être ainsi, Laura. C'est toi qui dis toujours que tout arrive pour une raison dans la vie… Tu as pensé au prénom ?

— Tout s'est passé si vite, non, pas encore.

— Mais un prénom polonais ou italien ?

Je la regarde en essayant de trouver une réponse à sa question.

— Je ne sais pas, je voudrais un mélange des deux, mais je vais attendre Massimo pour ça. N'en parlons plus, viens, on va manger quelque chose.

On discute tout l'après-midi, de tout et de rien. On se rappelle nos souvenirs d'enfance. On a toujours su qu'on deviendrait mamans, mais dans nos projets c'était toujours une décision, pas un hasard. Lorsqu'on rentre à la maison, il est tard, Olga est fatiguée.

— Dors avec moi ce soir, je demande avec des yeux de chiot.

— Bien sûr, chérie.

Je l'attrape par la main et l'entraîne en haut de l'escalier. Lorsqu'on pénètre dans l'appartement au dernier étage, elle se fige.

— Putain ! s'exclame-t-elle avec sa grâce habituelle. Laura, tu penses qu'il est à la tête de quel genre de fortune ?

Je hausse les épaules et me dirige vers l'escalier de la mezzanine.

— Je n'en ai aucune idée, mais il a vraiment beaucoup d'argent. Ça m'inquiète un peu, mais je dois admettre qu'on s'habitue vite au luxe. En revanche, je ne lui ai jamais rien demandé. Il me donne même ce dont je n'ai pas besoin.

On s'assied sur le lit. Je lui indique la porte ouverte du dressing.

— Tu veux voir quelque chose de ridicule ? Va là-bas. Ma garde-robe vaut autant que plusieurs appartements à Varsovie.

Elle y entre, je la suis. La lumière s'allume sur une pièce gigantesque. Sur le mur en face de l'entrée, il y a des étagères de chaussures, du sol jusqu'au plafond, de Louboutin à Prada. Une échelle mobile y est accrochée grâce à laquelle je peux attraper celles qui sont tout en haut. Au milieu de la pièce, il y a un îlot éclairé avec des tiroirs où sont rangés des montres, des lunettes et des bijoux. Un immense lustre en cristal est suspendu au-dessus. L'intérieur est noir, les cintres sont séparés entre eux par des miroirs. Mes affaires occupent toute la partie de droite, celles de Massimo sont à gauche.

Dans le coin à gauche, à côté de l'entrée de la salle de bains, il y a un fauteuil matelassé sur lequel Olga s'écroule, émerveillée.

— Je n'en peux plus. Je ne sais pas quoi dire, mais tu n'es pas à plaindre.

— Ça, c'est sûr. Parfois, je me dis que je ne mérite pas tout ça.

Olga se lève, vient vers moi et pose ses mains sur mes épaules.

— Qu'est-ce que tu racontes ? s'écrie-t-elle en me secouant. Laura, tu es avec un millionnaire, tu l'aimes et il t'aime. Tu lui donnes tout ce qu'il veut, et maintenant tu vas lui donner un enfant. Tu n'es pas obligée d'être aussi riche que lui pour lui offrir ce dont il a besoin. Et s'il veut te gâter, où est le problème ? Ton approche n'est pas la bonne. (Elle lève le doigt.) Pour lui, dépenser dix mille dollars, c'est comme acheter un paquet de chewing-gums pour toi. Tu ne peux pas comparer, l'échelle n'est pas la même.

Je réfléchis. Ça me semble assez logique.

Elle continue sur sa lancée :

— Si tu avais autant d'argent que lui, tu n'aimerais pas lui offrir le monde ?

J'acquiesce.

— Tu vois, donc sois reconnaissante de ce que tu as et arrête de penser à des conneries. Viens, on va dormir, maman, je suis crevée.

20

Le lendemain, on prend le petit déjeuner assez tard et on reste au lit jusqu'à midi.

— Il faut que tu fasses quelque chose pour moi, dis-je en me tournant vers Olga. J'ai une visite chez le gynécologue aujourd'hui, mais je voudrais donner ton nom pour le rendez-vous.

Elle me regarde en relevant un sourcil.

— Je ne sais pas à quel point Massimo contrôle ce que je fais. Le projet est le suivant : tu vas dire que tu as oublié de prendre ta pilule, donc il faut que tu ailles à la clinique pour t'en faire prescrire une. Comme ça, il ne sera pas surpris que j'y sois allée avec toi.

Olga mange encore sa brioche sucrée en buvant son café.

— Tu es tarée, tu le sais ? Il va le découvrir de toute manière, mais bon, d'accord, on fait comme tu veux.

— Merci. Après mes examens, on ira faire du shopping à Taormine. Je veux habiller ma demoiselle d'honneur, et il faut que je trouve une robe de mariée, dis-je en souriant. Tu sais ce que ça veut dire ?

— Du shopping !

Olga se met à danser, la bouche pleine de brioche.

— Massimo nous a laissé une carte de crédit qu'on doit liquider. J'ai un peu peur de savoir combien il y a dessus. Bon, je vais l'appeler maintenant, ce sera fait.

L'homme en noir a facilement cru l'histoire de la pilule d'Olga. Il veut juste s'assurer que ce n'est rien de plus grave, qu'il s'agit juste d'une prescription. Ensuite, il change de sujet. On discute de notre mariage. Il dit que ce ne sera pas une énorme fête ni un événement médiatisé. Puis il se tait, bizarrement.

— Massimo, est-ce que tout va bien ? je demande, inquiète.

— Oui, je voudrais juste rentrer.

— Encore trois jours et tu seras à Taormine.

Un autre silence.

— Il ne s'agit pas du lieu. Je veux t'avoir à mes côtés. Ma maison est là où tu es, le bâtiment en lui-même n'a aucune importance, d'autant plus qu'à Palerme on a aussi un appartement.

Le mot « on » résonne en moi. Ça me touche, il me manque. Je m'en suis rendu compte en discutant avec lui.

— Il faut que j'y aille, Laura. Il est possible qu'on ne puisse pas se parler jusqu'à vendredi, mais ne t'inquiète pas, utilise l'application si tu en ressens le besoin.

Je retourne à table en serrant le téléphone contre moi.

— Tu l'aimes vraiment, ça se voit, dit Olga en se balançant sur son siège. Tu entends sa voix et, tout à coup, c'est comme si tu venais de le sucer via le combiné.

— Arrête de dire des conneries ! Allons nous

préparer, il faut qu'on trouve quelque chose à se mettre dans ma garde-robe. Après ma visite chez le médecin, on va dépenser un peu d'argent, donc habillons-nous comme des poupées de *Vogue*.

Trouver une tenue nous prend bien trop de temps. Si Domenico ne nous avait pas rappelées à l'ordre, on aurait été en retard chez le médecin.

Nous arrivons devant la maison, fin prêtes. J'ai mis les mêmes bottes qu'hier, mais en noir. Avec ça, une petite robe sans manches de la même couleur. Olga a choisi un style « poule de luxe ». Elle porte un short clair Chanel taille haute, très court, on voit ses fesses, et un top de la même couleur. Elle a complété sa tenue par des talons aiguilles Giuseppe Zanotti dorés et des lunettes de soleil. On ne dirait pas du tout une femme enceinte avec sa meilleure amie.

Le Dr Ventura est étonné en nous voyant entrer dans son cabinet. Je lui explique que j'ai besoin du soutien de mon amie, car mon conjoint est en voyage. Il accepte qu'elle reste dans la pièce pendant l'examen qui se déroule derrière un écran. Lorsque c'est terminé, je me rhabille et m'assieds à côté d'Olga. Le médecin prend en main les résultats de l'analyse et chausse ses lunettes.

— L'échographie et les analyses montrent que vous êtes effectivement enceinte. C'est le début de la sixième semaine. La grossesse se développe comme il faut, mais votre cœur malade m'inquiète. Il risque de vous causer quelques soucis à l'accouchement. Il est important que vous preniez rendez-vous avec un cardiologue au plus vite, il faut changer vos médicaments. Évitez toute forme de stress, aucune émotion forte ni inquiétude. (Le médecin se tourne vers Olga.) Prenez soin de votre amie. Les prochaines semaines sont très importantes pour le développement de l'enfant. Je vais vous prescrire des compléments alimentaires et, si vous n'avez pas d'autres questions, on se voit dans deux semaines.

— Si, je pense à une chose : pourquoi est-ce que je maigris ?

Le Dr Ventura recule dans son fauteuil, puis enlève ses lunettes.

— Ça arrive souvent. Certaines femmes prennent beaucoup de poids rapidement, d'autres maigrissent au début de la grossesse. Mangez comme il faut, même si vous n'avez pas très faim. Si vous n'avez vraiment pas d'appétit dans la journée, forcez-vous à manger quelque chose le soir, l'enfant a besoin de se nourrir pour grandir.

— Et le sexe ? demande Olga.

Le médecin se racle la gorge, puis me regarde, surpris.

— Avec mon conjoint, bien sûr. Est-ce qu'il y a des contre-indications ?

Il sourit gentiment, puis répond :

— Aucune, vous pouvez le pratiquer à volonté.

— Merci beaucoup.

Je lui serre la main et nous sortons.

Sur la route de Taormine, Olga se moque gentiment de moi :

— Super, on est enceintes ! Il faut fêter ça. Moi, je vais boire, toi tu vas regarder.

— Tu es bête, je réponds en riant. (Puis je réfléchis tout haut.) Mon Dieu, heureusement que l'enfant est en bonne santé, j'ai tellement bu récemment et j'ai pris de la drogue.

— Quelle drogue, Laura ? Tu n'en prenais jamais avant.

Je lui résume l'épisode du mariage, en passant sous silence la mort de Piotr.

— Quel connard ! J'ai toujours su que c'était un enculé, qu'il crève, cet enfoiré !

On ne peut pas si bien dire. Pourtant, il faut absolument que je chasse de mon esprit ce souvenir morbide.

Sur la route, on passe chercher Domenico. Personne ne connaît mieux que lui les plus belles boutiques de la ville.

Taormine est vraiment un endroit splendide, mais il est malheureusement très difficile de s'y garer.

— OK, marchons, dit notre guide en ouvrant la porte.

Deux agents de sécurité sortent de la voiture en même temps que nous. Ils nous suivent. Cette fois-ci, ils marchent à une distance tolérable.

— Domenico, ils vont toujours être là ? je demande en grimaçant.

— Malheureusement oui, mais tu vas t'y faire. Alors, on commence par la demoiselle d'honneur ou la mariée ?

Je sais que ça va être compliqué de me trouver une robe, donc on commence par moi. D'un côté, je n'en ai un peu rien à faire car personne ne va me voir dedans, mais d'un autre, je veux être sublime pour Massimo. On passe d'une marque à l'autre, je n'en trouve pas une seule qui m'attire. En revanche, le bonheur d'Olga, déjà chargée de sacs, m'empêche d'être complètement déprimée.

— Bon, ici, on ne trouvera rien, dit Domenico. Allons à l'atelier d'une amie créatrice, on va y déjeuner et j'ai comme le pressentiment que tu y trouveras ce que tu cherches.

Nous traversons des rues étroites, des ruelles et montons des escaliers avant d'arriver devant une petite porte de couleur aubergine. Le jeune Italien tape un code et nous continuons à grimper.

Domenico doit bien connaître la propriétaire puisqu'elle lui donne accès à son atelier.

C'est l'un des endroits les plus magiques que j'aie jamais visités. La maison est un grand espace ouvert soutenu par plusieurs piliers décorés de boules de lumière en coton blanc et gris. Sur des portants sont exposées des dizaines de robes de soirée, de mariée et de cocktail. Un grand miroir accroché au mur, flanqué de fenêtres donnant sur la baie, atteint le plafond, il fait au moins quatre mètres de haut. Le sol est recouvert d'un immense tapis noir, sur lequel trône un gigantesque canapé matelassé blanc. La porte s'ouvre sur une grande et belle femme. Ses longs cheveux noirs encadrent un visage fin. Ses lèvres artificiellement gonflées et ses yeux lui donnent un air de poupée d'un manga japonais. Elle est juste parfaite, habillée d'une robe courte assez moulante qui laisse apparaître de longues jambes et souligne son manque total de poitrine. Elle a un corps assez semblable au mien. Elle doit faire beaucoup de sport, mais son allure reste très féminine et sexy.

Domenico s'approche d'elle et la prend dans ses

bras. Ils restent comme ça un long moment, comme s'ils ne voulaient plus se quitter.

Je m'approche d'eux en tendant la main.

— Bonjour, je m'appelle Laura.

La belle Italienne lâche Domenico, m'embrasse sur les deux joues avec un grand sourire sur le visage.

— Je sais qui tu es, d'ailleurs, je te préfère largement en blonde. Je m'appelle Emi, j'ai eu l'occasion de voir ton visage des dizaines de fois sur les tableaux chez Massimo.

Ces mots font disparaître mon sourire. Chez Massimo ? Qu'est-ce qu'elle faisait chez lui ? Est-ce qu'ils sont proches ? Elle me rappelle un peu Anna, l'ex sublissime de Massimo. Est-ce qu'elle fait aussi partie de son tableau de chasse ? Domenico ne me ferait pas ça, mais est-ce que je peux en être certaine ? Avec toutes ces questions, ma tête est en train d'exploser.

Elle se tourne vers le jeune Italien.

— Domenico, comment va ton frère ? Je ne l'ai pas vu depuis un moment, et je suis sûre qu'il a besoin de nouveaux costumes.

— Ton frère ? je répète en regardant Domenico, très étonnée.

Il se tourne vers moi et, d'une voix très calme, me dit :

— Massimo et moi avons le même père, donc nous sommes demi-frères. Si tu veux, je t'en dirai plus à la maison. Mais maintenant, occupons-nous enfin de ce mariage.

Je les observe tous les deux pendant qu'Olga est déjà en train de regarder ce qu'il y a sur les portants. Je ne sais même plus ce qui m'intéresse le plus : la relation d'Emi avec Massimo ou le fait que Domenico soit son frère.

Emi se tourne vers moi.

— Laura, tu as déjà une idée en tête ? Un style ? Un tissu ?

Je hausse les épaules.

— Surprends-nous, chérie, dit Domenico en lui donnant une tape sur les fesses.

Je ne sais plus trop quoi penser. Jusque-là, j'étais persuadée qu'il était gay mais, tout à coup, j'ai un doute.

— Attendez, dis-je en agitant les bras pour que tout le monde me regarde. Expliquez-moi, vous vous connaissez d'où ?

Ils explosent de rire. La belle Italienne enlace Domenico.

— Nous sommes amis. Nos familles se connaissent depuis des années. Le père de Massimo et Domenico et le mien étaient à l'école primaire ensemble. J'étais même un peu amoureuse de Massimo à l'époque, mais je ne l'intéressais pas. C'est son petit frère qui m'a séduite finalement. (Elle embrasse Domenico sur la joue.) Si les détails t'intéressent, oui, on couche ensemble. Un peu moins depuis ton arrivée, mais on se débrouille, avoue-t-elle en me faisant un clin d'œil. Tu veux savoir autre chose ou on s'occupe de ta robe ? Je ne couche pas avec Massimo, si c'est ce à quoi tu pensais.

Je suis embarrassée mais, en même temps, soulagée d'entendre tout ça. Ça me met de meilleure humeur.

— J'aimerais qu'il y ait beaucoup de dentelles, plus il y en aura, mieux ce sera. Un style italien, classique, léger, original.

— Tu as des demandes très spécifiques. Il se trouve que j'ai cousu une robe pour un défilé il n'y a pas longtemps, et qu'elle pourrait te plaire. Viens. (Elle m'attrape par la main et m'entraîne derrière un grand rideau.) Domenico, commande le déjeuner et sors le vin du frigo, il est toujours plus simple de réfléchir après un verre.

Après dix minutes d'efforts et de combat avec les épingles pour l'ajuster, je sors et me place devant le miroir.

— Putain, souffle Olga. Laura, tu es…

Elle a les larmes aux yeux.

— Tu es magnifique, chérie, chuchote-t-elle en se plaçant derrière moi.

Je lève les yeux et, quand je me vois dans la glace, je reste sans voix. C'est la première fois que je porte une robe de mariée. C'est la création la plus magnifique que j'aie jamais vue.

Elle n'est pas blanche mais légèrement rosée, complètement dos nu et couverte de dentelle. Parfaitement ajustée à la taille, elle part ensuite dans une matière fluide et se termine par une longue traîne d'au moins deux mètres. Le décolleté en V tombe parfaitement sur ma petite poitrine, je pourrai ne pas porter de soutien-gorge. Une délicate broderie de cristal sous les seins complète parfaitement l'ensemble. Elle est parfaite. Je sais que Massimo va l'adorer.

— Il te faut un voile, dit Emi. Et un qui te couvre le dos car on est en Sicile, les prêtres sont un peu fous ! (Elle se tape le front avec l'index.) J'ai quelque chose qui ira très bien.

La jeune créatrice disparaît derrière, puis revient pour m'habiller d'une dentelle très fine et délicate, qui me couvre comme un cocon.

Le tissu est suffisamment transparent pour qu'on me voie parfaitement à travers, mais me couvre assez pour satisfaire le prêtre.

— Comme ça, il n'aura rien à dire, affirme-t-elle en hochant la tête.

Olga est installée sur le canapé. Elle en est à son troisième verre de vin.

— Je ne pensais pas que ça allait marcher du premier coup. C'était presque trop simple. Tu es sublime.

Je dois reconnaître que je suis vraiment belle dans cette robe. Je sais que Massimo pensera la même chose. Plus je me regarde dans cette tenue, plus je réalise que je vais vraiment me marier. Je commence à ressentir de la joie.

— Bon, enlève-moi ça, sinon je vais me mettre à pleurer.

Une fois que j'ai retiré la robe, je reviens dans le salon, où est arrivé un plateau de fruits de mer. Nous nous asseyons et commençons à grignoter.

— Elle sera prête demain, dit Emi entre deux bouchées. Domenico te l'apportera au domaine. J'espère que tu me le laisseras pour cette nuit.

Je rigole et prends Olga dans mes bras.

— J'ai déjà un compagnon pour ma nuit solitaire, donc je te le laisse. (Je me tourne vers Domenico.) C'est peut-être même mieux que tu restes pour surveiller qu'Emi termine bien la robe à temps !

— J'ai toujours quelqu'un à surveiller, répond le jeune Italien, quand ce n'est pas la petite amie fugueuse de mon frère, c'est la mienne. Il semblerait que ce soit mon destin !

Emi lui donne un petit coup d'épaule, et son regard devient provocateur.

— Si tu ne veux pas me surveiller, tu n'es pas obligé.

Domenico se penche vers elle et lui chuchote quelque chose à l'oreille. Je suis jalouse, pas de mon assistant, mais du fait qu'ils sont ensemble et peuvent en profiter. Je ne sais pas si on pourra se comporter comme ça en public, un jour, avec Massimo.

— Et moi ? demande Olga. Dans ce qu'on a acheté, il n'y a pas une seule tenue qui aille avec ta robe.

Emi pose sa fourchette et, tout en continuant à mâcher son morceau de poulpe, elle se lève et part vers un des portants.

— Je vois que tu aimes bien le style un peu sexy, remarque-t-elle en revenant avec une robe. Mais ça ne passera pas ici, surtout dans l'église que Massimo a choisie. Essaie celle-ci.

Olga grimace, puis part essayer sa robe. On l'entend dire derrière le rideau :

— Laura, regarde comme je me sacrifie pour toi.

Lorsqu'elle se regarde dans le miroir, elle change d'avis immédiatement. La robe est quasiment de la même couleur que la mienne, elle diffère juste de forme et de longueur. C'est une robe crayon, une création élégante en soie mate avec de fines bretelles. Elle souligne parfaitement les fesses d'Olga, son ventre plat et sa poitrine généreuse.

— Heureusement que ce n'est pas une grosse fête, je peux à peine marcher, dit-elle en riant. Je ne pourrai danser que des slows dans cette robe, mais elle est vraiment magnifique.

Je soupire de soulagement en voyant mon amie aussi belle. Nous sommes parées pour le grand jour.

La nuit tombe déjà sur Taormine lorsque nous terminons notre repas.

— Laura, me dit Domenico pendant que je salue Emi, si quelque chose ne va pas, appelle-moi.

— Mais qu'est-ce qui peut se passer ? demande Olga, irritée. Tu es encore pire que sa mère.

— Je vous raccompagne à la voiture.

— Tu sais quoi, je ne suis pas fatiguée et j'aimerais bien marcher un peu. Tu en dis quoi, Olga ?

— Pourquoi pas. Il fait bon et je n'ai encore rien vu depuis que je suis arrivée.

Domenico n'a pas l'air enchanté par cette idée, mais ne peut pas nous l'interdire, d'autant que les agents de sécurité vont nous suivre partout.

— Donne-moi un instant, je vais appeler les gars. Lorsque vous arriverez en bas, attendez-les, s'il vous plaît, s'ils ne sont pas déjà là. Non, vous savez quoi, je vais descendre avec vous.

— Domenico, ça suffit ! je hurle en le repoussant à l'intérieur. Ça fait presque trente ans que je me débrouille très bien sans agents de sécurité. Alors, arrête d'être aussi protecteur.

Il me regarde, les bras croisés sur la poitrine.

— S'il te plaît, attends-les, dit-il dans un murmure.

— À demain ! Salut ! crie Olga.

Nous dévalons l'escalier. Sagement, nous attendons les gardes du corps. Dès qu'ils arrivent, nous empruntons la ruelle devant nous.

La soirée est belle et chaude. Il y a des milliers de touristes qui se baladent dans la ville. Taormine est pleine de vie, de musique et de délicieuses odeurs de nourriture italienne.

— Tu déménagerais ici ? je demande à Olga en l'attrapant par le bras.

— Ici ? répète-t-elle, surprise. Je ne sais pas trop. Rien ne me retient en Pologne, mais ici rien ne m'attire, à part toi.

— Ce n'est pas assez ?

— Si, mais tu ne te rappelles pas combien de temps ça m'a pris de déménager à Varsovie ? Je n'aime pas les changements, et les changements aussi radicaux me font peur.

Je me souviens que j'ai mis des lustres à la convaincre de venir habiter avec moi.

Ça fait huit ans que j'habite à Varsovie. J'ai déménagé là-bas pour fuir ma relation toxique avec Piotr. Lorsque je suis arrivée dans la capitale, je ne savais pas où habiter. Le travail qu'on m'avait proposé m'allait très bien, professionnellement parlant, mais pas du tout financièrement. Maman n'arrive toujours pas à croire que j'aie pu faire ce choix, mais moi, je savais que c'était le bon. J'avais deux propositions : d'un côté, une place de manager dans un hôtel cinq étoiles, payée au lance-pierre, mais j'avais des cartes de visite et c'était satisfaisant pour mon ego. De l'autre, un salon de beauté de luxe qui voulait que je devienne leur styliste. Pour moi, ça voulait dire être tout le temps au service de vieilles femmes riches et hautaines. Le paradoxe était que l'hôtel m'offrait trois fois moins que le salon. Finalement, la perspective d'avoir une carrière a pris le dessus. J'ai choisi l'hôtellerie. Ensuite, j'ai enchaîné avec d'autres hôtels et d'autres relations de couple foireuses. Quand on travaille dans l'hôtellerie, la vie, c'est le job. C'est une super opportunité pour une célibataire, mais quand on est en couple, ça ne peut pas durer. On doit en permanence choisir entre la personne qu'on aime et le travail. C'est épuisant. On foire soit son boulot, soit sa relation. J'ai décidé de rester célibataire et j'ai grimpé les échelons jusqu'au poste de directrice des ventes, mais quelque chose s'est brisé à ce moment-là.

Comme j'avais pas mal d'argent de côté, j'ai tout plaqué pour chercher une activité qui me plairait réellement. Martin m'a beaucoup encouragée dans cette décision. Il trouvait que j'étais exploitée. La vérité est surtout qu'il avait besoin d'une cuisinière et d'une femme de ménage à temps complet.

La voix d'Olga me tire de mes pensées.

— Laura, tu sais, si tu veux, je peux venir ici souvent quand tu auras ton bébé. Je n'y connais pas grand-chose en nouveau-nés, ils me font même un peu peur. Ils passent leur temps à se chier dessus. Mais, pour toi, je ferai un effort.

— Putain, mais dis-moi plutôt comment, moi, je vais le supporter ? dis-je d'une voix tremblante. En temps normal, j'aurais appelé maman pour qu'elle vienne m'aider, mais si elle voit tout ça, ces hommes armés, cette maison, ces voitures, elle va soit me tuer, soit se tuer elle-même, ou les tuer eux, à vrai dire.

— Et la mère de Massimo ? Elle ne t'aidera pas ?

— Ses parents sont morts, décédés dans un accident de bateau, c'était sûrement un meurtre, mais ça n'a jamais été prouvé. Apparemment, sa mère était incroyable. Elle adorait son fils. Il n'aime pas parler de ses parents, mais, quand il le fait, son regard change. Et son père, bah, c'était le chef d'une famille de mafieux, donc plus autoritaire que sentimental. Le seul autre membre de sa famille que je connaisse, c'est Domenico.

— Pourquoi t'ont-ils caché qu'ils étaient frères ? me demande Olga en m'attirant vers une autre ruelle.

— Je ne pense pas qu'ils le cachaient. Ils ne me l'ont juste pas dit, et moi je n'ai jamais eu l'idée de demander. Je pense que Massimo l'a choisi pour veiller sur moi car c'est la personne en qui il a le plus confiance.

— Tu te rappelles quand Marius, celui qui travaillait dans l'immobilier, t'avait aussi trouvé un ange gardien ? rigole-t-elle. C'était un cas, un vrai psychopathe.

Ce souvenir me fait grimacer. Je sortais avec un type qui voulait m'impressionner pour me conquérir. Il vivait bien au-dessus de ses moyens, ce que j'ai découvert plus tard. Un jour, il nous a dit qu'il ne pouvait pas sortir avec nous en boîte, mais qu'il envoyait un de ses hommes pour veiller sur nous. Marius lui a donné de l'argent pour qu'il paie nos verres. Au début, le type a fait son job avec application, repoussant tous les mecs qui m'approchaient. Mais il a pris un verre de trop qui l'a fait vriller. Il a commencé à mal se comporter avec Olga et moi, à hurler, à nous insulter. Heureusement, Olga connaît tous les vigiles des clubs, et notre ange gardien a été expulsé de la boîte, avec un œil au beurre noir, pleurant comme un bébé.

— Sacré numéro ! Mais j'ai préféré la fête à laquelle on était allées toutes les deux et où tout le monde a pensé qu'on était des putes.

— Ah oui ! On s'était habillées tout en blanc et c'était l'anniversaire de ce type. Quelle fête !

Je resserre mon bras autour du sien.

— Tu sais que ce ne sera plus comme ça ? dis-je avec regret. Tout va changer maintenant, je vais avoir un mari, un enfant. Tout le combo. Et tout ça en même pas trois mois.

— Tu exagères, répond Olga. Tu peux embaucher une nounou. Avec tous les voyages de Massimo, tu vas devoir y penser, car tu ne t'en sortiras pas toute seule. Et si vous êtes invités à un dîner ou à une fête, il faudra bien que tu laisses l'enfant à quelqu'un. Tu ferais bien d'y penser.

Je hausse les épaules.

— Pourquoi ? Je sais que c'est lui qui décidera, de toute façon, je ne vais pas avoir le choix. La sécurité de son enfant sera en jeu. (Je secoue la tête, angoissée.) Mon Dieu, il va devenir complètement fou. Il va avoir tellement peur de nous laisser, ne serait-ce que quelques minutes.

Olga explose de rire et me communique son fou rire.

— Ou peut-être qu'il va vous enfermer dans une cave, pour être totalement rassuré !

On se balade comme ça encore une heure, en se rappelant le bon vieux temps, jusqu'à ce qu'il soit tard. Nous attendons que les gardes du corps nous rejoignent et nous leur demandons de nous raccompagner à la maison.

21

Le lendemain, je me réveille seule, Olga n'est pas là. Pourquoi s'est-elle levée si tôt ? Je cherche mon téléphone sur la table de nuit pour vérifier l'heure.

— Putain ! je hurle en découvrant qu'il est treize heures.

Je ne pensais pas pouvoir dormir aussi tard, mais le médecin m'a prévenue que je pourrais être très fatiguée. Apparemment, c'est normal dans mon état.

Encore très endormie, je vais me rafraîchir dans la salle de bains, puis je pars à la recherche de mon amie. Je sors dans le jardin. Domenico est là, il boit un café.

— Bonjour, comment tu te sens ? Je t'ai apporté des journaux, dit-il en faisant glisser la pile vers moi.

— Je ne sais pas comment je me sens, parce que je n'arrive pas à me réveiller. Où est Olga ?

Le jeune Italien sort son téléphone de sa poche. Il appelle un membre du personnel qui arrive rapidement avec mon thé.

— Olga bronze sur la plage. Qu'est-ce que tu veux pour ton petit déjeuner ?

Je mets la main sur ma bouche. L'idée de nourriture

me donne une nausée terrible. Je lui indique d'un signe de la main que je ne veux rien.

— J'ai la nausée, donc rien pour le moment, merci, je vais aller à la plage.

Je prends une bouteille d'eau au passage, puis je pars vers le ponton.

Je descends l'escalier. J'ai très chaud. Le bateau à moteur me rappelle le jour où j'ai fui la douche et l'érection de Massimo.

— Pourquoi tu fixes ce bateau comme si tu voulais le faire sauter ? (J'entends une voix, puis je vois Olga sortir de l'eau, à moitié nue.) Vous l'avez fait sur ce bateau, avoue !

Avec un sourire coquin et en haussant légèrement les sourcils, je me tourne vers elle lorsqu'elle s'approche.

— Ils sont beaux, tes seins. Maintenant, je comprends pourquoi Domenico était tout tendu là-haut.

— Il est venu m'apporter une bouteille de vin, il a fait de son mieux pour me regarder dans les yeux. Tu aurais dû voir ça. Tu as bien dormi ? demande-t-elle en s'allongeant sur un transat.

Je m'installe à côté d'elle en exposant mon visage au soleil.

— Je ne sais pas, je crois que j'aurais pu dormir toute la journée, c'est bizarre.

— Tu n'as rien à faire de toute manière, donc va te recoucher ou va chercher ton maillot de bain, comme ça, on bronze un peu avant le mariage.

Je ne sais même pas si j'ai le droit de bronzer, je n'ai pas pensé à demander au médecin.

— Tu crois que je peux me mettre au soleil, enceinte ?

— Aucune idée, je ne suis pas ta mère. Demande à Google.

Effectivement, c'est la chose la plus logique à faire. Je tape ma question sur le moteur de recherche. Un moment plus tard, je m'allonge sur le côté, face à Olga.

— Pas de bronzage pour moi. Écoute ça : « Le soleil permet à la peau de produire de la vitamine D, ce qui est particulièrement important pour l'enfant. Il suffit de faire des promenades à l'ombre pour atteindre le bon niveau de vitamine. Les bains de soleil ne sont pas recommandés, car on ne peut pas protéger complètement la peau contre les rayons UV nocifs. La peau d'une femme enceinte est très sensible, le soleil peut l'irriter et provoquer des décolorations. De plus, le corps se déshydrate rapidement au soleil, ce qui est néfaste pour l'enfant. »

Olga fait tomber ses lunettes sur le nez, puis balance :

— Tu as bu comme un trou quand tu ne savais pas que tu étais enceinte, et un peu de soleil te ferait du mal ? Ridicule.

— Oui, mais maintenant je sais que je suis enceinte, je n'ai pas envie d'avoir une grosse tache sur le visage. On a une invitation pour aller au spa, donc choisis : ou tu restes ici et tu vieillis avec les rayons UV, ou on va s'amuser un peu.

Elle est déjà debout à côté de mon transat, en train de remettre son paréo, sac sur l'épaule.

— Alors ? On y va ?

Une heure plus tard, nous sommes prêtes. Domenico nous avance ma Porsche cerise.

Il en descend en grimaçant.

— Ne leur échappe pas cette fois, dit-il en montrant

le SUV noir qui se gare juste derrière ma voiture. Ça rend Massimo fou, et après ils prennent cher.

Je lui caresse l'épaule, puis j'ouvre la porte.

— J'ai déjà eu cette discussion avec le boss, tu peux être tranquille. Tu as entré l'adresse du spa dans le GPS ?

Domenico hoche la tête.

— C'est un putain de vaisseau spatial, dit Olga en s'installant dans la voiture. Pourquoi autant de boutons ? Le volant, les pédales, la boîte de vitesses et les sièges, ça suffit amplement. Celui-ci sert à quoi ?

— Mon Dieu, n'appuie pas dessus, on va être expulsées par le toit ! (Je lui tape sur la main lorsqu'elle veut toucher un autre bouton.) Ne touche à rien. J'ai eu la même réaction quand on m'a donné cette voiture, mais apparemment elle est très sûre.

Je hausse les épaules, en signe de résignation.

Quand on arrive sur l'autoroute, je décide de lui montrer ce que la voiture a dans le ventre. J'appuie sur l'accélérateur. Le moteur rugit, la voiture fait un bond en nous collant à nos sièges.

— Il envoie, ce bolide ! crie Olga, amusée, en augmentant le volume de la musique.

— Tu vas voir, les mecs de ma sécurité vont flipper, c'est comme ça que je me suis enfuie la dernière fois.

Je slalome entre les voitures. Je suis contente d'avoir appris à conduire avec des hommes. Mon père a toujours souligné l'importance d'une bonne conduite. C'est pour ça que mon frère et moi avons fait une école de conduite de l'extrême. Il ne voulait pas faire de nous des pilotes, mais nous apprendre à réagir en cas de danger. Soudain, j'entends des sirènes de police derrière moi. Dans mon rétro, je vois une Alfa Roméo avec deux hommes à l'intérieur.

— Super, je siffle en me garant sur le bas-côté.

Un homme en uniforme s'approche de la vitre, puis dit quelques phrases en italien. Je gesticule et, en anglais, j'essaie de lui faire comprendre que je ne comprends rien. Je n'ai pas de chance, car ni lui ni son collègue ne parlent une autre langue. On communique par gestes. J'en déduis qu'il faut que je lui présente mes papiers. Je sors la carte grise et la lui donne.

— Oh, merde ! (Je me tourne vers Olga.) J'ai oublié de prendre mon permis dans mon autre sac.

Elle me regarde, puis remet ses seins en place.

— Alors, je vais aller les sucer, t'en dis quoi ?

— Arrête, Olga, ce n'est pas drôle.

Tout à coup, le SUV noir se gare derrière nous. Deux des gardes du corps en sortent.

Olga observe la scène et marmonne :

— Alors là, on est foutues.

Les hommes se serrent la main. Le contrôle de police se transforme en réunion entre collègues. Ils discutent un moment, après quoi un des fonctionnaires approche pour me rendre les papiers.

— *Scusa*, marmonne-t-il en touchant sa casquette d'un doigt.

Olga est surprise.

— Et en plus, il s'excuse, c'est vraiment étonnant.

La police repart. Un des gardes du corps se penche à ma vitre, puis dit d'une voix calme :

— Si vous voulez tester la voiture, nous pouvons aller sur un circuit, mais nous avons l'autorisation de Don Massimo de vous supprimer le véhicule si vous essayez de vous échapper à nouveau. Alors, soit vous conduisez normalement, soit vous montez avec nous.

Je grimace en hochant la tête.

— Je suis désolée.

Le reste de la route se déroule tranquillement. Lorsqu'on arrive au spa, le luxe et la qualité des soins nous ravissent. Comme il y a des soins pour femmes enceintes, je peux profiter en toute sérénité de cet endroit magnifique.

On y reste presque cinq heures. Ça étonnerait plus d'un homme, mais une femme sait combien de temps il faut pour prendre soin d'elle-même. Soin du visage, du corps, massage puis le classique pédicure, manucure et coiffeur. En pensant à la cérémonie de dimanche, je choisis une couleur dans le ton de ma robe. Il faut que je sois totalement prête. Je demande au coiffeur de retoucher mes racines, et Marco s'acquitte parfaitement de la tâche. Du coup, je lui demande de me recouper légèrement les cheveux. Belles et détendues, nous passons sur la terrasse, où le serveur nous apporte à dîner.

— Tu ne manges pas assez, Laura, c'est ton premier repas de la journée. Tu sais que ce n'est pas bien ?

— Laisse-moi tranquille, j'ai mal au cœur en permanence. Je ne pense pas que tu aurais envie de manger si tu étais dans mon état. En plus, je commence à stresser pour le mariage.

— Tu as des doutes ? N'oublie pas que tu n'es pas obligée de le faire. Un enfant n'implique pas l'obligation de se marier. Et puis, un mariage, ce n'est pas forcément pour la vie.

— J'aime Massimo, je veux l'épouser et lui dire au

plus vite qu'on va avoir un enfant. Je n'en peux plus de le lui cacher.

Je me sens très lourde après avoir mangé une entrée, une soupe, un plat et un dessert. Nous nous dandinons jusqu'à la voiture dans laquelle je peine à grimper.

— J'ai à nouveau la nausée, mais, cette fois-ci, c'est parce que je me suis gavée, dis-je en démarrant le moteur.

Je vois les phares du SUV apparaître dans mon rétroviseur. Je démarre. Je branche le GPS, puis je clique sur « maison ». Comme il est assez tard, il y a peu de circulation. Je mets en route le régulateur de vitesse, puis je pose la tête sur mon bras gauche posé sur l'accoudoir. Les boîtes automatiques ont ce défaut et cette qualité qu'on ne sait pas trop quoi faire de cette main. Olga est sur son portable sans trop prêter attention à ce qui se passe. J'ai envie de dormir, tellement j'ai mangé.

J'aperçois une coulée de lave de l'Etna, c'est une vue magnifique et terrifiante à la fois. Totalement obnubilée par la vue, je ne remarque pas que le SUV qui nous suit s'est dangereusement rapproché. Je jette un œil dans le rétro au moment où je sens un impact à l'arrière de la voiture. Je hurle :

— Mais qu'est-ce qu'ils font, putain ?

Je sens un deuxième choc. Cette fois-ci, ils tentent clairement de nous faire sortir de la route. J'accélère pour tenter de les semer tout en jetant mon sac à Olga et en criant :

— Trouve mon téléphone et appelle Domenico.

Olga est paniquée. Les mains tremblantes, elle

s'exécute. Après un long moment, elle le trouve enfin. Le SUV noir n'abandonne pas, il nous colle au train. Heureusement que le moteur de ma voiture est plus puissant, ça nous donne une chance de leur échapper.

— Il suffit que tu trouves le bon numéro, le téléphone est connecté au Bluetooth.

Olga appuie sur le bouton vert. Ça sonne, je prie pour qu'il décroche.

La voix de mon futur beau-frère résonne dans l'habitacle :

— Qu'est-ce qui vous a pris autant de temps ?

Je me mets à hurler :

— Domenico, on nous poursuit !

— Laura, qu'est-ce qui se passe ? Qui vous poursuit ? Vous êtes où ?

— Nos gardes du corps ont perdu la tête, ils essaient de nous faire sortir de la route, qu'est-ce que je dois faire, putain ?

— Ce ne sont pas eux, Laura, ils m'ont appelé il y a cinq minutes pour me dire qu'ils vous attendaient toujours devant le spa.

Je sens une vague de terreur me submerger. Il ne faut pas que je panique, pas maintenant. Mais je n'ai aucune idée de ce qu'il faut faire.

— Ne raccroche pas, dit Domenico.

J'entends qu'il crie quelque chose en italien, puis il revient à notre conversation :

— Les gars sont en route. Je vais te retrouver sur le GPS. N'aie pas peur, ils arrivent. Tu roules à quelle vitesse ?

Je pose mon regard sur le compteur. Je suis effrayée.

— Deux cent sept à l'heure.

— Écoute, je ne sais pas qui te poursuit, mais puisque tu penses que c'est un des nôtres, c'est sûrement un Range Rover. Ça n'a pas la même puissance que ta voiture. Si tu te sens d'aller plus vite, vas-y.

Je le fais. Je sens que la voiture accélère. Les phares de celle de derrière s'éloignent.

— Dans quinze kilomètres, il y a une sortie d'autoroute pour Messine, prends-la. Mes hommes sont en route, ils sont à trente kilomètres environ. N'oublie pas qu'il y a un péage après la sortie, donc commence dans ralentir en amont. Si tu ne les sèmes pas d'ici là, n'ouvre surtout pas les vitres et ne sors pas de la voiture. La voiture est blindée, tu ne risques rien.

— Quoi ? Ils vont tirer ?

— Je ne sais pas s'ils vont le faire, mais je te dis de ne pas bouger. Tu ne risques rien à l'intérieur.

J'entends tout ce qu'il me dit. Mon cœur commence à s'affoler. Je m'accroche à ce qu'il me reste de forces. Dans le rétro, les phares de la voiture disparaissent progressivement, j'accélère encore. Tant pis, soit je vais mourir dans un accident, soit ils vont me tuer. Je vois un panneau indiquant la sortie.

— Domenico, je vois la sortie !

J'entends qu'il parle à quelqu'un en italien, puis il dit en anglais :

— Parfait, ils arrivent au péage aussi. C'est un BMW noir avec quatre hommes à l'intérieur. Tu connais Paulo, donc, quand tu le vois, arrête-toi le plus près possible de lui.

Je commence à freiner. Pourvu qu'il soit là. Lorsque je prends le dernier virage, je vois la BMW noire s'arrêter et quatre hommes en sortir. J'appuie sur le frein. Je percute quasiment la voiture des hommes de Domenico.

Paulo ouvre la porte et me sort de la voiture, toute tremblante. Il m'installe sur un siège à l'arrière, puis démarre en faisant crisser les pneus. J'essaie de garder une respiration régulière pour calmer mon cœur. J'entends Domenico parler avec le chauffeur en italien par le Bluetooth de la voiture. Sa voix est calme.

Dans tout ça, j'ai complètement oublié Olga. Elle est assise sur le siège passager, les yeux vides. Elle fixe le pare-brise devant elle.

— Olga ? Qu'est-ce qu'il y a ? je chuchote en lui touchant l'épaule.

Elle se tourne vers moi. Ses yeux sont remplis de larmes. Elle détache sa ceinture, passe sur la banquette arrière, puis se jette dans mes bras.

— Qu'est-ce que c'était, ça, putain, Laura ?

On reste enlacées. On pleure et on tremble comme s'il faisait moins trente dans la voiture. Elle a eu vraiment peur, c'est la première fois que je la vois dans un tel état. Même si je me sens très fragile, il faut que je la réconforte.

— Tout va bien maintenant, on est en sécurité, ils voulaient juste nous faire peur.

Je ne crois pas moi-même à ce que je dis, mais je dois la calmer d'une manière ou d'une autre.

Nous arrivons dans l'allée où Domenico nous attend. Dès que la voiture s'arrête, il ouvre la portière arrière. Je me laisse glisser dans ses bras.

— Tu n'as rien ? Tu te sens bien ? Le médecin arrive.

— Je n'ai rien, je chuchote, serrée dans ses bras.

Olga sort de la voiture, puis se joint à nous.

Domenico nous accompagne dans le salon au rez-de-chaussée. Le médecin arrive vingt minutes après. Il prend ma tension, puis me donne des médicaments pour le cœur. Il ne remarque aucune blessure. Puis il s'occupe d'Olga. Elle n'arrive toujours pas à digérer ce qui s'est passé. Il lui prescrit des calmants et des somnifères. Domenico la prend sous l'épaule, puis l'amène dans sa chambre. Lorsqu'ils disparaissent, le médecin me conseille d'aller voir le gynécologue au plus vite pour vérifier que l'enfant va bien. Je me sens très bien, aussi bien qu'on peut se sentir après une aventure pareille. Je suis confiante. L'impact était puissant, mais la ceinture m'a plutôt coincée au niveau de la clavicule que du ventre. Je pense comme le médecin qu'il faut tout de même vérifier. Quand Domenico revient, le docteur disparaît.

— Laura, écoute-moi, il faut que tu m'expliques précisément ce qui s'est passé.

— On sort du spa, le voiturier me donne les clés de la voiture…

— À quoi ressemblait ce voiturier ?

— Je n'en ai aucune idée, à un Italien… Je ne l'ai pas trop regardé. Lorsqu'on est entrées dans la voiture, un SUV nous a suivies. J'ai pensé que c'étaient des hommes de chez nous. Quand on est arrivées sur l'autoroute, c'est là que le cauchemar a commencé. Tu connais le reste de l'histoire.

J'ai à peine terminé que son téléphone sonne. Il sort, furieux, de la pièce.

Inquiète, je le suis. Domenico se précipite vers mes

gardes du corps, qui viennent de se garer dans l'allée. Les hommes sont à peine descendus de voiture qu'il les frappe au visage et les roue de coups de pied alors qu'ils sont à terre. Ceux qui étaient dans la BMW immobilisent le chauffeur, que Domenico continue à agonir d'insultes.

Je suis abasourdie par la scène à laquelle j'assiste. Je hurle :

— Domenico !

Il se redresse. Il laisse le chauffeur inconscient au sol et vient vers moi, les mains ensanglantées.

— Mon frère va les tuer de toute façon. Allez, viens, je te raccompagne dans ta chambre.

Je m'assieds sur le lit pendant que Domenico va se nettoyer dans la salle de bains. Les médicaments commencent à faire effet, j'ai envie de dormir.

— Laura, ne t'inquiète pas, ça n'arrivera plus jamais. On va trouver qui t'a fait ça.

— Promets-moi de ne pas les tuer, je chuchote en le regardant dans les yeux.

Il grimace et s'adosse contre la porte.

— C'est la décision de Massimo. Ne pense pas à ça maintenant. Le plus important est que tu sois saine et sauve.

Quelqu'un frappe à la porte, Domenico va ouvrir et réapparaît avec une tasse de chocolat chaud.

— En temps normal, je t'aurais servi de l'alcool. Mais, vu ton état, un chocolat fera l'affaire. Change-toi et mets-toi au lit, il faut que j'y aille.

Je file dans le dressing, où j'enfile une chemise de l'homme en noir, et je me couche.

— Bonne nuit, Domenico, merci pour tout.

— Je suis désolé, dit-il en disparaissant dans l'escalier. N'oublie pas que tu as un bouton à côté du lit, si tu as besoin de quelque chose, n'hésite pas.

J'éteins toutes les lumières et allume la télévision sur une chaîne d'infos. Je ne sais même pas à quel moment je m'endors.

Je me réveille au milieu de la nuit, la télé toujours allumée. Je me tourne pour attraper la télécommande sur la table de chevet. Je sursaute, Massimo est assis dans le fauteuil à côté du lit, et m'observe. Je ne sais pas si je rêve ou si c'est réel.

L'homme en noir finit par se lever et s'écroule à genoux devant moi.

— Ma chérie, je suis désolé.

Je sors du lit, m'agenouille à côté de lui en le serrant dans mes bras.

— Tu n'as pas le droit de les tuer, tu comprends ? Je ne t'ai jamais rien demandé, mais je t'en supplie. Je ne veux pas qu'une autre personne meure à cause de moi.

Massimo ne dit rien, il reste contre moi. Nous ne bougeons pas et je sens que sa respiration se calme progressivement.

Il me soulève dans ses bras.

— C'est ma faute.

Il me dépose sur le lit, me couvre, puis s'assied à côté de moi. L'effet des somnifères commence à s'estomper. Je m'aperçois qu'il est en smoking. Il a dû quitter l'endroit où il était précipitamment. Je caresse sa veste.

— Tu étais à une fête ?

L'homme en noir baisse la tête, puis retire son nœud papillon.

— Je t'ai trahie. Je t'ai promis que j'allais te protéger.

Je pars trois jours, et toi, tu échappes à la mort de justesse. Je ne sais pas encore qui était derrière le volant ni comment tout ça a pu arriver, mais je vais retrouver l'instigateur de ce traquenard.

Il se lève et poursuit :

— Je ne sais pas si tout ça est une bonne idée. Je t'aime plus que tout au monde, mais je ne pourrais pas accepter que tu perdes la vie à cause de moi. En t'amenant ici, j'ai été très égoïste. Aujourd'hui, dans cette période instable, je ne suis plus sûr de rien.

Je suis choquée par ce qu'il dit.

— Je pense qu'il faut que tu t'éloignes un moment. Il va y avoir une grande réorganisation et, en attendant, tu n'es pas en sécurité ici.

— Tu veux m'éloigner de toi ? C'est ça ? Deux jours avant notre mariage ?

Il se retourne brusquement et m'attrape fermement par les épaules.

— Mais est-ce que tu veux vraiment de cette vie, Laura ? Peut-être que je devrais rester seul. Contrairement à moi, tu n'as pas eu le choix, toi. En devenant ma femme, je te condamne à vivre dans un danger permanent.

Il me lâche, part vers l'escalier, puis s'arrête et se retourne.

— J'ai été idiot de penser que ça pouvait être différent, qu'on y arriverait. Tu mérites quelqu'un de mieux, bébé.

— Mais putain, je n'y crois pas ! je me mets à hurler en courant vers lui. C'est maintenant que tu penses à tout ça ? Après trois mois, une demande en mariage et après m'avoir fait un enfant ?

REMERCIEMENTS

Dans la vie, chacun a une personne qui croit en lui plus qu'elle ne devrait.

Pour moi, cette personne est ma sœur de cœur, Anna Mackiewicz.

Merci, ma chère, pour m'avoir régulièrement poussée et encouragée, avec succès, à publier ce livre.

Merci d'avoir eu foi en moi.

Maman, papa, merci d'avoir fait de moi celle que je suis, capable de pouvoir parler de sexe, d'amour et d'émotions.

Je vous aime !

Mais je veux surtout remercier l'homme qui m'a quittée, qui m'a brisé le cœur et qui m'a inspirée pour écrire le livre que vous avez en ce moment entre les mains.

KM, merci.

PAPIER À BASE DE
FIBRES CERTIFIÉES

Le Livre de Poche s'engage pour
l'environnement en réduisant
l'empreinte carbone de ses livres.
Celle de cet exemplaire est de :
350 g éq. CO_2
Rendez-vous sur
www.livredepoche-durable.fr

Composition réalisée par Soft Office

Achevé d'imprimer en juin 2022 en Espagne par
CPI Black Print
Dépôt légal 1re publication : juin 2021
Édition 02 – juin 2022
LIBRAIRIE GÉNÉRALE FRANÇAISE
21, rue du Montparnasse – 75298 Paris Cedex 06

34/5720/3